U0519563

动土

百年江南·范小青中短篇小说集

范小青 著

四川文艺出版社

图书在版编目（CIP）数据

动土 / 范小青著. — 成都：四川文艺出版社，
2020.1
（百年江南·范小青中短篇小说集）
ISBN 978-7-5411-5521-5

Ⅰ.①动… Ⅱ.①范… Ⅲ.①中篇小说—小说集—中
国—当代 Ⅳ.①I247.5

中国版本图书馆CIP数据核字（2019）第220663号

BAINIANJIANGNAN FANXIAOQINGZHONGDUANPIANXIAOSHUOJI

百年江南·范小青中短篇小说集

DONGTU

动 土

范小青 著

出 品 人　张庆宁
策划统筹　崔付建　陈　武
责任编辑　陈雪媛
特约编辑　罗路晗
责任校对　汪　平
封面设计　叶　茂

出版发行　四川文艺出版社（成都市槐树街2号）
网　　址　www.scwys.com
电　　话　028-86259285（发行部）　028-86259303（编辑部）
传　　真　028-86259306

邮购地址　成都市槐树街2号四川文艺出版社邮购部　610031
印　　刷　山东泰安新华印务有限责任公司
成品尺寸　149mm×215mm　　开　　本　16开
印　　张　20　　　　　　　　字　　数　223千
版　　次　2020年1月第一版　印　　次　2020年1月第一次印刷
书　　号　ISBN 978-7-5411-5521-5
定　　价　38.00元

目　录

动　土

一

天下着雨，小学老师谷进财早晨起来上茅厕，走到粪缸边滑了一下，屁股桩在地上，坐了一屁股的烂泥。谷老师连忙站起来活动一下，总的感觉还好，大概不会有什么大伤。尾巴骨有点疼，谷老师揉了揉那地方，冒着雨解了手，回到屋里，把脏裤子脱下来，找了一条干净的裤子换上。他走到灶间，对老婆说："粪缸要重新排一排。"老婆正在灶上烧火，她的脸被灶火映得通红，柴火在灶膛里噼啪作响。老婆没有听清谷老师的话。谷老师走近她，又说了一遍："粪缸要重新排过。"老婆听清了，老婆说："你又摔了是不是？"谷老师说："是的，那地方不好，太滑。"老婆说："那怎么不摔我老是摔你呢？"谷老师说："我怎么知道？要不就是你本事大。"老婆说：
"排粪缸也不是什么大事，重排也不难，拣个好天排起来就是。"谷
老师说："拣个好天是要排起来。"

到天晴起来，谷老师凑到星期天，找个邻居来帮忙重排粪缸。
他们弄了些毛竹什么的。后来小宽来了，小宽也是谷老师的学生，
不过在家里小宽用不着叫谷老师，他管谷老师叫姑夫。谷老师看到
小宽，说："小宽你来了，你先和建平建英他们玩玩，姑夫排过粪缸
再给你看功课。"小宽说："好的。"就进屋去和表哥表姐玩。他们说
了一会儿话，就出门来，看谷老师他们把粪缸从原来的地方起出来，
又在另外的地方挖了一个坑，把粪缸埋下去，事情就做完了。谷老
师洗了手，叫小宽把作业本拿出来。谷老师看了一下，说："对的。"
小宽说："那我走了。"谷老师说："好的。"小宽就走了。小宽家和
谷老师家很近，在一个村上，只隔着一条河。谷老师在下晚喝一点
酒时常常要说"上塘求雨下塘落"这样的话。老婆说你这个人真是
的，眼红别人你眼红就是，眼红到自己舅姥头上，你该不该呢？谷
老师不承认他是眼红小宽的爸爸，谷老师觉得像小宽爸爸这样的人
也没有什么好眼红的，不过就是做一个村长，房子造得比别人家更
好一些罢了。谷老师说我说说农谚民谣，碍得着谁呢；我还有好多
好多，"强盗满街走，无赃不定罪""酱里虫，酱里死"，是不是，还
有，"一村出个惹事精，搅得黄河水不清"，是不是，我这是说了谁
呢？谷老师也许真是随口说说的，但是在老婆听来，却好像句句有
所指。老婆不开心，但是她拿谷老师也是没有办法，好多年都这样
下来，以后也还是这样下去。

下晚时候，谷老师吩咐建平把相帮排粪缸的邻居叫过来饮两杯

酒，正抿着，老婆忽然侧耳听了一下，说钱梅子来了，说着就看到钱梅子进来，一脸的慌张，说："你们喝呀。小宽不好啦，小宽不能走了。"谷老师说："赶快送医院看呀。到我这里能怎么呢？"钱梅子说："送医院看过，医生说不出名堂，连药也给不出来，又弄回来了。问他怎么，也说不出，就是不能走，也不想吃，迷迷糊糊的。"钱梅子说着哭起来，"早晨来你们这边还好好的是不是，来你们这边有没有摔着什么的？"谷老师想了想，说："没有呀，都好好的，先和建平建英玩的，后来我看过作业就走了，没有什么呀。建平建英你们说有什么没有？"建平建英说："没有什么。"谷老师看看老婆，老婆说："梅子，真的没有什么。"钱梅子说："家田不在，娘叫我过来的，娘叫我过来问问，你们动了什么没有。"谷老师说："我们动了什么？我们什么也没有动呀。"饮酒的邻居突然想了起来，他说："谷老师你怎么没有动呢，你不是重排了粪缸吗？你动了土的。"谷老师拍了一下脑袋："真是的，我怎么把排粪缸忘记了，正喝着这酒呢。"钱梅子说："果然叫娘说中了，娘就能肯定是你这边的事情，娘真是把你料死了。"谷老师说："你这话是什么意思？娘总不会以为我是有意要阴损小宽吧？"老婆说："谁也没有说你什么，你多的什么心。"钱梅子说："也算是个老师，小肚鸡肠比女人还细。"谷老师还要说什么，邻居站了起来，说："别的话少说了，若真是动土动了小宽，那就快挪，迟了怕不好。"他们一起走出来，到新排的粪缸前看，建平和建英跟在后面，他们有点兴奋，说，什么意思，什么意思？没有人理睬他们。

　　谷老师看了一下地形，周围也找不出更合适的地方。老婆说："要不就挪回去。"谷老师说："那就挪回去，反正你们也摔不着，摔我就是。"邻居说："今天已晚，要不先挪回去，过日定了地方再挪就是。"谷老师说："不挪了，我怕了，我过日找几块石头砖头把这路垫一垫防滑就是。"他们一边说着一边把重新排好的粪缸又挪回原地。钱梅子看他们快弄好了，就要回家去。谷老师老婆说："小宽若是好了，你来告诉我们一下。"钱梅子说："好的。"可是钱梅子走了以后再也没有来。老婆睡不着觉。谷老师说："你放心就是，小宽定是好了，不好他们会来的。"老婆说："你这个人总是把人家往坏里想。"谷老师说："怎么是我往坏里想人家呢？人家就是这样子的呀。"老婆说："你放得下心，我放不下心，我要过去看看。"谷老师爬起来，说："算了吧你，我去看看。"谷老师披了衣服走出去，一直走到下塘小宽家门口，看他们家的灯还亮着，谷老师敲了敲门，钱梅子来开的门，谷老师进去就看到何家田和另外几个人在喝酒，谷老师说："小宽怎么样了？"钱梅子说："从你那边回来小宽就已经下床了。"谷老师说："好了也不来告诉我们一声，你姐姐她着急呢。"钱梅子说："正说要去的，他领了客人回来。"何家田招呼谷老师："姐夫来了，坐下坐下，一起喝一杯，好久没有和姐夫碰杯了。"何家田说着回头朝客人们笑，说："我姐夫是好酒量。"客人也一致要求谷老师坐下来一起弄几杯，谷老师看他们喝的是很好的白酒，要几十块钱一瓶。谷老师闻到了酒香，他咽了口唾沫，说："我先看看娘。娘睡了没有？"钱梅子说："没睡呢。"谷老师进了丈母娘的房间，说："娘，我过来了。"丈母娘看看他，说："跟你们说过，动土要小心。吓了一吓是吧？"谷老师笑了一下："小宽好了就好。"丈母娘说："土是不能随便动的。"谷老师说："是的。"丈母娘说："你去吧，别再和家田他们喝，家珍等你的消息呢。"谷老师说："是的。"谷老师本来是要留下来和家田他们喝一喝的，可是丈母娘说这话了，他也不好再留下来，他回到外屋，向家田、钱梅子还有其他客人打过招呼。家田说："姐夫你等一等。钱梅子你把酒拿一瓶给姐夫带上。"钱梅子去拿了酒，交给谷老师，谷老师看这酒和桌上的酒并不是一种酒，他没有说什么，拿了酒正要走，何家田站了起来，从谷老师手里拿回那瓶酒，对钱梅子说："我叫你拿这一种。"他指指桌上的酒。钱梅子说："没有了，你这是最后一瓶了。"何家田说："没有了，你找不到是不是，我拿给你看看。"何家田去拿了一瓶和桌上一样的酒，交给谷老师，谷老师接了。何家田说钱梅子："你现在也识得好酒劣酒了是不是？"谷老师说："其实我也无所谓，只要是酒就行。"何家田说："你就回吧，过日有时间来喝。"谷老师说："好的。"谷老师抱着好酒走出来，他想舅姥人到底还是不错的。谷老师回家的时候，老婆果然还没有睡着，谷老师把好酒拿给她看，老婆说："家田对你一直是很好的，你还老说他。"谷老师说："我说他也总是有道理的。我总不能拿了他一瓶好酒，就不讲原则是吧？"老婆说："你好意思说。"谷老师把好酒放在床头柜上，老婆熄了灯，月光从窗户里照进来，照在酒瓶上，酒瓶亮闪闪的，散发着酒香，谷老师想了想今天发生的一些事情，又想了想明天要上的课，后来谷老师在酒香中睡去。

　　第二天谷老师到学校去，刚在办公室坐下一会儿，就见小宽走了进来。小宽是来交作业本的，谷老师不是小宽的任级老师。小宽把作业本交给任级老师后，就要走出去。小宽在学校里不和谷老师多说什么，这是谷老师吩咐的。小宽听谷老师的吩咐。谷老师看小宽要走，喊住他，谷老师说："小宽，你好了？"小宽朝谷老师笑笑。

谷老师招手让小宽走近些，他注意看了小宽走路的样子，确实没有什么。谷老师说："昨天你怎么了？把我们都吓了。"小宽说："我也不知道怎么的，突然就走不动路了。"谷老师说："是什么感觉，你能说得出来吗？"小宽想了想，说："好像有一样很沉很沉的东西压住我的腿了，重得不得了。"谷老师点点头，说："后来到了下晚就好了？"小宽说："下晚妈妈还没有回来，那个很沉很沉的东西就没有了，妈妈回来的时候我已经下床走了，奶奶说就是那个大粪缸。谷老师，我不相信。你说是不是？"谷老师看着小宽，他说："你小孩子家不要管这些，也不要放在心上，知道了吧？"小宽点点头。小宽走出去以后，办公室里其他老师问谷老师怎么回事，谷老师就把重排粪缸动土的事情说了，几个年轻些的老师笑起来，说谷老师你真是想得出，年长的刘老师说："你们不要笑，有些事情真是说不清的，我们家也碰到过这样的事情。"年轻的老师说是不是刘老师你的腿也不能走了。刘老师叹息了一声，说："你们没有经历过，不跟你们说了。"谷老师也不想再说这事情，老师们扯了一些别的话题，因为是星期一，隔了一个星期天没有见面，话题比平时要多一些。后来他们扯到教育大检查的事情，消息是宣老师带来的。这一次全县大检查和每一个老师的实际利益挂钩，按得分多少分配转正名额和奖金。别的老师也有不相信的，说前几次也都有过这样的风声，可是后来什么也没有，空心汤团吃得多了。宣老师朝谷老师看看，说："问问谷老师。"谷老师说："我没有听说。"宣老师说："我都得到消息了，你怎么能没有听说？"谷老师说："为什么我非要先听说呢？"宣老师说："你是皇亲国戚。"谷老师说："啊呀，我这是什么皇亲国戚。"吴老师笑："你们家舅姥做村长，你不跟着沾光？"谷老师也笑，说："光也不是没有得沾，弄点老酒喝喝罢了，昨天还给了我一瓶好酒，其实我别的也不指望他什么，有点酒喝就不错。"宣老师说："你真是好买。"谷老师说："这叫什么买？自己舅姥，弄点酒喝能怎么样？"大家看谷老师顶真，就笑了。这时候预备铃响了，谷老师夹着备课笔记到课堂去。谷老师在课堂门口碰到任小玄，任小玄把作业本交给他，谷老师板着脸说："任小玄你怎么不交到办公室来？"任小玄有点胆怯："谷老师，我刚刚到学校。"谷老师继续沉着脸说："现在你家里有钱了，你做小少爷是不是？"任小玄低下头去，低声说："不是的，谷老师，我不是有意要迟到，我是……"谷老师说："你还狡辩。你自己想想你跟从前是不是不一样了？"任小玄沉默了一会儿，他鼓了鼓气，说："谷老师，我觉得我和从前没有什么不一样。"谷老师说："那就是我和从前不一样。我对你另眼相看了是不是？"任小玄点点头："是的。"谷老师想不到任小玄会这样回答，他张了张嘴，一时没有说出话来。任小玄又鼓了鼓气说："谷老师，你以前不是这样对我的，我真是不知道我什么地方惹你不高兴了，我要是有什么不对的地方你指出来，我一定改正，谷老师你不要把我看死。"谷老师再一次感觉到任小玄的话他没有办法回答，他对任小玄挥了挥手："进去吧，上课了。"任小玄咧开嘴一笑，从谷老师身边钻进了教室。谷老师想任小玄什么地方惹得自己不高兴呢？上课的时候谷老师几次碰到任小玄期待的目光，他知道任小玄希望能在课堂上回答问题，就故意避开任小玄的眼睛。谷老师想我怎么变成这个样子了，和一个学生闹什么脾气呢，但是谷老师还是没有叫任小玄起来回答问题。到第二节语文课，谷老师布置了一个课堂作业，让学生写一封信，题目是《写给××的一封信》。学生在做作业的时候，谷老师在他们身边走来走去，他看到学生大多是写给谷老师的一封信。谷老师走到任小玄那边看看，任小玄写的是给爸爸的一封信。谷老师走过去的时候，任小玄抬头看看谷老师，谷老师没有表示什么。下课后谷老师把课堂作业收起来，到办公室去批改，他先把任小玄的作业拿出来看，看过以后，谷老师心里有些感受。他抬头朝窗外看看，他看到有一个人从远处的田埂朝学校这边走来，谷老师觉得这人走路的样子像他的舅姥何家田，等再走近了些，谷老师发现果然是何家田。谷老师想何家田到小学来做什么呢，是特意来找他，还是有别的什么事情，或者就是路过这儿顺便看一看的。谷老师没有出去招呼何家田，他继续批改作业。过了一会儿，何家田就到办公室门口，喊："姐夫。"谷老师这才做出突然看到他的样子，说："啊，是你来了。"何家田说："你这会儿有没有空？我有点事情跟你说。"谷老师说："你进来坐呀。"何家田看了看办公室的其他老师，他对大家笑笑，说："我不坐了，我还有事情，我从这边走过，顺便和你说点事。"谷老师这才站了起来，说："你是大忙人，我陪你走一段就是。"何家田临走的时候又和老师们打招呼，老师都点头。走出来谷老师说："你是特意来找我的？"何家田说："那是，要不怎么走到这边。"谷老师说："那你还说路过顺便什么。你以为他们会相信？"何家田说："那话总要这么说说的，有时候明知别人不相信，也是要说说的。"谷老师想想也是，有许多话连说话人自己也不一定相信，但是终究是要说给别人听。姐夫、舅姥一前一后地在田埂上走着，走了一段，何家田说："任光的儿子是在你班上的吧，叫任什么的？"谷老师说："叫任小玄。"何家田说："是叫任小玄，很奇怪的名字。"谷老师说："任光怎么，有事情？"何家田顿了一下，停下了脚步，说："是有点事情，所以来找你。"谷老师说："任光的事情你找我做什么？"何家田说："你先听我说，是为了小何山的荒地的事情，违反了土地法，有人告了任光，上面很当回事情，现在拿土地真是很当回事情。"谷老师说："我早知任光要出事情。"何家田说："这事情村上大家都知道，不是任光自个儿的事情，他也是为村上大家想的，现在出了问题，我们也不能把他就抛出去，是不是姐夫？"谷老师说："你要保他，你和乡里说说就是。"何家田说："乡里已经尽了力气了，保不住，案子在县里，由县里管。"谷老师说："那就是了，事情大了。"何家田说："我们几个人排了半天，想不出村上谁和县里说得上话的，还只有你呢姐夫，县里管土地的邱副县长从前是姐夫的学生。"谷老师说："你们想得出，叫我去和他说话呀，怎么说得上，我和邱县长那是哪八辈子的事情，好多年都没有见过面了。"何家田说："试试看。"谷老师说："为了别人的事情，我倒愿意跑一趟；为任光的事情，我实在是不愿意。"何家田看着谷老师："是不是任光得罪你了？"谷老师说："那倒没有，他走他的阳关道，我过我的独木桥，他也得罪不到我身上。"何家田说："那是为什么？你对任光总是另眼相看。"谷老师说："不为什么。"何家田想了想，说："他有了些钱，你就看不惯。"谷老师有些不自在，说："这是你说的。"何家田说："其实任光还是不错的，有了钱也没有变脸呀。不是还给你们小学捐了钱么？"谷老师说："怎么是我们小学？小学不是村上的，不是大家的么？"何家田说："我不和你咬文嚼字，反正姐夫你要给点面子。"何家田看着谷老师，突然一笑，说："我相信你是会帮的。"谷老师说："你想得美。"说话间他们已经走出好一段，何家田说："你也不要再往前了，再走就要走到家了，你回吧。这事情就这么说了，你抓紧去找邱县长，要带什么礼的，你自管先买了带去，回头找我报销就是。"谷老师说："我真的去？"何家田说："小何山的事情你能说清吧？不过，反正案子就在邱县长手里，你说不清他也知道。"谷老师看何家田要走的样子，就说："你以为我真的会去吗？"何家田已经走出一段路，他回头对谷老师挥了挥手。谷老师回到学校，心思就定不下来，他想了想任光的事情，他想任光发也是发在土地上，当年他一个人包了那么多没人要的地，别人都以为他弄不起来，任光却跑到苏北弄来一批廉价劳动力，做成了事情，发起来。后来任光看小何山荒地也一直是荒着，就动小何山的脑筋，村里也放手让他去弄，反正弄成了大家有好处，谁知还没有开始，就叫人告了。谷老师想着任光的事，又看看面前一堆作业，他努力定下心再看学生的作业，可是看不下去，就把任小玄的作业又看了一遍，心里慢慢地品咂着滋味。后来放学铃声响了，谷老师走出去，他看到任小玄从教室里出来，就上前叫住他，说："任小玄，你的作业做得不错。"任小玄咧开嘴笑了。谷老师看他一蹦一跳地和同学一起回去，谷老师想任小玄还是个孩子。

　　中午谷老师回到家，老婆指指桌上的包，说："任家的女人来过了。"谷老师说："谁叫你收的？"老婆说："她放下就走，我怎么拉得住她。"谷老师说："女人家就是贪小。"老婆说："我贪什么小，东西又不是给我的，是孝敬你的。"谷老师这才把包打开来看看送的什么，他看到捆扎在一起的几瓶酒，他把酒拿出来，说："啊，是老窖。"谷老师抱着酒瓶念上面的说明，香气幽雅舒适，入口醇和浓郁，饮后甘爽味长……老婆在一边斜着眼看他，谷老师"嘿嘿"一笑，把酒放到柜子里，说："老窖，名酒。"他又翻了翻包，说："还有一块布，给你的。"老婆说："这布我能穿得出？只能给建英做件褂子。"谷老师没有注意到老婆的失落，他说："吃人家的口软，拿人家的手短。"老婆没好气地说："那是，谁叫你拿的。"谷老师说："怎么是我拿的？这是你收下的，你拿的。"正说着，建平建英兄妹放学回来，建英看到花布就抱住了说："这是我的。"建平到包里看看，再没有别的什么，他发现柜子里多了几瓶酒，走过去靠着柜子，说："我什么也没有啊，这酒有我一份。"谷老师把建平从柜子边拨拉开来，说："你说得出。"建平说："你不在家时我就喝。"谷老师扬了扬手说："你敢。"老婆横在他们中间，说："你好意思，儿子说说笑话你当真啊，儿子才不像你呢，儿子要像了你，八辈子倒霉了。"建平建英一起笑。谷老师也笑，说："他不像我像谁，难道像隔壁的张木匠。"老婆"呸"了一口，说："吃饭。"谷老师眼睛斜着柜子里的酒瓶，老婆说："你不要动那心思，喝了下午又没有时间挺尸。"谷老师说："下午我没有课。"谷老师说着打开一瓶老窖，倒了一小杯，满屋子的酒味，他抿了一口，连连赞叹："正宗，正宗。"建英用手捂住鼻子，说："呛死人了。"谷老师笑眯眯地把酒杯送到建平嘴边，说："建平你尝尝。"建平说："我不尝。"推开杯子，谷老师手晃动了一下，杯子里的酒洒出来一些，谷老师很痛惜地看着那几滴酒，啧啧嘴。老婆看着谷老师的样子，说："少灌些吧，人家还要请你去家喝呢。"谷老师眼睛一亮，说："谁？"老婆说："任家里呀。"谷老师收了眼睛里的光彩，说："任家的酒，我不去喝，我不要看他们的样子。"老婆说："我看你去不去。"谷老师说："你看着吧。"建平和建英在一边笑。老婆闷头吃饭，不再说话，谷老师沉默了一会儿，忍不住问："他们说什么时候？"建平和建英笑响了起来，老婆也笑，说："那他们没有说，你要是急，你到任家问问就是。"谷老师说："我问什么，我又不要去喝。"老婆说："不喝就算了。"谷老师喝了两小杯酒，脸很红，他看建平建英还在磨蹭，对建平建英说："上学去吧，你们跟王教导说一下，我有客人，迟一会儿来。"建平建英走后，谷老师躺倒就睡着了。睡到下昼醒来，看时间已经不早，连忙往学校去，到校门口，看到任小玄坐在地上哭。谷老师说："任小玄，你哭什么？"任小玄也不抬头，也不作声，只是哭。谷老师问了半天也没有个回答，知道任小玄也有任小玄的脾气。后来谷老师说："好了，不想说就不说。放学了是不是？早点回吧。"任小玄这才站起来，慢慢地往回家的路上走，谷老师看任小玄小小的身影在长长的田埂上一直走了很远很远，他才进了学校。谷老师找到王教导，跟他请半天假，说有要紧事情要上县城去一趟，王教导说："我们已经知道，早给你安排好了，课也调好了，明天你去就是，也不要半天什么了，就一天，算你公差就是。"谷老师说："你们知道什么？"王教导说："不是你去找邱县长给任光说情吗？这事情我们要支持的。"谷老师想原来他们真的都知道了，这一回自己的责任更是重了。

第二天一早谷老师就乘上头班车往县城里去，到了县城才发现来得太早，县机关还没有上班。谷老师先到小吃店吃了一碗面条，看桌上有辣酱罐子，加了一大勺辣酱在面条里，吃得油头汗面。店老板看着他笑，说："不能吃辣就少放点。"谷老师说："谁不能吃辣？"谷老师吃了面条抽着冷气走出去，听到店老板和别人说，乡下人就是这样子，看到不要钱的就多捞点，以为什么好东西，嘿嘿，我看那家伙辣得够呛。谷老师听到好多人的笑声，他有些生气，想回进去跟他们说说，可是转念一想，何必跟他们计较，自己是来办大事的，不要为了生意人的短浅眼光误了大事才好。谷老师绕了圈再来，县机关已经开始上班。谷老师在传达室打听邱县长的办公室，传达员不肯告诉他，只问他的来历，谷老师说："你不要问我，我是邱县长的老师。"传达员听谷老师的口气像是老师的口气，就指点了一下，让谷老师自己进去找邱县长。谷老师在县政府大楼里转了一会儿，终于找到邱县长的办公室，谷老师站在邱县长办公室门口往里面看，他看到邱县长办公室里有好些人在，看看这些人样子都长得差不多，年纪也都差不多，一时谷老师倒不敢随便上前去认邱县长。谷老师正在发愣，里面有人问他："你找谁？"谷老师正要说话，就看到有一个一直坐着的人站了起来，他拨开围着他站着的那些人，朝门口走来，然后他笑着说："是谷老师。"上前和谷老师握手。谷老师也知道他就是邱县长了，说："好多年不见了，你竟是一点不见老。"邱县长笑起来，说："谷老师也会说好话了，谷老师以前真是很耿直的呀。"其他的人看到这样的情形，都说，既是邱县长来了客人，我们等一会儿再来打扰吧。谷老师见自己一到就把许多人赶了走，觉得不好意思，连忙说："不要紧，你们谈工作就是。"邱县长说："让他们等一会儿来，我和他们天天见，见得都不想见了，和老师好多年不见了。"大家说是，就退了出去。邱县长给谷老师泡了茶，请谷老师在沙发上坐，谷老师看邱县长的一举一动，他已经回忆不起来这个学生当年的模样。邱县长看谷老师发愣，笑着说："谷老师，真是好多年没有碰头了，我原来还以为你一直在中心小学呢，后来碰到王琴他们，才知道谷老师早就调走了。现在是在小何山小学是吧？"谷老师说："是的。"邱县长说："其实我们中心小学很好的，条件也好。你怎么往小何山那地方去了呢？"谷老师说："没有办法，成了家，负担重，两个孩子，老婆一个人拉不起来，只好要求调回去。"邱县长叹息一声，停了一停，又说："转了公办了？"谷老师说："没有呢。"邱县长说："怎么可能？好多年了。"谷老师说："人多呀。"邱县长说："你要是中心小学不走，恐怕早已经转了。"谷老师想了想，说："那也不一定。"邱县长说："谷老师还是能往好里边想，这样好。"谷老师说："也是没有别的办法，日子能过下去就行。"邱县长不知想到什么，突然笑了起来，说："谷老师，那时候我们都觉得你特别憨。你还记得你和张小兵吵架的事情吗？我们都笑死了，别的老师都说，哪有老师和学生吵架的。"谷老师也笑了，说："那时候我还年轻，我真是看不惯他那样子，仗着他爸爸。"邱县长说："所以你就和他吵架。"谷老师说："就是。"他们又一起笑了起来。这时候电话铃响了，邱县长拿起来说了几句，让那边的人等着，说这边有些事情没有处理完。等邱县长放下电话，谷老师就说："邱县长你很忙的。"邱县长说："忙真是很忙，谷老师你有什么事情你说好了，老师的事情总是要尽力的。"谷老师一时就不知该怎么开口。邱县长说："不妨说就是，到我这里来要我办事的人多的是，谷老师的脾气我也不是不知道，一般也是不肯求人的。"谷老师听了这话很感动，他就把任光的事情说了，又说了任光的一些好话，说完后他就看着邱县长的脸色。邱县长的脸色不怎么好看，邱县长好像在想着什么心思，过了一会儿他说："任光是你们村上的？"谷老师说："是。"邱县长又说："你知不知道任光犯的什么事？"谷老师说："是动了土，其实小何山，荒也一直是荒着，从来也没有人问过，任光一动，就——"邱县长说："荒也只能由它荒着，荒着没有罪，你要动它就不行，山是国家的。"谷老师说："我知道，不应该动。"邱县长长长地叹了一口气，说："照理老师好多年也不上门了，求到我的事情，我总是要尽心，可是这件事情，很难呀，现在对土地，你知道抓得很紧。"谷老师说："任光的事情不只是他一个人，他其实也是为了村上。"邱县长说："谷老师你糊涂，若是他个人的，倒也好办，问了罪也就算了，若是集体做这样的事情，叫上面知道了可了不得。"谷老师想邱县长这话是有道理，所以闭了嘴不再说话。邱县长顿了好一会儿，最后他说："谷老师，这事情我尽量地看着办，因为事情是上面转下来的，不是告到县里是告到了市里，所以县里说话也还要看上面的脸色。"谷老师说："我知道，叫邱县长为难。"邱县长说："我再问你一句，任光是不是你的亲戚？"谷老师说："不是。"邱县长说："和你私人感情特别好？"谷老师摇摇头："不好。"邱县长说："那你怎么跑来为他说话？你倒从来没有为自己的事情来找过我呢。"谷老师想了想，说："我也不知道怎么就来了，我本来是不想来的。"邱县长绷紧的脸皮松了，他笑了一下，说："谷老师你还是老样子。"邱县长要留谷老师吃饭，谷老师说什么也不肯，邱县长就没有再坚持，他送谷老师到大门口，最后对谷老师说了一句话，邱县长说："谷老师你回去告诉他们，别的事情好动，土地的事情是万万不可随便动的，我们都是农村出身的人，我们都应该知道随便动土是犯大忌的。"谷老师说："是的。"谷老师叫邱县长不要再送，邱县长就站在大门口一直目送着谷老师。

父亲在那一年秋天突然就走了。秋天里父亲在下塘河沿给妇女量水草方，从前种田不像现在用很多的化肥，从前好像也没有什么化肥，种田的日子也是一年一年地过下来，肥料多是用的农家肥，像粪肥、河泥，还有把草沤烂了也是肥料。父亲那一天正在做着这样的工作。妇女到四处去把水草捞回来，堆在下塘河沿，父亲就给她们量方，按方计上每个人的工分。那时是集体，工作就是这样做的。父亲做大队的会计，父亲从来没有做过老师，但是不知为什么大家喊他谷老师。在下晚的时候，父亲正在给大家量水草方，有一个妇女把水草方拱得高高的，父亲笑着走过去用脚踩了一下，父亲还说了一句"人补桂圆蜜枣，田补河泥水草"之类的关于积肥养田的农家谚语，父亲很喜欢说这些俗语俚语。妇女都不喜欢父亲的顶真，但是她们又都愿意和父亲在一起，她们听父亲说那些话，她们就笑。有一个慢性子的妇女把她捞来的水草细细地理整齐了，别的妇女就说，你这个人，"老虎追到脚跟头，还要看雌雄"。她们这完全是模仿的父亲的口气，所以他和她们一起笑起来。正在这时候，他们都看到一支出殡的队伍走了过来，出殡的人并不很多，有十来个人，也没有披麻戴孝的，他们抬着一口小棺材，死的是个孩子，孩子的母亲跟在小棺材后面哀哀地哭，一路把哭声撒在河塘两边。这时候父亲就有些发愣，父亲的心肠是很软的，他听到妇女们在说那个孩子的事情，父亲默默在目送着出殡的队伍，他显得有些茫然。出殡的人一直走到小何山山脚下，他们停下来，几个男人用铁锹挖坑，孩子的母亲继续哀哀地哭着。从父亲他们站着的下塘河沿基本上能够看到他们在那边做的一切事情。他们挖好了土坑，就把小棺材放了下去，再用土盖上，做成一个小小的土丘，事情就做完了。他们在小孩子的坟前稍稍地多停了一会儿，几个人把坐在地上哀哭的母亲劝起来，他们一起往回走。这时候父亲也做完了他的工作，父亲在回家的时候觉得心里有点闷，母亲做的晚饭父亲勉强地吃了一点，便说他累了，想早一点歇。后来母亲睡到半夜，发现父亲起来，正在灶上烧水。母亲说你做什么，这时候起来烧什么？父亲说我心里闷，口又很干，起来烧点水喝。母亲问要不要她起来烧，父亲说没有事，你睡吧，母亲就睡了。母亲她不知道她这一睡去，竟是和父亲的一个永别，母亲若是能够知道，是绝不会睡去的。在早上母亲醒来的时候，她看到的父亲已经是一个奄奄一息的人了，话已经不能说出来，只知道把手放在胸口，母亲知道他是胸口很闷，母亲连忙给父亲摸摸。这时候队长走了进来，队长说我来看看谷老师，昨天半夜我走过你家，他还烧水喝，我看他不大好。母亲掉下眼泪来，队长上前一看，连忙叫人去喊赤脚医生，赤脚医生赶到以后，给父亲听了听心脏，又看看父亲的瞳孔，赤脚医生说不行了。

　　父亲死的时候谷进财三岁。关于父亲的死，并没有在他的心里留下什么痕迹，关于父亲猝死的全过程，是在以后的许多年中，母亲反反复复的讲述给他留下的印象。这印象很深很深，深得永远也抹不去。母亲说，你知道父亲是怎么死的吗？就是那个小孩子，小棺材，你知道吗？谷老师不能明白，谷进财无论如何不能把一具小小的棺材和父亲的死连在一起，但是母亲就是这样说的，母亲说，你要记住，土是不能随便动的。父亲的死在谷进财小小的心灵里种下一颗恐惧的种子，在谷进财还不能明白土地是什么的时候，他不断地接受母亲关于土地的教育，后来谷进财渐渐地长大起来。以后总有一天谷进财会开始明白土地，土地和人，以及土地和别的许多东西，这不用怀疑。

　　谷进财慢慢地长大。在乡下的漫长的日子里，农民们不可能永远也不动土的，以后他们在动土的时候，总是在动土的地方插上一些红旗或者在地头上竖起谁谁的画像，那样的事情果然越来越少了。

二

谷老师从县城回来以后，他先到何家田那边去，他对何家田说："邱县长说，土是不可以随便动的。"何家田说："那是。"谷老师又说："邱县长答应帮忙，但是看起来邱县长也有点力不从心。"何家田叹了口气说："反正我们该做的工作也都做了，该想的办法也都想了，有没有希望最后要看任光的气数。"谷老师说："那是。"谷老师完成了这件事情，他到小学去转转，学生大多已经放学，老师还没有走，正在开着会，人是稀稀拉拉的，也不很全。校长在念一份文件，下面的声音很嘈杂，看起来大家对校长的文件没有什么兴趣。谷老师走进去，在后排的位子坐下，他想听听校长念的什么文件，可是别的老师看到谷老师来，都勾过头来和他说话。谷老师笑笑说："见到邱县长了。"宣老师朝谷老师看看，说："那么任光的事情有希望了？"谷老师说："这话我不敢说，邱县长反正是答应下来了，结果怎么样我不好说。"别的老师都说，既是邱县长答应了，事情就好办。宣老师说："那也不一定。任光犯的是什么？是土地，是违法，县长想包庇也不能以身试法。"谷老师说："有你这么说话的，什么叫以身试法？"宣老师说："以身试法就是以身试法。明知违法的事情，还偏要去做，不就是以身试法么？"谷老师说："你是说我呀。"宣老师笑了："我怎么说你呢？"年长的吴老师说："其实任光也是做的好事情，那小何山的地荒着也是荒着。"别的老师也有说是的，也有和着宣老师的意见反对这种说法的。宣老师说："你这是头脑不清。"吴老师说："什么叫头脑不清？我是觉得说不出道理来。这许多年来，也不是没有折腾过那地方，一个子儿也没有折腾出来，现在倒不许动土。"宣老师说："土地法。"下面的声音大了，校长的文件念不下去，校长有些生气，说："你们开什么小会？"宣老师说："我们宣传土地法。"校长说："我这里正是念的关于土地管理的文件，你又不听，自己先乱说什么呢。"老师们一听校长原来念的土地管理的文件，都笑起来。宣老师说："土地管理念给我们听做甚？"校长说："这是要家喻户晓、人人皆知的。"宣老师笑着说："我们早就人人皆知、家喻户晓，就是不许随便动土呀。"校长说："你们不要以为能说个大概就行了，还有许多细则，跟你们说，这一回要考试的，考试成绩和年终奖挂钩。"校长这样一说，老师们都哈哈大笑。宣老师说："考考考，老师的法宝，现在成了校长的法宝。"别的老师都说是。校长说："你们以为是我要考你们？"宣老师说："我们知道不是你要考我们。"老师们又笑，校长也跟着一起笑起来。校长看到谷老师，问他："你进县城办的事情怎么样？"谷老师说："我进县城办的事情，正和你的文件唱反调。"校长说："谷老师现在也厉害起来了呀。"谷老师说："那是。"大家听了更是笑，后来会就散了。

　　谷老师到家天已经要黑，老婆把晚饭也已经做好。谷老师正要到柜子里拿酒出来，老婆从灶屋过来，看了他一眼，说："任光找你喝去。"谷老师说："是今天？"老婆说："来看过你两次了，说等会儿还要来请。"谷老师说："任光那里我是不去的。"一边说着就开酒瓶。老婆说："不去最好，省得又喝得什么样子回来。"谷老师往杯子里倒了大半杯酒，手突然停住了，他想了想，回头对老婆说："你说，要在平时任光叫我喝酒我不去喝，这没有什么是吧？"老婆看他一眼，没有理他。谷老师继续想着说："可是现在任光是在事情头上，叫我喝酒我要是不去，人家会怎样看我？"老婆说："既然在事情头上，人家躲还躲不及，你倒要送上门去。"谷老师有些优越地说："你这就是妇人之见，越是在这个时候，我才要去呢。"建平和建英在一边笑。谷老师说："你们笑什么？你们以为是我馋酒是不是？你们还嫩着呢。"建平建英还笑，谷老师把倒在杯子里的酒重新倒回酒瓶去，他倒得很小心，一点一滴也不让酒漏出来。正在小心翼翼，听得外面有人喊"谷老师"。老婆说："来了。"谷老师看看杯子里还没有来得及往酒瓶里灌的一点点酒，就把它喝了。走出去，果然是任光站在门口，谷老师看任光时，觉得任光真是和平时不大一样，没有往日的精神，人也显老了些。谷老师说："难为你跑了几趟。"任光说："这算什么，你是我们的恩人呀。"谷老师跟着任光走，说："我算什么恩人呀。"任光说："村长已经跟我说了，邱县长答应了。"谷老师说："那倒是，邱县长见到我谷老师长谷老师短，叫得我倒不好意思。"任光说："那是，古话说'一日为师，终身为父'，你是他的老师，再大的官也是不能忘记师恩的。"谷老师咧嘴一笑，说："那是。"他们一起走到任光家，看到何家田，还有支书也在，还有村上的几个主要干部。大家看谷老师进来，都站起来，让了主位给他坐，谷老师说不敢，可是支书他们非要让谷老师坐主位。谷老师说："恭敬不如从命。"就坐下，众人这才挨次坐了。支书说："今天我们都是陪客，今天的酒是请谷老师的。"大家说是。治保主任说："我是吃客，哪里有酒我就到哪里，蹭酒喝。"大家笑。任光说："都是客，都是客。"支书说："谷老师是主客，我们先敬谷老师。"大家听支书的，都站起来，朝谷老师举杯，只有何家田不动。支书说："何家田你怎么，不情愿敬你姐夫的酒？"何家田说："我姐夫的酒量我有数，你们不能弄他。"支书说："村长你这就说外人话了，我们是代表任光真心诚意敬谷老师的。"谷老师说："正是的，正是的，家田你放心就是。你姐夫自己对自己还能没个数？"何家田苦笑笑，说："那就喝。"于是大家喝了自己杯里的，谷老师连干三杯，这是此地的风俗。酒是喝的高度，五十五度的大曲，谷老师连下三杯，只觉得肚子里热辣辣的。谷老师拿过那酒瓶来看，说："是高度。"任光说："是高度，这酒一般人还买不到。虽然不如茅台、五粮液有名，但是酒质不比茅台差的。内部价格，很便宜，现在市里县里领导都是喝的这酒。他们往省里送，也是送的这酒，听说省里有几位老领导，非此酒不喝。"支书说："真是养刁了。"任光又问："你们喝喝觉得怎么样？"谷老师说："好酒，醇浓得很。"支书说："那是，头头都喝，能不好。"说话间谷老师又喝了些，觉得头有些晕，他吃着菜说："高度我不敢多喝。"支书说："现在外面都是喝高度的，高度不醉人。"何家田说："那是你有量。"支书说："真的，低度酒其实不好，用酒精兑出来的，伤人，要醉也宁可醉在高度上，不伤人。"谷老师说："那是，我有体会。"大家说，谷老师自然是有体会，谷老师是酒仙。谷老师连连摆手。说话间任光的老婆又端了菜上来。谷老师突然想起怎么一直没有看到任小玄，他问任光，任光说："小孩子古怪，家里来客人他就出去，不肯在家里待，也好，省得再操他的心。"谷老师说："小玄不错的，很懂事情。"任光说："靠谷老师栽培。"谷老师想起任小玄写的那封给爸爸的信，他想任小玄写得很有道理。谷老师觉得任小玄不在家也好，要是任小玄在家，看到谷老师在他家喝得醉醺醺的，任小玄会怎么想呢。大家喝着酒吃着菜，后来说到任光的事情上，任光的情绪就低落下去，别的人也不好怎么劝他。谷老师说："任光你放心就是，邱县长答应的事情，他会做好的，他这个人的脾气我是知道的。"支书也说："就是，既然县长已经松了口，你放宽心等着就是。明后天我再到乡里帮你打听打听，看县里有没有说法下来，只要县里有说法下来，事情就好办，乡里这一头包在我身上。"任光站起来干了一杯酒，说："多靠大家的撑帮了，要是没有你们，我任光——"任光说着掉下眼泪来。谷老师心里也堵着什么似的，他也学着任光那样，自己和自己干了一杯，感觉到舌头有点发胀，正是好境界。何家田在一边看着，不停地用眼色暗示谷老师，可是谷老师并不明白，何家田又用脚去碰他，没有碰到谷老师却去碰了支书。支书笑着说："何家田你搞什么鬼？"何家田不好意思地笑，说："每次我姐夫和我一起喝酒都要喝醉，隔日姐姐又要骂我。"支书他们都说："我只听见你姐姐骂你，没有听见你姐姐骂谷老师呀。"谷老师说："哪里话。她怎么骂我？我们家是我做主的，家田你说。"何家田也不说，只是笑着。这一晚上的酒喝得很酣畅，一直喝到很晚很晚，谷老师是第一个犯起糊涂来的，起先都是抽的任光的好烟，后来谷老师拿出自己的烟非要让大家抽。支书说："谷老师你这烟就靠边站站吧。"谷老师红着眼睛站起来，说："支书你说话注意点，怎么叫我靠边站站，现在不是从前那时候，你要叫谁靠边站站谁就只能靠边站站。"支书没有接他的话。大家说，差不多了，差不多了。何家田说："叫你少喝点你还不肯。你怎么能和我们这些人比？你是教教书的，不过每天在家弄两小杯抿抿；我们这些人，哪一天不是要灌下去多少的。"大家说，就是，谷老师量力而行。谷老师说:"我是实事求是,我是量力而行,你们看不起我,我知道你们心里根本没有一个小学老师的位子。我说的是不是?"正闹着,大家就注意到任光的神色不对,好像侧着耳在听外面什么声音,正要问他,就听到了敲门声。任光老婆过去开了门,在大门前就哇地一下哭起来了。这边任光听到老婆的哭声,很明白地说:"来抓我了。"大家说任光你不要乱想,怎么会。正劝着任光,那边就进来几个人,一看,都是认识的,是乡里的司法员小赵,还有派出所的向所长。向所长手里拿着手铐,腰里别着一把手枪,脸上很严肃。还是司法员态度和缓些,见了支书和何家田他们,上前说:"巧,支书、村长都在。这是拘捕任光的命令,你们看一看。"支书和何家田他们都发愣,也不知道怎么去接那张纸,也不知道该接不该接。这时候向所长就上前把任光的手铐住,听到任光喊"哎呀",大家不敢朝那边看,都站着不知所措。只有谷老师往前过去,拨拉开向所长,说:"你怎么乱抓人?这个人是县长保的。"向所长不认得谷老师,也回敬地把谷老师拨拉一下,说:"你是谁?"谷老师说:"我叫谷进财。怎么样,问了我的名字,是不是也要抓我?"向所长说:"你若是妨碍执行,当然抓你。"谷老师又上前一步,还要说什么,被何家田拉住,凑在他耳边说:"别人好惹,向所长是不好惹的。"谷老师说:"你们怕他,我不怕他。"向所长拿手往腰里一拍,说:"你是什么人?"何家田连忙把谷老师拉到身后,说:"向所长,你不要和他顶真,他多喝了两杯。"向所长说:"我问他是哪里的。"何家田说:"是小学里的老师。"向所长听了才把手从腰间放下来,没有再跟谷老师啰唆什么。这边司法员吩咐任光的老婆给任光收拾一些换洗衣服,任光老婆看到向所长的样子,已经不敢再大声哭,只是低着头一边流眼泪一边收拾了衣服交给司法员，怯怯地问："要去多长时间？"司法员看了她一眼，说："这恐怕要问他自己。"任光的老婆再不敢多说什么。向所长看事情办得差不多，上前去拉了任光走，一群人跟着到门口，也不敢靠得很近，站着呆呆地看，等向所长和司法员带着任光上了警车。警车开动起来，任光的老婆复又"哇"地哭开了，支书他们劝了一会儿任光的老婆，说时间也不早了，我们只好先回了，明天再找人看怎么办。大家走出任光的家，谷老师走在最后，走到院子外面，谷老师回头看了一下，他突然看到了任小玄。任小玄正靠在院墙边，他看着谷老师，眼睛里没有眼泪，只有一种幽幽的光，在黑夜中闪烁着。谷老师看到这幽幽的光，心里不由得抖了一下。谷老师跟着大家走，走一段就有人到了家，再走一段又有人到了家，最后就剩下谷老师和何家田。谷老师被夜风吹着，看着前边的何家田，他有些糊涂，说："咦，家田，你怎么走这路，你喝多了是不是？你家是在下塘。"何家田说："我送送你。"谷老师说："我不要你送。"何家田说："我看你喝得不少，还是送送。"谷老师见说不动何家田，他一屁股坐在地上，说："你再送，我就不走了。"何家田无可奈何地看看他，说："那好，我就回了。"何家田转身朝下塘方向走，谷老师看何家田走出几步又回头。谷老师突然对他说："他们是打我的脸。"何家田一愣，说："谁？"谷老师说："谁，向所长和司法员他们。"何家田说："怎么是打你的脸？他们是跟任光的事情。"谷老师叹着气说："怪我没有本事。"何家田说："这也不能怪你，也可能去迟了些，要是早一点找到邱县长，可能会好一些。"谷老师说："那是。"何家田看谷老师仍坐在地上，说："你怎么，要不要我帮你一把？"谷老师说："你说得出。"一边站起来，一边说，

"走吧。"他们就分了手，各自往家里去。谷老师走了没多远，就觉得眼睛发花，看不清脚下的路，他想我这是怎么啦，我又没有喝多少酒，我的酒量我自己有数的，想着想着，他就在田埂上坐下，坐了片刻觉得不舒服又躺了下来，现在他觉得浑身舒畅。不知躺了多少时间，谷老师迷迷糊糊觉得有人在喊他，他看到是一个孩子，于是谷老师说："任小玄，你来做什么？"谷老师说了这话，就听到老婆很愤怒的声音，老婆说："你死吧，喝了几杯酒，连儿子也认不得。"谷老师酒醒了，看到老婆和建平正站在他身边。老婆说："有你这样的男人。"谷老师爬起来，不好意思地说："我还以为在任光家里呢。"老婆说："你就在任光家不要回来好了。"谷老师看了老婆一眼，说："任光出事情了，抓起来了。"老婆听了并不激动，说："早就要抓了。犯了事情不抓，想怎么？"谷老师说："你这个人真是没有良心。"老婆说："你有良心，你不去帮他？"谷老师说："我帮了，可是没有帮成。"老婆说："没有帮成等于不帮。"他们一路说着一路往回走。建平瞌睡得厉害，几次脚步子走到田里，老婆见了心疼，又怪谷老师，谷老师也知道自己是喝过了头，就不再说话。到了家，老婆和儿子都进去睡，谷老师到粪缸上方便，方便完了，正要回屋，脚下一滑，又摔了一跤，谷老师爬起来，揉揉屁股，他想怎么都是摔我的屁股骨。

　　过了不久，学校就放农忙假。谷老师家的田也不少，整个农忙没有休息过一天，还是比别人家做得慢。谷老师教书教得时间长了，对农活什么的，虽然不能说是生疏，但做起来总有些力不从心的感觉了，手脚也不那么利索，力气也不大，老婆看他抓手抓脚的样子，很不入眼，说："你现在像个城里人了。"谷老师说："城里人也不要种什么田了。"老婆说："你想好。"谷老师说："其实也不是什么很难的事情，只要户口解决了，田就可以交回了。"老婆说："你想好，去解决户口呀。"谷老师说："你不要急呀。"老婆"呸"了他一口，低头闷做。谷老师腰疼，直起来看看野景，老婆看他直了半天也不晓得再弯下去做，说："看什么野景，能看出粮食来？"谷老师说："我老了，腰疼。"老婆说："我也腰疼。"谷老师说："建平建英他们不好，小孩子没有腰，不晓得酸疼，叫他们来做做，别人家的孩子都相帮做做的。"老婆说："你好意思说，建平建英才几岁。"谷老师不再说话，叹息一声，重又弯下腰去做。到做午饭的时候，老婆就回去做饭，关照谷老师再做一会儿回来吃。谷老师看老婆走了后，就坐在田埂上抽烟，邻居家在田里做活的人看着他笑，都说，谷老师你好像是你们家的长工，主人一走就偷懒。谷老师说："怎么叫偷懒？劳逸结合。"别人说，像你这样劳逸结合，你们家的田要种到什么时候才做完呀。谷老师说："总会做完的，迟天把没有什么。"邻居说，其实像谷老师你们这样，倒真是可以雇人来做做，现在雇人做的很多呢，也不很贵。谷老师说："我们家哪里雇得起。"大家说，谷老师你哭穷。谷老师笑笑，不再说话，他又做了一小会儿，看看时间，想老婆的饭差不多做好了，就起身往回去。到了家里，先洗了手，看建平建英正在玩，就说："你们两个，其实烧烧饭总可以吧。"建英说："我是提出来要烧饭，妈妈不许我烧。"建平说："我是想帮你们下田做的，妈妈不许。"谷老师说："帮我们下田做。这田是我们的？"建平说："不是你们的难道是我们的？"谷老师说："你们都会调皮了。"谷老师到灶屋里，看老婆正忙着，就说："其实，现在外面雇人种田的很多。"老婆白了他一眼。谷老师又说："我们要是也雇个人来，自己轻松得多。"老婆说："你想得出，人家什么人才雇人种田，都是发财户，像任光那样的才雇人呢。你雇得起？"谷老师说："听说也不要很多的钱。"老婆："你想好，不要钱我们也不雇，人家是家里没有人做活才雇人。我们家雇了人，你在家做什么，架个二郎腿看书？"谷老师说："那样是最好。"老婆说："你有这福气？"谷老师说："没有。"老婆也忍不住笑了。这时候，谷老师发现灶上有两大碗馄饨，很香的味道。谷老师说："馄饨哪来的？你这么快就做出馄饨来了？"老婆说："是钱梅子叫小宽送来的。这一碗是肉馅，那一碗是菜肉馅。"谷老师看了看馄饨，说："他们家有得吃，他们家会吃。"老婆听了谷老师的话，不开心，说："人家好心送馄饨来，惹你什么？你这个人，难弄的，给你吃又不好，不给你吃又不好。"谷老师说："哎哟，两碗馄饨就把你打倒。"老婆没有时间和谷老师说话，她把饭菜准备好，叫两个小孩子一起来吃，小孩子看到馄饨，抢着吃，谷老师只尝了几只，觉得味道不错，啧着嘴说："忙完了我们也裹馄饨吃。"正说着话，谷老师的姐姐谷招弟，还有姐夫和人高马大的外甥一起过来了。看到他们吃饭，谷招弟说："怎么到现在才吃，忙吧？"谷老师说："也就那样，田里的活总是赶不及做，总是比别人家慢。"谷老师老婆站起来问："姐姐你们一起吃？"谷招弟说："我们吃过了来的，想来看看你们的活忙得怎么样了，来帮一手。"谷老师说："你们都忙完了？"谷招弟说："忙完了，不忙完也走不开呀。"他们一起坐下，说了一会儿话，待谷老师他们吃好了，给姐夫派了烟，姐夫看看那烟，说："这牌子的烟我还没有抽过。"谷老师老婆说："我们条件差。"姐夫笑了，说："这烟也不差的。"歇了片刻，姐夫说："就去做吧。"他们一行人很浩荡地到了田里，人多了，做起活来也有劲，速度自然是不要说了，到这一天下晚，一大片的田已经差不多完成了。谷老师要留姐姐姐夫他们吃晚饭，姐姐他们不肯，说好第二天再来帮一下，看上去活也就这些了。姐姐姐夫他们走后，谷老师对老婆说："还是我的姐姐好呀。"老婆说："是呀，做姐姐的关心弟弟理所应当，可是我这做姐姐的，对我们家田真是什么也顾不上他。"谷老师说："何家田是什么样的角色，要你要我去顾他什么。"老婆说："话不能这么说。就说这农忙，他们家叫谁下田做？钱梅子又不很会做。叫老娘去呀？"谷老师说："哎呀，他做一个村长，田还能没有人种？随便叫谁，谁还不屁颠屁颠赶了去拍马屁。"老婆说："你说得出。家田要是那样，他这村长还能做几天？"谷老师说："你的意思是不是叫我忙完了自己的再到他家去做？"老婆说："我没有说。"谷老师说："何家田他自己为什么不能做？"老婆说："家田忙得要命你又不是不知道。"谷老师说："他忙的都是好事情，都是有效益的事情，不像我们，忙的都是无用功。"老婆说："那是，像你这样的人能有几个。"谷老师嘿嘿地笑了。

做完农忙开学，谷老师不见任小玄来上课，先是叫同学带了信去，带了几次也还不见他来，谷老师不放心，就到任小玄家里去。任光的老婆见到谷老师就眼泪汪汪的，说任小玄因为他爸爸的事情，抬不起头来，不想上学了。谷老师心里有点难受，他对任光的老婆说："小玄是个有前途的孩子，还是要叫他上学的。"任光老婆说："我跟他说，没有用，他不听。"谷老师说："他这时候在不在？我跟他说说。"任光老婆说："不在，到外婆家去了，他不想待在自己家里。"谷老师说："唉。"任光老婆接着说："谷老师你是有路子的人，你有没有听说任光的事情最后怎么样？"谷老师起先想说"我不知道"，后来他看到任光老婆企盼的眼神，就说："现在没有什么，不过是收审，这么长时间也没有什么审出来，看起来没有大事情。"任光老婆眼泪汪汪，说："还仗谷老师多说几句好话。"谷老师说："没问题。"任光老婆说："起先听说是要赔钱，我们愿意的，哪怕把房子拆了，也行，只要人能够回来。"谷老师说："那是，人是第一位的。"谷老师从任光家里出来，心里沉沉的，他没有回学校，直接去找何家田。何家田正在村里开会，看到谷老师这时候找他，以为出了什么事情，连忙迎出来。谷老师说："你说，任光的事情到底怎么样了？"何家田先是一愣，谷老师又说："我到他家去看过。"何家田把谷老师拉到场上，拣没有人听见的地方，说："我跟你说，你先不要告诉人，任光的事情有些希望了。"谷老师说："怎么可能？他不是犯了法吗？"何家田说："犯是犯了法，现在有了变通的办法，罚款，要破财。"谷老师说："破财也是应该，这几年他也赚得狠了。"何家田说："那是。"谷老师说："是不是交了钱就不判？"何家田说："交了钱怎么能再判。"谷老师说："能有这种事情？怎么能有这种事情？"何家田朝谷老师看看，说："你是希望他判还是不希望他判？我都不明白你。"谷老师愣了一愣。何家田说："我正在开会，我马上要进去。本来开了会我要去找你的，有件要紧事情。你来了正好，和你先说说，千万不能说出去。"谷老师说："怎么啦？一本正经。"何家田说："你赶快打个造房报告到村里。"谷老师说："我打造房报告做甚？我又不造房子。"何家田说："房子总是要造的。"谷老师说："我不急，建平反正还小。"何家田说："你不急我帮你急，我们村的地越来越少，上面觉得不能再随便乱占地造房，我们这是讨论的最后一批，再往后恐怕要往小何山坡上去造。"谷老师说："那地方怎么造房子？"何家田说："那也没有办法，没有地方了，只好往那上面去造，所以我说你赶快打了报告批下一块地再说。"谷老师说："怎么小何山又可以用了呢？任光的官司还没有完呢，这边倒开放起来了。"何家田说："这些事情是国家的事情，你也不必多问，我也不明白的，你管你自己的事情就是。"谷老师说："这事情是个大事情。我就算打了报告，就算是批了，我也没有钱造呀。"何家田说："钱好办，哪怕先借了造起来，以后再还就是。"谷老师说："我向谁去借？"何家田说："你怎么这样？我可是冒了犯错误的危险把消息先捅给你的，你爱造不造随你了。我跟你说，这事情要抓紧，过了这家村，没有那家店，要不你就以后等着住山上去吧。"谷老师说："山上我是不住的。"何家田说："那好，话就这些了，你再想想吧。"谷老师有了一肚子的心思回去，晚上上了床就和老婆商量。老婆说："家田能坏你么？赶快写报告呀。"谷老师说："钱呢，别人我是开不出口，要么你向你们何家田去借。"老婆说："你说得出，家田把这样大的事情捅给你，这情够你还一辈子，你还找他借钱，说得过去？"谷老师说："那我找谁借？"老婆说："你找你姐姐借。你姐姐不是对你好么？她肯借的。"谷老师说："他们家也没有多少钱。"老婆说："你怎么知道？"谷老师说："和你这人，没有商量头。"老婆说："没有商量头，你跟我说什么话。"他们有一阵没有话，谷老师以为老婆睡着了，后来他就听到外面滴滴答答下起雨来。老婆说："怪不得我脚痒，下雨了。"谷老师爬起来。老婆说："你做什么？"谷老师说："我一听见下雨就想小便。"他走出去方便，小心翼翼，尾巴骨还在隐隐作痛，上次跌的跟头还记忆犹新，谷老师想不能再跌了，再跌要爬不起来了。

　　冬天的夜里，母亲说，你们睡吧，我去了。母亲挑着装土的担子，她到工地上挑土去，工地就是小何山，小何山一直就是一座荒山，不说别的什么东西长不起来，就是连生命力最强、生命要求最低的杉树什么，也都是长得歪瓜裂枣、瘦骨伶仃，全没有生气。大家都知道小何山是不能指望它什么，也曾尝试着种过些水果，从来也长不成果子样。小何山的土质很不好，就是这样，没有别的原因。到了那一年，突然想到把小何山开成一片梯田种水稻，于是母亲在冬天的夜里出门去。母亲挑着一个家庭的担子，母亲并没有很高的要求，她只是希望她做出来的工分到年底能换回三个人的口粮，再就是让谷进财能有书读。这很低很低的要求，却是要让母亲付出很大很大的代价。母亲从春天做到冬天，母亲从此不再有休息这样的想法，她在每天早晨出门，一直做到深更半夜回来。大家说谷家婶婶，你要做死了。母亲笑。母亲说，没有听见过做死人的。冬天的夜里下着雪，刮着很大的北风，谷进财和姐姐在家里等母亲，母亲在小何山的山坡上挑土，许许多多和母亲一样的人把山上的土挑到别的地方，把山坡造成梯田。风很大，母亲在山坡上挑着重担，母亲的腿脚已经没有力量撑起自己的身体和肩上的担子。母亲摔倒了，她的屁股坐在一块尖硬的石头上，母亲感觉到一阵钻心的疼痛，但是母亲很快站了起来。母亲想，我不会有事，我没有受伤，正是这样的想法支撑着母亲使她重又站起来，重又挑起重担。母亲一直做到收工和大家一起回家，母亲是倒在自己家的地上的。母亲说我哼了一夜你们没有听见，谷进财和姐姐他们都睡得很沉很沉。第二天早上他们起来的时候发现母亲倒在冰凉的地上。谷进财突然听到姐姐放声大哭，姐姐对谷进财说，母亲没有了。谷进财那时候还没有完全明白过来，他想姐姐怎么回事，母亲怎么没有了，母亲不是在那里躺着吗。谷进财过去，他扶起母亲，母亲最后看了他一眼，母亲说，土是不可以随便动的。这是谷进财听到的母亲的最后一句话，也是母亲平时常常说的一句话，母亲在父亲死了以后就把这句话一直印在心里，现在轮到母亲她自己。她最后闭上眼睛，她的神态是安详的，也许她已经见到了父亲吧。

三

期末考试任小玄的成绩不怎么好，谷老师找任小玄说说。任小玄说："谷老师，下学期，我不在这里念了。"谷老师说："你不念书了？"任小玄说："书还是要念的，我转学到镇上的中心小学去念。"谷老师看着任小玄，说："你们买了户口？"任小玄点点头。谷老师停了一会儿没有作声，他把任小玄的考卷拿在手里，过了好一会儿才说："想不到你们，怎么会……"任小玄说："我爸爸说，算了。"谷老师问："什么算了？"任小玄说："我也不知道什么叫算了，我只是听爸爸说，算了，走了。"谷老师点了点头，他想他是能明白任光的心思的。说到底，当初任光是靠土地富起来的，后来又因为土地的事情差一点吃了官司，弄得几乎倾家荡产，所以任光说算了，他不再想和土地有什么联系，他远离土地，去做一个镇上人。谷老师对任小玄说："钱真是好东西，什么都能买，从此以后你再也不是乡下人了。你很开心吧？"任小玄想了想，说："我也没有什么开心的。"谷老师说："因为你还小，你以后会明白的，做镇上人总归比做乡下人好。"任小玄说："谷老师你一直是乡下人，你是不是一直很不开心呢？"谷老师先是愣了一下，后来他笑了，说："那倒不是。也不见得做个乡下人就一辈子不能开心的是不是？"任小玄点点头，说："所以也不是做了镇上人就一定要开心的，我看到爸爸一点也不开心。"谷老师说："那是。"他们说了些话，任小玄就走了。临走的时候，谷老师喊住他，说："任小玄你以后不再做我的学生了，我送你一样什么东西纪念一下吧。"谷老师在抽屉里翻了半天也翻不出什么合适的东西，看到桌上的一本成语大辞典，谷老师拿起来交到任小玄手上，说："就这本辞典吧。"任小玄缩着手。谷老师说："拿着吧，以后用得着。谷老师也没有别的什么话，就是希望你不管到哪里，还是要好好学习。"任小玄说："我知道。"谷老师说："你到了中心小学，也不知道跟得上跟不上，那边的课比我们这边要深一些，你要比现在更认真。"任小玄说："是的。"谷老师说："你要是碰到困难，学习上的问题，来找我也行，反正不算很远，星期天啦什么的，来玩玩也好。"任小玄说："是的。"谷老师又问："你们一家都住到镇上？"任小玄点点头。谷老师说："那你们乡下的房子呢？"任小玄说："卖给何进成家里了。"谷老师说："噢。"等任小玄走了，宣老师他们说，谷老师你真是不临市面，任光家买户口的事情，人家早都已经知道了。谷老师说："我总是落后的。"下午学生都放了假，留下老师开总结大会，校长做了报告，然后叫老师们讨论。大家说，这些工作都是我们自己做出来的，也没有什么讨论头的，说也是多余，还不如把年终奖的事情先说了。于是校长就说了年终奖，和乡镇机关干部的平均数差不多，比原来想的要多一些。宣老师说："这样也不错，做个十年八年，也能弄个万元户做做。"老师们都笑，说，宣老师你又打翻醋坛子。宣老师说："我说得不是吗？"校长看了宣老师一眼，说："你们这些人，给少了发牢骚，多给了些又酸溜溜的，真是不好弄。"宣老师说："那是，小知识分子就是嘴臭，别的也没有什么。"别的老师笑着说，我们又不吃大蒜头，嘴哪里臭了。校长是吃大蒜头的，校长听了老师们的话，宽宏大量地一笑。最后校长说："也没有别的什么了，拿了钱，都回去过年就是。"老师们说，那就走人。可是年长的吴老师突然站起来，说："怎么没有别的事情了呢？我的事情呢？"校长说："你的事情，另作别论。开会怎么说你个人的事情？"吴老师说："我个人的事情总是不解决，慢慢就要变成大家的事情。"校长说："怎么说？"吴老师说："我的房子若是还解决不了，我下个学期也要拆拆烂污了。我为了什么这么卖力？"宣老师说："本来么，谁叫你卖力了？"吴老师指指校长："是他。"校长说："就算你们都是为我做，可是你的房子事情，我实在也是无能为力呀。"吴老师说："我又不是要你帮助我，只要你跟乡里说说，请乡里照顾。"校长说："我也不是没有说过，当你的面也是说过好几回了，人家怎么回的，你也不是不清楚。"吴老师说："要地皮当然不是那样好要的。你说两三回怎么能交账？"校长说："真是的，像我真的欠你似的。"老师们又笑。吴老师的房子还是二十世纪六十年代初的时候起来的，那时候吴老师刚刚师范毕业，主动要求到乡下的小学来教书，就帮他造了房子，谁知这一住就是几十年，其中只给吴老师小修过一次，再也没有管过他的住房问题。吴老师来的时候是单身一人，现在一家四口，儿子二十出了头，还挤在当初的一间屋子里。吴老师天天说房子的事情，可是吴老师偏偏又是公办老师，乡下的阿猫阿狗都能申请批划块地皮造新房子，可就是吴老师不能。前些年地皮还不那么紧张的时候，吴老师就提出来，校长说，你急什么，你要造索性造好一点，多积点钱，到时候还怕没你的地方。吴老师耳朵根子软，听了校长的话，就积钱，现在钱也积得差不多了，儿子也大起来，不能再等了，却告诉他地皮批不到，吴老师在校长屁股后面也是应该。校长说，我要是乡长就好了，我大笔一挥就划给你地皮。其实校长说话也是看人挑担不吃力，他要是做个乡长，光是管地皮的事情，也要叫他头上再生一头白发出来。老师们常常在开会的时候听吴老师重提此事，时间长了，也都习惯，不管吴老师急得怎么样，还是要寻寻开心，不然又能怎么样。宣老师看了谷老师一眼，对吴老师说："吴老师你盯校长还不如盯着点谷老师。"谷老师说："盯我做什么？"宣老师说："何村长放在那里要他做什么？"谷老师说："天地良心，吴老师的事情何家田真是管不上的。"宣老师说："管不上也不碍事，村长跟乡长说说，还不是一句话。"谷老师说："天地良心，自己村里的地皮还闹不过来，我想造房子也不知能批不能批呢。"宣老师说："你们家建平才几岁？"谷老师晓得自己说漏了嘴，连忙解释，说："我不是说我马上就要造，我是说，我是说，我其实就是说……"老师都看着他笑。谷老师说："我是说现在地皮真是很紧，要是早一点……"吴老师说："这话也不知听了多少遍。"校长说："谷老师，我听宣老师的话也不是没有道理，你舅姥在乡里也不是没有人，这我们都知道，你就看在吴老师困难这面上，帮帮他。"大家盯着谷老师。谷老师说："我该的？"校长说："该也不是该的，只是求你帮忙，你又是一向肯帮人的，才求你。"老师都说是，宣老师几个只是笑。谷老师说："那我试试看，我觉得希望不大。"吴老师说："那我先谢过谷老师。"谷老师连忙摆手，

036 / 动　土

这才散了会。走出来，谷老师对宣老师说："你挑我的。"宣老师说："你自己愿意。"谷老师再没有话说。

　　放了寒假，谷老师就在家里歇歇。田里此时也没有什么活好做的，家里的事情有老婆做，谷老师弄本书看看，或者就向着个天瞎想些乱七八糟的心思。老婆见了，说："瞎想心思，不如出去走走人家，看有好些的亲戚人家，说说借钱弄房子的事，不管成不成，说说也是好的。"谷老师说："你说哪些算是好些的亲戚？"老婆说："你是男人，问你。"谷老师说："何家田呀，他有钱。"老婆说："你好意思说，家田帮我们批这地皮，不知费了多少心思，你还赖着他要钱。"谷老师说："本来我也没有想要造房子，建平他们还小，是家田自己提出来的，他不帮忙谁帮忙。"老婆真是有些生气，不再理他，走一边去，把家什甩得砰砰响。谷老师只作听不见，端一张靠背椅，捧一本书，坐到门前太阳下看书去。只看了一会儿，谷老师就听到老婆的叫喊。谷老师说："你尖叫什么？"老婆指着自家的菜地，谷老师一看，何老港家的猪又拱了猪圈的土墙逃出来，专拣谷老师家的菜地去啃菜。谷老师和老婆一起把何老港家的猪轰出去。老婆说："叫你跟何老港说，你不说。菜啃成什么样子，你不心疼？"谷老师朝菜地看看。老婆又说："反正又不是你种，浇水什么的都是我弄，菜你倒是要吃的。"谷老师说："那是，菜是维他命。什么叫维他命？维他命就是维他的生命，这个他就是我。我怎么能不吃？"老婆说："你要吃菜，你去跟何老港说，叫他该把猪圈修一修。"谷老师怕老婆烦，慢慢地往何老港家去，走到何老港家门口，正看到何老港出来，何老港见了谷老师打招呼，又给了烟，谷老师倒不好说话。何老港看谷老师好像有事情，他想了想，说："谷老师，是不是

猪又去了？"谷老师点点头，何老港就骂千刀万剐的猪。后来何老
港说："谷老师，猪圈我明天就弄起来。"谷老师说："好的。"谷老师
向老婆汇了报，只听到老婆冷笑一声，也不知是不相信他呢，还是
不相信何老港。第二天早晨，谷老师仍然在门前看书、晒太阳，他
看到有一两个人扛着些毛竹什么的走过，他们和谷老师打招呼。谷
老师说："你们做什么？"他们说是帮何老港搭猪圈。谷老师跑进屋
跟老婆说。老婆说："人家搭猪圈，要你起什么劲？"谷老师想说什
么，可是看老婆那样，他也懒得再说，只回报她一句，说她是妇人
之心，就回到屋外看自己的书去。谷老师看了一会儿书，就听到何
老港那边开始打桩，一下一下沉闷的声音传过来，谷老师觉得有点
心烦，又强迫自己看书，可是看不进去，就觉得胸口有点闷，站起
来深呼吸几下，还是不见好，再深呼吸。这时候老婆出来，她看了
谷老师一眼，说："你怎么了？"谷老师说："没怎么。"老婆说："是
不是着了凉？你的脸色很不好。"谷老师说："我在太阳底下，着什么
凉。"老婆侧耳听了一下，脸上马上现出一种紧张的神色，老婆说：
"何老港在搭猪圈。"谷老师说："我跟你说过。"老婆拉起谷老师说：
"你跟我走。"老婆走到院墙边，随手拿了一双挂在院墙上的草鞋。
谷老师挣开老婆的手，说："这事情，你去，我不好去，我是老师。"
老婆说："你的事情，你不去有屁用。"复又扯紧谷老师的手拉到何老
港家，他们看了一下，进度不快，毛竹的坑还没有打好。谷老师老
婆把一双草鞋交给何老港，何老港看了一笑，说："早备着呢。"他指
指坑边的草鞋，朝谷老师笑笑，谷老师有点不好意思。后来毛竹的
坑打好了，在放毛竹之前，先把那草鞋垫地坑里，再把毛竹打下去。
谷老师朝老婆看看，老婆说："回吧。"他们一起回去。老婆说："他

们倒想到了。"谷老师觉得说不出什么话来，关于动土的事情，谷老师总是这样，心里有许多想法，可是他说不出来。谷老师仍然坐在门前晒太阳看书，也不再觉得胸口发闷。老婆说："我是吓过的，所以我要去看的，我家的小妹妹……"谷老师说："你说过好多回。"老婆说："我又不是说给你听，我是说给自己听。"谷老师摇了摇头。老婆说："她吐了几大碗的血，我看了吓也吓死了。"谷老师说："那是。"老婆说："后来把那根桩子拔出来，垫一双草鞋，就好了。好多年，从来也没有吐血什么，身体比我好得多，奇怪。"谷老师说："有什么奇怪？"老婆说："你懂。"谷老师说："我也不懂。"老婆白了谷老师一眼，进屋烧饭去。谷老师又看了一会儿书，何家田过来了。谷老师说："你今天怎么有空？"何家田说："我昨天来，你不在，地皮的事已经讨论过。姐姐跟你说了吧？"谷老师点点头。何家田说："我是特意再来关照你的，怕多事情，村里暂时不宣布，可能要过了新年，但是你这边你要早作准备，一批下来就抓紧造，以后空在那里，人看了惹眼，怕被人告，现在的人，一个不好就告，没有办法。"谷老师说："我也知道要抓紧，可是一下子哪里来的那么多钱。"何家田说："你也不要太哭穷。这许多年，你们家就没有一点点？"谷老师说："那哪里够，凑个零头也不知行不行，整的到哪里去弄？"何家田说："我的钱正好放出去了，要不然倒可以先让你用起来，真不巧。"谷老师说："那是，真不巧。"何家田看看谷老师："你是不是不相信，以为我骗你，不肯借给你？"谷老师说："你说的，我可没有说。"何家田一笑，说："其实你有邱县长那样一个学生，你找一下他，求他批点平价材料，不就是钱？"谷老师说："我再也不去找他了，上次那事情……"何家田说："其实上次那事情，后来我听说还

動 土 / 039

是邱县长帮的忙，要不然任光那几个钱能买几年官司呀。"谷老师听了眼睛一亮，说："真的？"何家田说："真的。"谷老师想了想，说："那我就更不能找他，上次已经麻烦他，再要去，我这脸皮也太厚些。"何家田说："你想问题总是和别人反的，照我们想，既然上次那样大的事情他都肯帮，这一次小小的一点建筑材料又算什么，而且上次还不是你自己的事情，现在是你自己要造房子，邱县长这点面子肯定给的。"谷老师说："这倒是，上次他还跟我说，如果我自己有什么事情要他办，他会尽力的。"何家田说："这就是了。"谷老师突然就想起吴老师的事情，他跟舅姥说了，何家田说："自己的事情还没有落实，你倒关心别人。"谷老师说："吴老师实在是有困难。"何家田说："现在困难谁没有，现在的困难就像这泥土一样，抓一把就是。"谷老师说："你不肯为他说说话？"何家田说："这事情我知道，乡里也已经跟我说过，他大概也托了不少人，乡里说既然学校在我们村，就由我们村解决。"谷老师说："那是好。"何家田说："好什么？我跟你说过，你这批是最后一批，已经没有地方好批。"谷老师有些发急："那怎么办？"何家田说："你问我，我问准？"谷老师张了张嘴，没有说出话来。

快到年底时谷老师到县里去找邱县长，他在大门口又被拦住，问了半天，谷老师看还是上次那个看门的，就说："我是邱县长的老师，上次来过，邱县长还将我一直送到大门口，你忘记了？"那人朝他看看，说："每天进进出出多少人，谁能记得你呀。"谷老师想这倒也是的。传达又问："找邱县长什么事？"谷老师却被问住了，不知怎么说才好，愣了一会儿，他说："是私事。"传达说："私事怎么可以找到单位来？"谷老师连忙说："不是私事，是公事。"传达又看看他，说："你等着，我打个电话问问邱县长在不在。你叫什么？"谷老师报上自己的名字。电话通过后，传达说："今天邱县长不在，不过他的秘书在，你可以进去跟他说。"谷老师想，我跟秘书说算什么呢。谷老师后退了一步，说："既然邱县长不在，我就不进去了，下次再来找他。"传达看谷老师老实样，倒有些同情，说："其实你跟县长秘书说是一样的，他会记下来向县长汇报。"谷老师说："可是，可是我这事情……"传达笑了起来，说："是私事也一样。"谷老师连忙掏出烟给传达，传达说："我不抽。"谷老师："上次我来你抽烟的。"传达说："查出来有病，不能抽了。"谷老师问："什么病，烟都不能抽？"传达说："老鬼三。"谷老师以为自己听错了，在他们那里都管癌叫老鬼三的。传达怎么可能是老鬼三？谷老师看着传达发愣，传达一笑，说："怎么发呆？"谷老师说："你瞎说吧？"传达说："我瞎说什么，邱县长是不在，他的秘书说的。"谷老师说："我不是说那个事情，我是说你的那个，那个老鬼三，寻开心的是吧？"传达说："这有什么开心好寻，自己触自己霉头呀。"谷老师说："那是真的？"传达说："当然是真的，晚期了，所以也懒得动手术什么。"谷老师突然就红了眼睛，说："肯定是弄错了，你信不信，你不相信重新去查一次，我敢打赌，肯定是弄错了，你今天就去复查。"传达说："你这个人，你到这里来做什么？你要找县长你进去就是，跟我烦什么。"谷老师还想说什么，传达去接电话，看上去传达也不想和他多说什么。谷老师心里沉沉地就往里走，到了邱县长办公室，果然有一个秘书在，小秘书代表邱县长接待他，谷老师想传达的话没有错的，就把事情向小秘书说了，小秘书开始还记了几笔，后来就不记了，说："其实现在也没有什么平价不平价，都放开了价格。"谷老师说:"那是。"小秘书又说:"邱县长出远门去了,要过一段时间回来。"谷老师说:"不急,不急,反正我的房子也不是眼下就能造起来的。"小秘书偷偷一笑,被谷老师看到,不知笑他什么,一时不再开口。小秘书说:"好的,等邱县长回来,我一定向他汇报,你放心就是。"谷老师谢过小秘书,走出来,他心里还想着传达的病,他想出门时再问一问他的癌是长在哪个部位,谷老师曾经听宣老师说过哪里有一个中医有秘方,他可以向宣老师打听了来告诉传达。谷老师走到门口,却不见传达,他"咦"了几声,看到里屋冒出个头来,是个小年轻的,说:"你咦什么?"谷老师说:"你们的传达呢?"小年轻说:"出去有事情。你找他有事?"谷老师说:"事也没有什么事。"小年轻说:"没有事你走,这是县机关大门,不要站在这里,领导看到要批评。"谷老师只好走了出来,心里想着传达的事情,他又回进去,喊:"哎,小同志。"小年轻复又探出头来:"什么事?"谷老师说:"我问一下,你们传达,是不是生了那个,那个老鬼三?"小年轻朝谷老师看看,说:"你是他什么人?"谷老师说:"也不是什么人。"小年轻说:"你在这里瞎说什么,这事情我们都瞒着他。你什么人,乱说乱喊,给他知道了怎么办?幸好不在,你走。"谷老师再走出来,心里闷闷的,不知是一种什么样的感受。

　　谷老师从县里回来以后,在家就一直等邱县长的回音,可是邱县长一直也没有什么音讯。老婆很急,谷老师说:"人家说要很长时间才回来,说不定还没有到家呢。"老婆说:"都过年了还不到家?"谷老师想了想,说:"可能要到年后,过年前都是很忙的,哪有时间还管我个人的小事情。"老婆说:"我是怀疑。"谷老师也不好说话。到了快过新年的时候,任光来了,说是特意来看看谷老师,感谢他对任小玄的关心，临走还送了一本那么厚的字典，任光带了些礼，说是代表儿子的一点心意。谷老师说："我那字典也不值什么，倒是你带这些，叫我怎么好意思。"任光说："小玄也知道谷老师爱喝两口，我出门时还关照，酒是一定要买的。"谷老师笑起来，说："难得小玄这孩子一片心。"任光坐了一小会儿，说了说到镇上以后的情况，后来就说要回了。谷老师原以为他肯定是有什么事情来的，后来看任光确实没有什么事，真是特意来送礼的，谷老师心里很感激。他把任光送出去好远，最后任光说："谷老师，开春要造房子了？"谷老师愣了一下，说："还没有批下来。"任光一笑，说："已经定了，不会再变的。"任光停顿一下，又说："听说你缺一些？"谷老师脸有点红，说："也不缺多少。"任光说："家田都跟我说了。其实你也不要客气，我虽然被罚得凶，但是毕竟还那个。你要多少，你说就是。"谷老师连连摇手，说："你听何家田乱说，没有的事，没有的事。"任光笑笑，说："那好，我和家田说去。"任光走的时候，谷老师送了他一段，任光对谷老师说："其实，我也不是很想走，我倒是想在小何山这里做点事情的。"谷老师说："你能做。"任光摇了摇头。谷老师说："真的，我是说真心话，只有你能在这里的土地上做点事情出来。"任光听谷老师说得诚恳，也若有所思，谷老师和他道别他也没有很在意。谷老师回到家，他想要不要把任光最后的话跟老婆说说，一时间是又想说，又不想说，真是闷得很难过。老婆也看出他的心烦意乱，追问，谷老师最后还是没有告诉老婆。

　　新年里的几天，谷老师去走亲戚，亲戚都已经知道谷老师开春造房子的事情。谷老师跟他们说，还没有批下来。亲戚们都说，你还瞒我们呢。谷老师说，自己亲戚有什么好瞒的，主要是家田关照过，先不要跟人说，怕有变故。亲戚们都说，定了的事情，你怕什么，你也是符合条件，才给你批的。谷老师想想也是，自己也不是没有条件申请造房，而且既然何家田已经说出口，也是不大可能再收回。谷老师想到造房子这么一件大事就在眼前，不由叹口气，他还不知道这一步怎么走法呢。亲戚们都说，你放心，到时候我们会来相帮的。谷老师听了很感动。刚开春的几天，县里开三干会，何家田要去参加，临走前，何家田过来问谷老师，他到县里看到邱县长要不要代他问一问建筑材料的事情。谷老师想了想，说："你若见到他，问问也好，见不到就算了。"何家田笑起来，说："见不到我问谁呀？"谷老师说："我的意思是说不要特别去找邱县长。"何家田说："我本来有事情要找县长他们的，总能见到。"谷老师说："那行。"何家田走的时候，谷老师突然想到一件事，说："你到县政府，看到传达，代我问问他的情况。"何家田看着谷老师，不怎么明白。谷老师说："那个传达得了老鬼三，我心里一直挂记呢。"何家田说："你和他，怎么，是朋友？"谷老师说："朋友也说不上，一面之交吧。"何家田说："噢。"没有再问什么就走了。何家田去县里开会的那几天，这边谷老师也没有什么事情，学校还没有开学，谷老师依然天天坐在门前晒晒太阳、看看书、看看野景。老婆看他那样子来气，说："不能弄点事情做做？"谷老师说："你以为我在玩呀，我在想正经事呢。"老婆说："做你的大头梦。"谷老师不理睬老婆，自言自语说："造屋百工，拆屋一哄。"老婆朝他看看。谷老师又说："东场搬到西场，亦要三年余粮。"老婆说："听你口气，造新房子倒叫你叹气。"谷老师说："我没有叹气，我只是有点留恋这老屋，住了好多年，总有点感情的。"老婆走开去。谷老师说："其实我这屋基是很好的。"老婆听谷老师这样说，又回过来，说："屋基好有什么用？"谷老师扭头说："不跟你说话。"两人正说着，突然见到小学里吴老师的小儿子奔过来，一脸的慌张，看到谷老师结结巴巴地说："我妈妈，喝药。"谷老师一惊，站起来说："在哪里？"吴老师小儿子说："送医院了，我爸爸急得发了心脏病，也在医院。"谷老师"嘿"一声，说："快走。"跟着吴老师的儿子一起往医院去，到医院看，两个人救过来了，吴老师看到谷老师，长叹一声。谷老师上前说："怎么，怎么，怎么就想不开？"吴老师也不说话，只是叹气。谷老师这才想起没有见到吴老师的大儿子，说："老大呢？"小儿子说："都是他。"谷老师弄了半天才慢慢明白，原来是老大的对象看吴老师家一直不能解决房子，和老大分手，老大回来拿了一把菜刀说要出去砍人，母亲就喝了药。谷老师说："老大怎么这样？"吴老师叹息着，说："也难怪他呀。"谷老师也不好再说什么。吴老师看着谷老师，说："谷老师，我叫老二把你请来，主要是——"谷老师说："我知道。"吴老师眼巴巴地看着谷老师，谷老师把眼睛避开。谷老师心想，你再怎么看着我，我总不能把我的地皮让给你呀，不是别的东西，是土地呀，土地是什么？吴老师说："谷老师你不要误会，不要想到歪里去，我请你来，只是请你给校长带个信，开学不要安排我的课了，我不去学校了。"谷老师吃了一惊。吴老师说："再在学校做下去，家里真是不行了，我想别的办法去，做什么也比在学校做强些。"谷老师张了张嘴，竟说不出一句劝他的话来。

　　过了几天，何家田开完三干会回来，到谷老师这边来，谷老师看他的脸色也不太好，谷老师问："怎么样？"何家田摇摇头："人不在，没见着。"谷老师一愣，说："住医院了？"何家田奇怪地看了谷

老师一眼，说："住什么医院呀，到省委党校学习，要提了。"谷老师
听了有些不明白，说："你说谁呀？"何家田也不明白："我说谁？说
邱县长呀。你不是问邱县长的么？"谷老师说："哎呀，搞什么，我
是问传达室的那个老传达。"何家田说："什么传达？"谷老师长叹一
声，说："唉，托你个王伯伯。"何家田说："人家烦也烦死了，谁还
记得你的什么传达。传达跟你有什么关系，跟我有什么关系？真是
的。"谷老师说："唉。"何家田说："吴老师的事情，不好呢。"谷老
师说："你也知道了？"何家田说："正在开三干会，不知谁把事情闹
到会上，影响很大，上面——"谷老师说："是要这样，是要这样，
谁叫他们平时不管不顾我们做老师的，是要。"何家田说："你还说这
话。你知道倒霉的是谁？是你自己。"谷老师说："怎么会？"何家田
说："每个村、每个乡的地皮事情，只要是没有批下来的、没有公布
的，都要重新讨论、重新研究，早知道这样我们年前就批了，也没
有这事情了，现在好。"谷老师说："是不是重新讨论我的房子就没有
希望了？"何家田说："是很危险，你的条件，比别人差远去了。"谷
老师说："那是。"何家田看着谷老师说："你说怎么办？"谷老师说：
"怎么问我？"何家田说："是你的事情。"谷老师看了看何家田愁眉
苦脸的样子，想了想，说："那我就不申请了。"何家田说："你想得
通？"谷老师说："想得通也要想，想不通也要想。"何家田说："我
姐姐那里？"谷老师说："她听我的。"何家田松了一口气，脸色也慢
慢地好起来。谷老师说："你这个人，有话跟我直说就是，绕了大半
天自己不说，要我说。要是我也不说呢，不是憋死你？"何家田笑
起来，说："我知道你会说的。"谷老师说："我好说话。"何家田说：
"所以。"谷老师等老婆回来把事情跟老婆说了，老婆跳起来，说：

"你说得出。"谷老师说:"是何家田来动员我的,我怎么能不松口?我不松口,不是给你弟弟为难吗?"老婆说:"有你这样的人。"谷老师说:"怎么怪我呀。"老婆不再跟他多说,转身到下塘找何家田去,去了好半天,老婆回来了,谷老师看她两眼红红的,说:"哭赢了没有?"老婆看了他一眼,也没有再骂人,只说了一句"有你这样的人",就去睡了。

到了开学的时候,吴老师果然没有来报到,校长很着急,叫谷老师去动员,谷老师不肯。校长说:"算我求你,吴老师只还和你说得来些,我们去,定准是要碰钉子。"谷老师说:"好吧,我去试试。"到了吴老师家,吴老师说:"我知道你会来的。"谷老师说:"反正我这个人脸皮也厚。"吴老师说:"房子的事情,我觉得很对不起你,我本来不是钳你的,谁知道害你受了累。"谷老师说:"这也不是你的责任。"吴老师说:"总是和我的闹有关系,我想想也是不应该,到头来自己也没有什么好处,地皮还是不能给我,反倒害了别人。"谷老师说:"事情已经过去,也不要多想了。老大怎么样?"吴老师出了一口气,说:"他倒想通了,也不要什么新房子了,出去闯天下去。"谷老师说:"闯闯说不定能闯出名堂出来,我看你们家老大是有出息的。"吴老师说:"希望如此。"谷老师说:"你怎么办?"吴老师说:"我想来想去,还是去教书。"谷老师笑起来,吴老师也笑了,他们一起往学校去。到了学校,大家见谷老师果然把吴老师动员来了,都觉得谷老师有本事,大家说他,谷老师就解释说本来吴老师正要来,他也是撞得巧。谷老师越是这样说,大家越以为他谦虚,越是拿他当个话题来说。谷老师看看吴老师,吴老师在一边直是笑,谷老师心里也很开心。

　　过了不久，就到雨季，春雨潇潇，绵延不断，下得人心里长毛。夜里谷老师起来上茅厕，又滑了一下，屁股桩在地上。摔下去的时候，谷老师还在想，又摔了，他却不知道这一倒下，再爬不起来了。老婆睡得迷迷糊糊，好像感觉到谷老师出去方便，怎么一等不来二等不来，披了衣服出来看，才发现谷老师躺在泥地上哼哼唧唧，老婆上去拖他拖不动，叫醒了建平建英，三个人一起把谷老师架起来，又去喊了邻居，连夜把谷老师抬到医院，一查，说是摔断了尾巴骨，至少要在床上躺三个月。大家到医院看谷老师，谷老师就说，我说要重排粪缸，大家说是，等你好了我们一起来帮忙。有一天何家田来，谷老师又说重排粪缸，何家田说："你也不用重排粪缸，也不用后悔房子的事情得而复失，上塘你们家这一带马上要拆迁。"谷老师说："乡下拆的什么迁，又不是在城里。"何家田说："小何山要派用场，要把路修起来，路正好立在你们那一线上。"谷老师说："小何山你们又不是不知道，能派什么用场？"何家田说："做公墓。"谷老师一愣，后来他说："这倒是个好主意。谁的？"何家田说："任光。"谷老师说："只有他。"何家田说："那是。"原来任光人虽然脱离了土地，心却没有离得开，始终要想在家乡做点事情，在四处奔走了半年后，终于说动了有关部门，把小何山定作重点公墓开发建设，任光终于又回来了。何家田走后，谷老师对老婆说："小何山也动起来了，真是发展得快呢，从前我们都知道，小何山不能随便动的。"老婆说："那也要看菩萨大不大。菩萨大过土地，就行；菩萨大不过土地，就不行。"谷老师说："你是说任光菩萨大？"老婆说："那是，任光有的是钱。"谷老师说："钱就是菩萨？"老婆说："你才明白呀。"谷老师说："我并没有明白。"

　　三个月以后，谷老师能够下床了，他走出去，看看外面真是什么都好，天是那样的蓝，地是那样的绿。谷老师看到有许多人在他家周围量地皮，画白线。谷老师走过来，大家说，谷老师，起来啦，正赶上搬家。谷老师说，那是。谷老师看着他们忙，他想，这一回真是大动土木了。他一边想着一边慢慢地向小何山方向去，他远远地就看到小何山的工程正在开始，在小何山四周，插遍了红旗。谷老师看到那些迎风飘扬的红旗，笑起来，他想，插了红旗就好。

单线联系

一

那一年少年根生从很远的地方来。他是跟着一条大河过来的。根生并不知道方向，但他知道他是顺着水流的方向走。这样基本上能够判断根生的走向：西北—东南。当然关于根生的走向和根生走的时间以及这条大河的名称等等，根生是不会去考虑的。根生一路上见到很多纤夫。纤夫光着脚，纤夫的脚很黑，他们总是迎面过来，和根生交叉而过。根生想这河边的小路一定是纤夫踩出来的。根生这样想无疑是对的，根生听纤夫喊的永远是一个调子。

纤夫喊：吭唷吭唷吭唷吭唷。

根生曾经以为他是走不尽这条路的。

后来在某一天，根生终于走进了一座南方小镇。这已是傍晚时分，根生站在小镇外的田野上，他看见这个南方小镇有零星的烛光，那时候根生心里一定有一种想法。以后根生始终没有再回忆当时的想法是什么。根生那时候还不知道这座小镇就是杨湾。当然，对于根生来说，南方的某一座小镇叫作杨湾或者叫作李湾，并没有更大的区别。这只是根生生命中的一站，只不过根生那时并没有想到，他会在这一站停留很久很久。

可以推断根生是从西北方向进入杨湾小镇的，所以根生首先看到一座比较高大的房屋。根生看见敞开的大门，看见大堂上有一尊泥塑像，像前桌上有两支点燃的很高的红烛，红烛中间，是一盘米团。

根生不知道这是庙。根生是一个愚钝麻木的孩子，而且在根生自己的家乡那里没有庙。

这时候根生无疑是饿了，所以他没有考虑什么就跨过了那道很高的门槛。

是否可以推测根生从此跨入了人生的另一个阶段——这种说法对一个乡下逃难来的愚钝麻木的孩子未免过于诗情画意了一些，但这个推论却是正确的，以后的事实将会证明这一点。

庙里的住持和尚玄空和根生作了一次谈话，玄空问根生从哪里来到哪里去叫什么名字多大岁数还有家里的情况等等，这些问题根生在沿途乞讨时已经被人问过无数次，根生很耐心地一一作答。只是对于玄空在每一句话的前面和后面都加上"阿弥陀佛"和"罪过罪过"，根生觉得有点滑稽，但他没有笑，他越过玄空的脸看供桌上的米团。

　　玄空念过"阿弥陀佛"就去盛了粥来让根生吃，根生吃过粥，朝玄空笑了一笑。

　　玄空继续和根生谈心，玄空告诉根生，这种庙叫作莲花庙，供的是观音菩萨。玄空说你知道观音菩萨吗？玄空娓娓地给根生讲了观音菩萨的故事，根生进入一种昏昏欲睡的状态，玄空很满意。玄空最后说他的徒弟会觉是一个云游四方的和尚，一年中有十个月在外化缘，所以莲花庙基本上只是玄空一个人守着，玄空决心收根生做弟子。

　　玄空那时候一定以为根生是一个可造之才。玄空以为根生虽然年幼无识，却有善根，潜心学佛，来日会有善果。

　　玄空说："你留下吧。"

　　根生就留下了。

　　以后的故事就是玄空讲佛，根生听经。但是故事倘若沿着这一条轨道行进，无疑就进入了歧途。

　　请注意故事的本文是"单线联系"。

　　再请注意"单线联系"这是一个斗争用语，如此而已。"单线联系"不是一个象征，也不是一个比喻，亦不是一种暗示和一种借托，说到底单线联系只是地下斗争的一个术语或一种方式，希望不会引起误读或产生歧义。

　　似乎没有必要再对"单线联系"作一些更具体更形象的解释，这是一个不难理解的概念。如果李四是地下工作者，那么他只能和张三以及王五发生联系。如果确实有一条线，那么在李四的上端只和张三接触，在下端他只和王五发生关系，除此之外，再无别人。这种斗争方式很显然是为了保密，为了安全，更确切地说是为了保全自己，保全自己则是为了消灭敌人，这毫无疑义。但是看起来这种斗争方式的保险系数仍是一个未知数。一旦李四被捕，李四就面临两种情况：也许李四宁死不屈，英勇牺牲，这是一。但也许李四是个软骨头，他供出了张三和王五。两种可能性都会有的。紧接着是张三和王五被捕，对张三、王五来说也就面临着和李四一样的两条路，如果张三和王五都走后一条路，那么他们的上线和下线就又进入了这种性命交关的恶性循环。所以说到底，凡做地下工作，单线联系，是要具备牺牲精神的。一位烈士曾经说过钢铁撬不开紧闭的嘴，那是战友的生命线（大意），这就是牺牲精神，感人至深。

单线联系的故事开始的时候，根生拿着一把鸡毛掸帚，在拂扫菩萨身上的灰尘，玄空说过最高的境界是"本来无一物，何处惹尘埃"，根生不明白，若是无尘埃，玄空为何天天要他拂扫。

不过根生现在很轻松，他不必再去想那些想不明白的事。玄空现在不再给根生讲佛念经，玄空曾经以为根生可造，但事实证明玄空错了。

根生是一个愚呆麻木的孩子，慧根全无，冥顽不化。玄空终于放弃了指导根生学佛的努力。

玄空也许不应该放弃。佛本不承认世上有顽劣不可教化之人，佛既如此，玄空怎能轻易放弃。但是佛教又说，佛是人而不是神。佛且是人，那么玄空也只能是一个平常的人。有人曾经作过比喻，如果佛教是一所学校，那么佛就是校长，菩萨则是教员，那么像玄空这样的学佛之人，就是一名学员罢了，一名正在学习的学员，本不能指望他已经有很高的境界，所以玄空对于愚呆麻木的根生放弃努力也属正常。

　　玄空放弃了努力，他并没有赶根生走，根生虽然学佛无望，但做做下手还是很好的，根生很勤快，玄空就留根生下来做一个小庙祝，庙祝又可称作香火。杨湾一带的老百姓管庙祝叫俗和尚。因为根生年纪小，木讷老实，杨湾镇上也有人叫他小和尚。

　　对于各种称呼根生并不在乎。他在庙里拂灰扫地、挑水煮饭。能吃饱，夜里睡觉有床，还有一条被子。根生有时候也想想从前在家时的情形以及他和爹娘弟妹失散的情形，根生既没有悲伤的感觉，也没有什么欢乐的回忆，根生只是偶尔地想一想而已，那一切对于根生来说正在渐渐地淡去。根生在他小的时候似乎应该是生过一场病，确切地说应该是一种对脑子有影响的病，但根生自己不知道，除非以后找到根生的爹娘才能证实。但根生的爹娘是找不到的，至少在这个故事里。

　　当然，本来也没有必要证实什么。

　　已经说过故事开始的时候，根生正在掸拂菩萨身上的尘埃，这时候杨雄走了进来。

　　杨雄那时候大家叫他杨队长，至于杨队长究竟是武工队长，还是游击队长或者是除奸队长，或别的什么队长，这并不重要，重要的是杨雄是杨队长，这就够了。

　　杨队长那时候腰间束着皮带，两把带枪套的驳壳枪交叉着斜挎左右两侧，走路的时候，由于髋关节的震动，驳壳枪也有些震动，但杨队长并不在乎。

　　杨队长常常带着他的通讯员小刘到杨湾来，他若是从西北方向来，杨队长经过莲花庙，他进来看看，叫一声玄空师父，再叫一声根生兄弟，说几句话再走。杨队长很会联系群众，杨队长他懂得群众是水、他是鱼的道理。所以玄空师父曾经说杨队长是"宅心仁厚"。

根生看杨队长的时候，总是想杨队长好像是一个先生。根生从来没有见过先生，学堂的先生和私塾的先生根生都没有见过。杨湾镇上是有小学堂的，里面有不少先生，可是根生没有见过。根生既然没有见过先生，根生怎么会觉得杨队长像先生，这有些奇怪。

其实杨队长并不是先生。杨队长从前没有做过先生，以后也不会做先生，杨队长从很年轻很年轻的时候起就背着枪，他以后好多年仍然背着枪。杨队长好像生来就是这样。

从杨队长的外表看并没有什么特殊的职业的标志，杨队长如果换一件农民的衣服，不带驳壳枪，再拿一把锄头，杨队长就是一个南方乡下的农民。

根生所以认为杨队长是先生，这里边有一个小小的原因，根生在第一次见到杨队长的时候，他听玄空师父说："杨先生来了。"

就这样。

根生不明白"先生"是一种统称，这又一次证明了根生的愚钝麻木。

从前杨队长来，摸摸根生的头，再从衣袋里掏出些吃的像芝麻糖什么的给根生，小刘就在一边笑，小刘只比根生大两三岁，却已经是一个大人样子了。小刘也有枪，但小刘笑起来还是个孩子。如果小刘笑，根生也会笑笑。

也有的时候杨队长和小刘就住在庙里，倘若在夏秋季节傍晚的时候，小刘就带根生去捉田鸡、钓黄鳝。在这样的时候，根生叫小刘"刘哥"，小刘就笑。在南方杨湾这一带，不兴这种叫法，小刘说："根生，平时你怎么不说话。"

根生说："我说不好。"

小刘又笑，说："你这个小孩，笑死人了。"

根生就跟着笑。

小刘又说："你愿不愿意跟我们去打仗？"

根生想了想，他说："我不去，我怕，我不敢打枪。"

小刘并不笑话根生胆小，只是叹口气说："开始的时候我也很怕，后来就习惯了，杨队长总是带着我。"

然后他们把捉到的田鸡什么带回去，避开玄空师父，躲在柴房里烤熟，等杨队长开完群众会回来吃。杨队长嘎叽嘎叽连肉带骨头一起嚼了咽下去，杨队长说："真香。小刘，你烤的田鸡真好吃。"

小刘朝根生看看，说："我要是牺牲了，没有人烤田鸡给杨队长吃。根生，我要是牺牲了，你跟着杨队长吧。"

根生不明白。

杨队长笑了一声，说："怎么会？嚼舌头。"

但是此时小刘身上的悲剧气味已经弥溢开来了。

在根生掸拂尘埃的时候，杨队长走进来，他身后没有小刘，杨队长手臂上套着黑纱。

杨队长走进庙宅看到根生，杨队长的眼睛红了，他说："小刘牺牲了。"

根生没有说话，他奇怪地发现杨队长的皮带和驳壳枪却没有了，衣服也换了，杨队长穿着对襟盘扣的土布衫，现在的杨队长就是一个南方乡下的农民。

杨队长不再束皮带、不再斜挎驳壳枪，这意味着杨队长他们的

056 / 动　土

斗争开始转入地下。东洋人终于还是打过来了，位于东线后方的杨湾一带已经沦陷。东洋人的军队随时会来扫荡，杨湾镇上的大户人家躲到乡下去，小户人家惶惶不可终日。

就在这样的时候，杨队长走进莲花庙，他说："小刘牺牲了。"

根生麻木地看着杨队长。

杨队长在小刘牺牲以后到庙里来，他是不是来帮助小刘实现遗愿，把根生带走，这很难说。小刘和根生，是不一样的：小刘开朗、胆大、坚决、果断；而根生，不难看出他是一个愚钝的、胆小的、犹豫不决的孩子，这样的孩子不适宜从事那种惊心动魄的工作，当然也就不可能做叱咤风云的人物。

杨队长对根生说："东洋人来了。"

根生点点头。

杨队长又说："东洋人杀了我们好多人，他们杀死了小刘。"

根生点头。

杨队长然后问："根生你恨不恨东洋人？"

根生说："我恨的。"

杨队长再问："根生你怕不怕东洋人？"

根生说："我怕的。"

这样的对话使杨队长进入窘况，当然杨队长是有思想准备的，杨队长知道在革命高潮的时候动员革命和革命低潮的时候动员革命其难度是不一样的。杨队长他们损失了包括小刘在内的许多同志，杨队长急于要补充新的力量，这毫无疑问。杨队长曾经把杨湾镇上的各式人等一一考虑过来，杨队长必须谨慎从事才好。

杨队长换了一个话题，他向根生打听庙里进香进货的事情，根生告诉杨队长每逢月半他都到杨湾镇的同顺杂货店进香烛,也顺带进一个月的日用品。

对这一点杨队长无疑早就知道,杨队长点着头,说:"根生,月半那天你去进货,如果我托你带一封信给同顺店的陈老板,你肯吗?"

根生点点头。

杨队长说:"你把信交给他,他会送一包芝麻饼给你吃的。"

根生说:"我现在就帮你去送。"

杨队长笑起来,说:"现在用不着,到月半那天我会来找你的。"

根生说:"好的。"然后根生想了一想,他很想问杨队长一个问题:你自己为什么不去?不过根生没有问,大概根生觉得没有必要问。

"但是这件事,给陈老板送信的事,"杨队长说,"不能让别人知道!"

根生看着杨队长。

杨队长继续说:"让别人知道,要被杀头的。"

根生木然地看看杨队长。

杨队长说:"我这样说了,你还愿不愿意帮我?"

根生想了一想,点点头。

杨队长说:"你不怕杀头?"

根生又想了一想,他好像笑了一下,他说:"我不会杀头的。我不让别人知道,我就不会杀头,对吧?"

杨队长盯着根生看了一会儿,他的眼圈有点红,但根生并不知道,其实即使根生看到杨队长眼睛红了,根生也不会很在意的。

这一天杨队长没有在庙里住，临走时，他再次叮嘱根生送信的事不能让任何人知道。根生说："玄空师父呢？"

杨队长口气很坚决地说："也不能。"

根生点点头。

很快到了月半，杨队长一早就过来了，交给根生一张折起来的纸，让根生放好，然后根生就到杨湾镇的同顺杂货店去进香烛和日用品。根据杨队长的吩咐，根生什么话也没有说，他把杨队长的信交给陈老板，陈老板果然包了一包芝麻饼给根生，根生进了货，挑了一担就回来了。

那时候根生并不知道他送的是一张白纸，以后根生知道了，但他始终没有明白这是为什么。

以后杨队长就很少来了，月半的信却没有断过。总有一个什么人，但不是杨队长，在月半早上把信压在供桌上左边那个香炉下面，根生把它取出来，送到杂货店，换回一包芝麻饼。

事情很简单。

根生不知道是谁把信压在香炉下面的，月半那天，烧香的人很多，但是人再多，根生也完全可以窥视得到是谁在动香炉，但根生始终没有这样做。根生为什么不想看一看这个送信的人，根生是怎么想的，很难说。反正根生没有这样的欲望，这是可以肯定的。

根生不认识字，所以他不知道每一封信上写着什么，他不知道其中有哪几封是白纸，有哪些是有字的。根生以后慢慢地会了解更多一些，比如白纸也是一种内容，暗示一切正常，行动照旧。

就这样，根生走进了"单线联系"的本文。

但是谁都明白根生是不具备牺牲精神的，从这一点说根生基本上不符合从事地下斗争的条件，但是事实上根生已经走了进去，不再回头。

以后的事实将证明，根生虽然不具备牺牲精神，不具备种种条件，但是根生对于杨队长交给他的任务，还是能够完成的。

回想当年杨队长牵着根生的手走进这个故事，杨队长是因为在险恶的情形之下找不到合适的人选？或者，杨队长一开始就看出了根生内敛的气质？

以后根生的履历表在"参加革命年月"一栏中，应该填上"1937 年 11 月"。（如果根生仍然不识字，他完全可以请人代写。）

但是很奇怪，根生始终没有履历表。

这确实很奇怪，但这是一个另外的话题。

回到故事本文来还有一句话，1937 年根生十二岁。

关于根生的单线联系的故事，在 1937 年既然已经拉开帷幕，以后这道幕也许会一直延续下去，最后在 1949 年终是要降落的。应该补充说明一下的是，单线联系，这种斗争方式，并不是地下斗争的唯一方式。换句话说，常常在情势特别凶险、环境特别恶劣、敌人的力量特别（暂时）强大、敌人的气焰特别（暂时）嚣张的特殊时期，采用单线联系的方式，过去把这叫作提着脑袋干革命。这不难想象，做单线联系和未做过单线联系的人都能从这一个主谓词组中体味出火药味和血腥味。

根生却不是这样。

根生自从走进了单线联系的故事，无疑也就走进了一个险象环生、朝不保夕的恶劣环境，但是事实上根生行若无事、神色不惊。所以根生把一项危如朝露的工作也进行得平平淡淡、不惊不误。

推测原因有两种：

一、根生愚钝麻木。

二、根生大智若愚。

根生愚钝麻木也好，根生大智若愚也好，殊途同归，结果是一样的：关于根生的单线联系的故事，缺少扣人心弦的情节，缺少惊心动魄的剧变；讲述关于根生的单线联系的故事，无疑会因为缺乏引人入胜的内容而失去许多耐心的和不耐心的读者。

纵观根生起于 1937 年，止于以后某某年的工作，总体上是有惊无险、平淡无奇的。但却不能因此就说根生的工作一无特色、一无成绩，恰恰相反，根生的工作是相当有特色，也相当有成绩的。

很难说清这是一种什么样的特色。

根生的单线联系的故事发生在杨湾，这一点已经很明确。已经说过当初根生走进南方小镇杨湾或者走进另一个南方小镇李湾，这对一个苏北乡下的少年来说意义并不重大，但是故事既然发生在杨湾而不是李湾，那么根生以后在杨湾所从事的工作的特色，姑且就算作杨湾特色吧。

二

杨湾，大家知道这是一座古老幽静的南方小镇。在杨湾一带的乡间，土地肥沃，水网密布，基本上处于一种旱涝保收的富饶状态。从前诗中有"近炊香稻识红莲""桃花流水鳜鱼肥"等等，虽然不一定是写杨湾，如果拿过来作杨湾的写照，无疑也是十分贴切的。

杨湾镇在一大片肥田沃土、青池绿水的环绕之中，犹如一株睡莲，安详地平卧在清流碧波之中。水乡泽国中的杨湾，由于交通闭塞，历史上很少兵燹之灾，因此在杨湾聚住着许多不露富的大户人家，这是不言而喻的。

代有名门望族、宅第园林甚众，与之相配，杨湾镇的街巷亦建造修筑得十分考究，河巷相依，纵横有序，脉结分明，双向通达，此为总体风格；砖街遍布，御道点缀，弹石如坚，箆箕为观，此为街巷之面目。故语云："雨后着绣鞋"，不为夸张。

但是在杨湾街上，商行店肆却是不多，杨湾不是一座兴旺发达的商业小镇，这一点不用怀疑。隐居的士大夫，闲居的文人墨客，家有千顷万金的地主，这样的大户人家的用品，大都由家丁或下人定时摇船进城采办，长期如此，养成习惯，也不觉有什么不方便。至于小家小户的需求，镇上的几家杂货店的货，也就足够供应的了。三两家杂坊，五六座茶肆，七八千人口，几百户人家，这就是杨湾。

瓣莲街上的同顺杂货店是杨湾镇上最大的杂货店。同顺店创建的年代无疑已经比较久远了，店堂内外有许多迹象都表明了这一点。比如在柜台外挂有一块短阔招牌，上面写着"起首老店"四个大字，大字下面有一排小字，写的是张氏五代姓名，这基本上能够说明同顺店至少已经传了五代这样一个事实。

张氏同顺店由盛到衰的过程，杨湾镇上的人是很明白的。从前人说，养儿胜似父，要钱做什么，又说养儿不如父，要钱做什么。这话是很有道理的，同顺店到了张登奎辈上，出了不肖子孙张源辛。张源辛十八岁开始抽大烟，其时称福寿膏，以后张登奎心灰意懒，无心开创新业，只求守住祖业而已。到张源辛接了同顺店，自是每况愈下，难以为继，福寿膏把张源辛弄得既无福又无寿，三十那岁数便一命呜呼。张氏孤儿寡母无力维持，顾不得族人反对，决定将同顺店盘出。

当时想盘入同顺店的人很多，最后由陈秀女以高价买进，同顺店从此改为陈姓。

陈秀女盘买同顺店的主意，曾经遭到陈小丫头的极力反对。陈小丫头是杨湾乡下的一个富农，家境优越，殷实富户，有良田百十亩，牛羊能成群，房屋数十间。陈小丫头心满意足，唯一的愿望就是要子子孙孙辛劳耕作，勤俭治家，守住祖业。不料陈秀女却执意从商。陈小丫头说："你若买下同顺，我就放火烧了同顺。"陈秀女笑笑。

陈秀女终于还是买下了同顺店，陈小丫头当然没有放火。

请注意陈小丫头和陈秀女他们的关系是父与子，而不是母女或者其他什么关系。

陈小丫头和陈秀女，父亲和儿子，都有这样的极为女性化的名字，是不是有什么特殊的意义呢？当然没有。这也许只是杨湾一带的风俗而已，说到底，一个人的名字和这个人的所有的一切并没有什么必然的联系，这一点也许大家都明白。虽然后来流行关于姓名的测字，但那是一种高深的现代化的科学，在1937年前后南方小镇杨湾一带的农民，是不能理解的。

起先陈小丫头只知道陈秀女心血来潮突然要买同顺店，陈小丫头既惊讶又气恼，但陈小丫头并不知道也没有问一问为什么。

其实这很明白，陈秀女买下了一爿同顺店，也就买到了地下党的一个联络点。

如果追溯陈秀女作为一个富农的儿子参加革命的历史，虽然不会很复杂因而也不至于很费笔墨，但却有一些喧宾夺主的意味。很明显这个单线联系的故事应该以根生为主，而不是陈秀女，需要说明的只是陈小丫头后来终于知道了陈秀女购买同顺店的意图。

陈小丫头究竟是怎么知道、怎么发现的，现在已经很难说清楚，但有一点是肯定的，陈秀女没有做好保密工作，或者陈秀女根本没有想到要对家人保密，或者陈秀女违反了组织纪律，也可能陈秀女无意中泄漏了什么，总之陈秀女在陈小丫头面前暴露了身份。陈小丫头出了一身冷汗，几天没有好吃，几夜没有好睡。陈小丫头到杨湾镇上把陈秀女叫回来，他说：

"你把同顺店卖了，马上回家，不然……"

陈秀女说：

"不然怎么样？"

陈小丫头咬着牙说：

"不然我就去报告你。"

陈秀女笑起来，说：

"好吧，你去报告吧。"

陈小丫头"呜呜"地哭起来。

陈秀女觉得很好笑，等陈小丫头不再哭的时候，他说：

"我不跟你说你也知道，这是杀头的事，你要是说出去，我的头第一个掉下来。"

陈小丫头听了，又"呜呜"地哭起来。

陈秀女在这种情况下继续把同顺店作为联络点，他没有向杨雄汇报，这无疑是违反纪律的。但是陈秀女他还很年轻，他还不知道厉害，他好像把杀头的事看得很轻松，犯错误也是正常的，但愿陈秀女的这个错误不要以他和他的战友的人头为代价。

这就要看事态的发展了。

应该说根生了。

根生在刚到杨湾的时候，他去同顺店采办东西，那时还是大烟鬼张老板坐柜台，张老板是很有同情心的，他常常送一些食物或是一双鞋给根生，这样根生就会想到自己的父亲。父亲不抽大烟，他们那里没有大烟，但父亲也很瘦，和张老板一样瘦。根生是很少回忆从前的，但他看见张老板就会想起从前，这很奇怪。杨湾镇上的人都认为张老板很不好，大家都很鄙视他。

以后张老板死了，换了陈老板。陈老板很年轻，细皮嫩肉，风度翩翩，夏天穿绸短褂，冬天穿皮棉袄，待人接物，风度翩翩。杨湾镇上的人很看得起他，有的人叫他陈老板，也有的人叫他陈少爷。陈老板刚开始站柜台的一阵，杨湾镇上一些未嫁的姑娘，心里都有点活动。但是陈老板公事公办，一概以礼相待，未见对谁有过特别的关照，时间一长，大家也就知道他的为人了。

在根生进入单线联系之前，每逢月半去购买物品，陈老板和杨湾镇的人一样，叫他"小和尚"。根生买东西，陈老板不会缺斤少两，但也不会像张老板那样，多塞一块饼、多加几颗糖。

所以根生对于陈老板，说不出有什么想法，陈老板不会引起根生的什么联想，这是肯定的。

当根生第一次把杨雄队长的白纸条交给陈老板时，陈老板大吃一惊。纸条是夹在纸钞里一起交给陈老板的。陈老板在数纸钞时发现了那张白纸条。陈老板看见那张白纸条，他"啊"了一声。在这之前杨雄无疑已经和陈老板说过新的联系人的事，但陈老板没有想到会是根生。陈老板有点不相信，他盯住根生看了一会儿，根生站着，望着柜台里货架上各式各样的东西发呆。

陈老板又一次违反纪律，他忍不住说：

"怎么是你？"

根生木然地朝他看看。

陈老板又说："是杨队长叫你送来的？"

根生仍然呆呆地看着陈老板，不说话，也没有任何表情。

陈老板把那张纸看了又看，然后又问：

"你知道不知道你在做什么？"

根生指指货架上的货，说：

"我给了你钱，你给我香烛。"

陈老板张了张嘴，不好再说什么。他拿了香烛和其他日用品交给根生，根生背了一筐，就走了。

这是第一次。

平时根生并非只到瓣莲街的同顺店购物。瓣莲街是杨湾镇上比较热闹的地方，这里有米行、酱行、炭行等等。根生要到米行买米，到炭行买炭，他经过同顺店的时候，并不和陈老板说话。根生的老实和木讷，在杨湾镇上大家都知道，在大家看来，根生既不讨人喜欢，又不讨人厌。所以他们对于根生既不喜欢也不讨厌。对杨湾来说根生是可有可无的，如果有几个心慈面善的妇人、老太太坐在街角，她们看根生背着米袋或者挑着炭担，光着脚穿一双木屐在瓣莲街的石子上甩出噼啪噼啪的声音，她们也会发出一些怜悯的叹息，她们说起根生的身世，感叹一个孩子小小年纪背井离乡，在一个陌生地方以庙为生。当然她们也仅仅只是叹息几声而已。

066 / 动 土

根生对于这一切，是无所察觉的，对他淡漠或者对他同情，根生他很可能感受不到。根生不是一个聪明的孩子，他不能从别人的眼睛里发现别人对他的想法。

由此看来根生的单线联系的工作确实是比较平淡。当然这因为根生他不知道在他的平淡无奇的工作背后，却始终进行着激烈的惊心动魄的生死搏斗。而这些搏斗的计划、方案等等，多半曾经经过根生的手。根生并不知道那些有字的和无字的信从哪里来，也不知道陈老板会把这些信再送到哪里去，并且根生根本不知道信上写着什么和不写什么，根生也就无从猜想、无从联想，更何况已经说过根生是一个不怎么会联想的孩子，除了大烟鬼张老板曾经使他联想起他的父亲，此外根生几乎再也没有经历过联想以及类似联想的情感和情绪。

有一天陈老板在看了根生带来的纸条后，突然笑了，他对根生说："我要结婚了。结婚，你知道吗？"

根生摇摇头。

到下一个月根生去进货，同顺店还没有开门，根生在同顺店对面的青莲茶馆歇脚，等同顺店开门。

钱四娘说："小和尚来得早。"

根生笑笑。

钱四娘朝根生的脑门上点了一下，说："以后晚点来，懂吗？"

根生不懂。

钱四娘和别的人就笑，笑得很古怪。根生是不能理解的，所以钱四娘说："新婚夫妻困晚早，懂吗？"

根生他懂了，点点头。

以后钱四娘就不再和根生说话，她和茶客们围着陈老板新婚这个话题往下说。

陈老板的太太是外乡人，口音很别扭，对这一点杨湾镇的人都觉得奇怪。陈太太长得并不很漂亮，皮肤也有点粗糙。陈老板说是远房表亲，从小就配定的，大家也就无话可说。

当然这样的解释只能骗骗杨湾人，无论如何骗不了聪明的读者，读者一定想，这是假夫妻，一点也不错，事实正是如此。

假夫妻，这是地下党的惯用方式，事实证明这也是一个相当好的方式。

从前的人讨老婆，无非是为了传宗接代和服侍男人，但是地下党讨老婆，情形当然不一样。假陈太太是一位发报员。发报机是放在嫁妆里带过来的。她常常在深更半夜工作，陈老板要给她放风，当然不能早睡，也就不能早起了。

再到下一个月，根生仍然是老时间等开门。钱四娘说："叫你晚点来，你又早来了。"

根生说："师父叫我早来。"

钱四娘叹口气，说："老和尚早起念经，小和尚也不得睡懒觉，劳碌命。"

根生坐在茶馆店门口槛边，并不说话，也不在意茶客们说三道四，只看着同顺店的门，等门开了，他就过去。

陈老板的气色不好，站在柜台边无精打采，钱四娘他们跟他开一些比较庸俗下流的玩笑，陈老板和他们打哈哈。

这一日根生送的是一张白条，陈老板看过，松了一口气，他往根生的竹筐里装货，突然听见根生开口了。

　　根生说:"你做滚地龙?"

　　请注意根生在这里用"滚地龙"这样一个词语。"滚地龙"在南方小镇杨湾一带方言中意思就是一种十分低矮简陋的棚户,而根生所说的"滚地龙"显然不是这个意思。根生说的"滚地龙",是根生家乡的土话,指的是有床不睡打地铺。根生平时很少开口,这和他的口音与杨湾口音不同是有关系的。根生在这里怎么会想起这个词语? 在根生对家乡的记忆中,是否只留下这样一个内容呢?

　　杨湾人陈老板显然是听不懂,他问:"什么?"

　　根生朝他看看,说:"做滚地龙,不和老婆一起睡。"

　　陈老板有些生气,脸也有点红,问道:"你什么意思?"

　　根生说:"你怎么不跟陈太太一起睡?"

　　陈老板听了根生这话,脸色由红转白,说:"你说什么? 你怎么知道?"

　　根生不再说话,他背起竹筐走了。陈老板面色凝重,他看着根生的背影,他听着根生的木屐甩在石子街上噼啪响。他想自己在什么地方露出了马脚,他想根生是怎么知道的。陈老板甚至觉得根生是一个十分了不起的人,这些想法和疑问陈秀女在心里埋了很长时间,很久以后他终于有机会当面问根生。根生说他是听青莲茶馆里的茶客说的,茶客说陈老板在店堂里打地铺。陈秀女听了根生的回答,不知为什么他有点失望。

　　单线联系这几乎是一种九死一生的工作,能在相当长的一段时间内,将这样的工作维持相对平安的状态,则很不容易。从一个角度讲,相对平安是由于工作者的谨慎、机智、勇敢以及严守纪律的结果;另一方,与大气候也是有关系的。

　　在 1938 年至 1940 年的这段时间内，东路战线也即包括杨湾在内的苏南区域基本上处于抗衡阶段，尤其是在 1939 年"江抗东进"前后，东路的抗日斗争即使不说走上坡路，至少也是在抗衡中求发展的。"江抗"西撤以后，东路抗日游击根据地蓬勃发展的形势仍然维持了相当长的一段时期。

　　形势急剧下转是从 1941 年开始的。

　　1941 年"大清乡"，日伪调整大军，对苏南东路抗日力量进行剿杀。可以想象其时日正规军、伪正规军、便衣队、公路摩托车队、河港快艇以及大大小小各形各式的机动部队，如一张巨大的网，在东路全面撒开。大小河浜统统用木桩钉断，禁止通行。陆路则穿插切成小块，筑成竹篱笆封锁线，并增设据点、检问所等，进行全面清乡。扫荡队隔三岔五篦梳式扫荡，在这样的形势下，东路抗日武装力量损失惨重，这是不可避免的。

　　面对这一张大网，是豁出命来，拼个鱼死网破，还是暂时稳住，在夹缝中求生存，寻找疏漏的机会溜出网去？从长远的利益看，为保存有生力量，自然是后一种方式更可取。东路抗日武装力量，化整为零，突围撤退，以各种职业为掩护，发展组织，积蓄力量。

　　这是历史。

　　单线联系的故事就是在这一历史的背景之下进行的。

　　那一阵同顺杂货店突然来了许多人，大都是陈太太娘家面上的人，比如有陈太太的母亲，即陈老板的丈母娘，有陈太太的表叔、表弟、表妹等等。这些人在短时间内蜂拥到同顺店来，肯定是会引起怀疑的。但是由于当时撤出来的人数较多，又在高压之下，一时是不可能安排得从从容容、妥妥帖帖、天衣无缝的，暂且在原有

"相对可靠"的联络点避风，只要能在找到新的落脚点之前不被发现，便是胜利。

寻找新的落脚点，这是组织上的事情，而这时候的组织（在杨湾一带大概就是杨雄杨队长）很可能处于一种自顾不暇的窘迫紧张状态，当然也不排除领导者被捕、牺牲或者叛变的种种可能，一时间断了联系找不到组织的事也是很多的。

在杨湾却没有这种情况，杨队长无疑是一位勇敢、机智、胆识超群的领导者，杨队长始终没有停止过他的工作，这从根生照常送信就可以看出来。

一方面，杨雄积极地为撤下来的同志安排退路；另一方面，敌伪的侦察力量也在加强。这等于形成了一种竞争，一种抢时间也即抢同志们性命的竞争。

究竟谁能走在时间前面，现在还很难说。

农历八月半的早晨，根生背着竹筐，拖着木屐，到同顺店进货，木屐在瓣莲街的石卵子上发出嘁嘁啪啪的声响。同顺店没有开门，根生到青莲茶馆歇脚等待。这已经是无数次的重复了，已经没有什么新鲜感。陈老板和陈太太也早不是新婚燕尔，钱四娘以及茶客们也失去了关注他们的兴致，只是偶尔对于陈太太不怀孕，或者对于陈氏夫妇数年如一日相敬如宾、不吵不闹的状况，发表一些看法。

根生到隔壁的烧饼店买了一个烧饼过来吃，他看见青莲茶馆里有一个穿长褂的陌生人坐在角落里朝他笑，根生也朝他笑笑。陌生人就招手让根生过去，根生走过去，陌生人看看根生手里的烧饼，说："怎么不买个猪油烧饼吃？"

根生笑笑。

陌生人说:"你没有钱?"

根生仍然笑笑。

陌生人又说:"你是哪家的?"

根生说:"我是庙里的。"

陌生人"哦"了一声,过一会儿又问:"你是不是等同顺店开门买东西?"

根生说:"是的。"

陌生人说:"我也是,等了半天还不开门。"

根生说:"快开了。"

等同顺店开了门,根生说:"你看,开了,你去买呀。"

陌生人说:"你先去,我把这茶喝完。"

根生说"噢",他就过去进货。

陈秀女同往常一样,接钱的时候也接了根生的纸条,然后帮着根生把货装进筐子里。陈秀女很想和根生说些什么,可是根生看上去总是没有说话的欲望。陈秀女叹息着说:"唉,一句话也没有。"

根生朝陈秀女看看,笑笑。

装好货根生临走的时候,却说了一句话,他说:"茶馆里的那个人,要买猪油烧饼给我吃。猪油烧饼很香,是不是?"

陈秀女愣了一下,因为根生很少说话,所以凡是根生说的话,陈秀女总是要认真想一想,现在陈秀女想过之后,他觉得有必要到青莲茶馆去看一看。

根生走了以后,陈老板叫陈太太到青莲茶馆去借一只竹匾,陈太太回来,脸色发白,她说她认出了那个人。

陈老板、陈太太以及陈太太的所有亲戚,他们从后面出去,同顺店的后面是一条河。已经说过南方小镇杨湾的特色是家家临水、户户通舟，在这样的时候，这一特点无疑给了陈老板他们极大的方便。

后门口的河边停着一条船，这是杨雄事先关照准备着的，以防突变。现在既然同顺已经被盯上了，同顺无疑是暴露了，这当然是突变。

陈老板他们上船走了。

前面沿着瓣莲街的同顺店店面仍然开着，只是街上的人有点奇怪怎么半天不见掌柜的，有人买东西，喊了几声不见人，就走开了。杨湾镇上的人谁也想不到，在几分钟之内，陈老板和陈太太他们就消失了。

在青莲茶馆等待钓大鱼的人十分懊恼，大鱼没抓着，小鱼小虾也漏了网，他很难回去交代。

这一切根生并不知道。根生在几天之后从杨湾的香客嘴里听说陈老板走了，又听说东洋人把陈老板的父亲陈小丫头抓起来了。

如果说陈太太以及她的那些亲戚是一颗颗革命的种子，随组织上把他们撒到哪里，他们就在哪里落脚，但不一定生根、开花、结果，因为党组织也随时可能又把他们撒到另一个地方去。但是对陈老板陈秀女来说，情况有所不同。陈秀女，根在杨湾，陈秀女无疑也是一颗革命的种子，但是他的根早已扎在杨湾，现在陈秀女作为一颗种子被撒到别处，但他的根部被挖了出来。

很明显，东洋人抓陈小丫头，他们并不以为陈小丫头也是地下党，但他们想从陈小丫头那里找听到陈秀女以及陈秀女同党的下落，这是肯定的。

已经说过陈小丫头是个富农，守着几亩良田，知足而乐，胆小怕事，如果让陈小丫头在生命金钱与道义良心这两头选择其一，陈小丫头的选择会是什么，这似乎是不言而喻的。

但是陈小丫头什么也没有说。

是陈小丫头确实什么也不知道，或者陈小丫头确实知道但他不说，反正陈小丫头什么也没有说。陈小丫头是被东洋人的狼狗咬死的，宪兵队里的人后来说陈小丫头死的时候身上没有一块好肉，惨不忍睹。

陈小丫头的尸体被拖到杨湾镇外的荒郊野地，扔在那里，没有人敢去收尸，也没有人敢去看，杨湾镇上的人只是看到两个人拖着陈小丫头的死尸走过杨湾瓣莲街，瓣莲街上留下一长串的血迹。

几天后的一个夜里，根生被杨队长喊起来，他睡意蒙眬地跟着杨队长走出来，他们绕过岗哨，出了镇，在野地里走了很长时间。杨队长没有说一句话，根生也没有说话，他睡意沉沉，脑袋发胀。

他们后来在一块坟地那边停下来，根生看到有许多人在，他看到了陈老板陈秀女，陈秀女现在不穿绸褂子了，他现在是乡下人的装束，土蓝布短褂，草鞋。陈秀女戴着重孝，他眼睛凹陷，面色苍白，他一见根生，就掉下眼泪来。

根生看到一个新坟，坟前竖了一块石碑，根生不认识石碑上的字，他猜想这是写着陈小丫头的名字。

十几个人围着，没有一人出声息，然后杨队长说："我们现在给陈小丫头开一个追悼会，寄托我们的哀思。"

陈秀女哭了起来。他一边哭一边说："我爸他什么都知道，他什么也没有说，他知道老三的事……"（老三是华先生的代号，华先生

现在在杨湾镇上的养生堂药店，跟老中医周先生学针灸。陈秀女的
联络点撤掉以后，老三就成为根生的联系人——此是后话。）陈秀女
哭着跪下去磕了三个头，爬起来，他看看根生，又说："他也知道根
生，他什么也没有说，他被狼狗咬死了……"

大家都含着眼泪。

陈秀女继续哭着，说："是我害了你，都怪我，我是不孝儿子，
是我害了你——"

杨队长打断陈秀女的话说："怎么是你害了他？是敌人害了他。"

陈秀女突然从腰间拔出枪来，说："爸，我给你报仇！"

杨队长上去把陈秀女的枪拿过来，严肃地说："陈秀女同志，我
现在宣布，给予你停止两个月工作的处分。"

陈秀女低了头。

杨队长转向大家，说："陈秀女同志犯了严重错误，他违反了保
密纪律，差一点造成更严重的后果。不敢设想，如果陈小丫头骨头
软一些，会是一种什么样的结果。我们老三、根生，还有更多的同
志，苏影（即陈太太）等，多么危险……陈小丫头虽然不是我们的
同志，但他是我们的好父亲，我们永远不会忘记他的。"

杨队长带头朝陈小丫头的坟三鞠躬，大家都鞠了躬。

请注意这里边似乎又出现了一个问题，既然说的是单线联系的
故事，这样聚集了十数人，很明显是违反纪律的事，对于这样的情
况，只能作如此的解释：当天夜里聚集的十几个人，除了杨队长和
陈秀女大家都认识之外，其余的人，互相之间并不认识，虽然也提
到代号老三的华先生和根生，但谁也不知道哪一个是华先生，哪一
个是根生，因为华先生和根生是要继续他们的单线联系的工作的，

他们不能轻易暴露自己。

这天夜里所进行的一切，哀悼陈小丫头，处分陈秀女，以及杨队长给大家讲形势等等，根生觉得都是在朦朦胧胧的状态中进行的，当然朦胧的并不是已经十分险峻的形势，而是根生的感觉。

杨队长最后说："我们要表扬根生，这一次多亏根生的机智，才使陈秀女等六位同志安然脱险。"

根生对杨队长的表扬并不是很明白，所以根生丝毫没有受到表扬的表示，别的人不认识根生，也许以为根生当天夜里不在场。

那一天大家分手之后，杨队长和根生一起回到莲花庙，他和根生挤一张铺睡，杨队长有很多话要跟根生说，杨队长他要告诉根生，形势十分险峻，他觉得有必要问一问根生的想法，杨队长还应该对根生说明他自己很可能在相当长时间内不能来看根生，根生的单线联系工作，从某种意义上将比过去更加孤单；杨队长还要告诉根生陈秀女差一点害了你，是陈小丫头的命换了你的命你知道吗根生，杨队长还想再说说许多话，可是结果杨队长什么也没有说，因为根生很快就迷糊了。

杨雄看看根生，说："唉，你睡吧。"

天亮的时候，根生醒过来，杨队长已经走了。根生走出来伸了个懒腰，这时候玄空师父已经在堂前打坐做早课。

三

在1941年秋天形势十分险峻的时候，会觉回来了。

会觉每年春出秋归，所以对于会觉来说，一个四处化缘的和尚不存在该不该回来的问题。会觉在 1941 年秋天回来，本来是很正常的事情，但以后的事实将证明，会觉确实回来得不是时候。

那时候会觉有三十五六岁的样子，他是十年前由玄空师父亲手剃度的。关于会觉，佛门的前因后果，并没有什么复杂的背景。会觉本是杨湾北边另一个小镇东桥镇上一家富户的少爷，二十五岁成婚，一年后妻子身怀六甲时，家中遭了匪难，湖匪威逼会觉的父亲拿出若干银子，否则就拿孕妇开刀，会觉的父亲拒绝了，结果会觉的妻子被奸杀，未足月的孩子也夭折于母腹之中，会觉一念之下，投奔佛门。

玄空见他执意出家，当时考了他几个问题，会觉伶牙俐齿，立即取得玄空的喜欢，留在庙里，一年以后，正式剃度入佛门。

会觉因情而入佛门，下决心了断情债，净除尘根。他聪明勤奋，潜心钻研佛之精要，一两年间，就有了相当的水平，讲经说佛，精当深邃。

但是会觉毕竟年轻根浅，以后到底难守青灯，遂向玄空师父提出要修行问道，外出化缘。玄空亦因庙中开支日渐不济，应允了会觉，从此会觉云游四方，以天下为家。

会觉四出游方，是否果真修行问道、代佛宣讲、化度众生，每日是否坚持最起码的早晚两课，这只有会觉自己知道。每年会觉回来，玄空要考他的功课，这难不倒会觉，会觉心智极佳，不仅能领会佛学要义，还常常举一反三，这样玄空师父对他常年的云游，无可指责。

从 1937 年秋天会觉回来，庙中就多了一个小庙祝根生，以后每年回来，会觉总要给根生带些礼物。可是在 1941 年深秋，会觉回来的时候，显得十分潦倒，一路上兵荒马乱、满目焦土、尸横遍野，会觉吃过千辛万苦，踏遍千山万水化缘来的钱财，也被土匪所劫。会觉回来时心意沉沉，面如土色。

应该说明的是在1941年这样的时期，杨湾一带乡间的民居常有被烧毁的事，桥梁路面也在破坏和反破坏中被折腾得面目皆非，但是杨湾的庙宇、庵堂却没有受到损害。事实上，敌我双方对于"佛"都是谨慎对待的，佛事人员则因佛的关系而相对平安。

在杨湾一带没有什么特别大的佛教建筑，一般的庙宇，像莲花庙这样，只有一两个和尚，这些庙宇、庵堂之间，多少也是有一些联系的，比如互派僧人讲经，比如赠借经书，也有一些生活细节上的联系。当然这样的交往并不频繁密切，他们大都能够把握分寸，把事情做得恰到好处。

在杨湾镇向南十几里地，有一座尼姑庵，称作无心庵，由无心师太住持，下有了净、了因两个尼姑。因为无心庵和莲花庙距离比较近，两家时有往来。

这一日中午，会觉百无聊赖，看根生在院子里劈柴，这时候门前走进一个人来。

会觉迎上去，说："了因师姐来了。"

了因念了一声"阿弥陀佛"，然后说："过几天就是冬至节了，师太叫我送一些斋团来。"

根生咽了一口唾沫，放下柴刀，上去接过了因的竹篮，了因朝根生笑笑。

了因虽然一身出家人装扮，但掩不住脸上蛾眉杏眼等交织出的清秀，应该说，像了因这样的女子，无论怎么穿戴，她都是一个相当俊美的女子。

玄空师父出来把了因迎了进去，根生回想了因师姐的一笑，心里有点异样。

请注意在 1941 年根生十六岁。

玄空师父留了因吃饭，吃过饭了因到灶房帮根生洗刷收拾，根生不要她动，了因说："佛说，若人扫地，能得五种功德。"

根生就由她去了。

了因问根生："会觉师父几时回来的？"

根生说几时回来的。

了因又问："会觉师父怎么变了样子，留了头发？"

根生说："玄空师父叫他剃头，他不肯剃头。"

了因笑了一下，过一会儿她再问："会觉师父回来了，有没有人来找他？"

了因很笨。

了因一上场就露出了马脚。因为了因自己已经露出了马脚，也就不必再为她隐瞒什么。

在 1941 年大清乡的过程中，敌伪方面曾经采取了多样化的手段，归纳起来至少有以下几种：

一、频繁的军事扫荡。

二、拉拢诱降。

三、遴选整顿各伪乡镇长。

四、加强情报网组织。

五、帮助地主收租。

等等等等。

　　了因事件，很显然是第四种手段的成果。敌伪为了加强情报工作，不仅在宪兵队、侦缉队等分别配备密探人员，规定各伪乡保长定期上报情况等，并且采用金钱诱惑或威胁逼迫等手段收买各式人等搜集情报，尤其重视在小学教师、小商小贩以及守庙僧人中物色人选。

　　了因是被金钱收买，还是出于无奈，或者是心甘情愿，这并不重要，要紧的是了因是一个特务，而事实上没有一个人会想到了因是一个特务。物色了因这样的小尼姑做情报工作，这不能不说是敌伪人员的聪明之处。

　　但是了因很笨。

　　了因一开始就露出了马脚。

　　了因的马脚是否被根生发现，当然没有，根生本来就是一个愚钝麻木的孩子。从1937年到1941年根生长了四岁，但他仍然是愚钝麻木的，根生不可能看出了因的破绽。即使了因的破绽显而易见，但根生是看不见的，这里边还有一层原因：根生当时有点神迷，他感觉得出了因身上有一种特殊的气味，熏得他晕晕乎乎。

　　了因不断地向根生打听会觉的事情，是否说明有关方面对会觉有所怀疑，这很有可能，至于这种怀疑因何而起，暂时还不明确。

　　了因从灶房出去，又到会觉那边谈了一会儿，了因就回去了。

　　一切相安无事。

　　三天以后，了因又来了，这又一次证明了了因的愚笨。

　　如果会觉确实有些干系，会觉也许早已经发现了因的企图。会觉不是根生，会觉是一个相当聪明机智的人。

　　了因又来，玄空师父也有些奇怪。玄空师父认为心如平原走马，易放难收，佛门净地，须持正念，既入佛门，更须修心、明心，不是走马。无心庵和莲花庙这种过往甚密的交际，并不是什么好事，既然过去从未有过，以后也不应该有。因此玄空对了因说："老衲还有一课经，须得念完。"说着就走开了。

会觉好像从了因的眼神中看到一种意思，是什么意思，会觉说不清，但会觉有误解这是肯定的，会觉的误解使会觉有了一种想法，这想法又使会觉有些心神不宁。

了因是受戒之人，佛说受戒之人若不能持戒，所犯之罪比不受戒人要加倍的大，无论如何会觉认为应该和了因谈一谈。

会觉的这种想法差一点害了他自己。

这天会觉和了因谈了一次话，谈过之后，了因神色匆匆地走了，临走时了因朝根生笑了一笑，根生站在庙门前目送了因匆匆离去。

根生以及会觉、玄空他们都不知道了因这一去，几乎给他们引来一场杀身之祸。

以后才知道，会觉和了因的谈话是祸根。

本来是会觉要和了因谈谈佛，谈谈对于佛的理解，谈谈戒律，会觉好像是要对了因进行一番劝导。可是结果这一次谈话的主动权却被了因掌握，了因先说了东洋人许多坏话，这样就使这次谈话进入了一种规定性。

会觉在这几年中对日本人的所作所为当然是有看法的。

所以当了因问他"会觉师父你恨不恨东洋人"时，会觉说："只靠恨是没有用的，佛说是法平等，无有高下。那些人因为迷失本性，起颠倒邪见，发嗔怒心、恼害心，杀生取利。我等学佛之人，理应代佛宣传，我想我是应该做一点工作的。"

了因连忙问："会觉师父你在做工作？"

会觉说："正在开始。"

了因说"噢"，以后就匆匆走了。

事情是在半夜里发生的。

根生在睡梦中被人吵醒，又被人提着衣颈拖出庙门。根生迷迷糊糊看到庙前空场上围了许多人，空场中央点着火把，日本兵挑着刺刀走来走去，狼狗在叫。

场面很大。

根生从来没有见过这样大的场面，根生在迷迷糊糊中感到害怕。

根生被人搡到场子中央，他看见这一侧站着玄空师父、会觉师父，现在加上他自己。对面的一侧站着无心师太、了净师姐和了因师姐。根生看到了因师姐的脸在火光的照耀下白里透红，她的眼睛惊恐万分。

日本队长佐佐木反复地说"支那兵"，他的阴险凶狠的目光转在玄空、会觉、无心师太的脸上。

日本人要捉支那兵，日本人怀疑会觉是支那兵，但是日本人先不抓会觉，他们也许想再钓几条大鱼。

佐佐木的话和佐佐木的眼光使在场的人十分害怕，而佐佐木将三个尼姑、两个和尚还有根生赶在场子中央这样的做法又使在场的人十分吃惊，日本人捉支那兵是常有的事，但是捉到和尚、尼姑头上这是很奇怪的。他们很想窃窃私语议论和尚、尼姑和支那兵的事，但他们不敢，会场没有一点声息。

狼狗又叫了几声，闭了嘴，它喉咙里的呼噜呼噜声同样令人毛骨悚然。

玄空、会觉和无心师太，他们的树桩功都有根底，站着纹丝不动。了因和了净被推来操去，了净面色惨白，了因十分惊恐。

根生呆头呆脑地看着这一切，他只是不敢看狼狗的脸。根生还不明白发生了什么事。

没有人说话，狼狗间忽又叫几声。

佐佐木走过来指着玄空师父："你的，老和尚，是不是支那兵？"

玄空闭目合十，念一声："阿弥陀佛！"

佐佐木说："你不是支那兵？"

玄空师父说："出家人不打诳语。"

佐佐木冷笑，说："出家人？你们中国人说善有善报，恶有恶报，是不是，你，老和尚，善？"

玄空师父说："诸恶莫做，众善奉行。"

佐佐木说："你，老和尚，善，你的善报呢？"

玄空师父微微摇头，然后闭目合十，念一声"阿弥陀佛"，说："《因果经》说：欲知过去因，见其现在果，欲知未来果，看其现在因。"

佐佐木愣了一下，过来站在会觉跟前，他盯着会觉看了好一会儿，突然说："你，支那兵。"

会觉摇摇头。

佐佐木说："你，说谎。"

会觉也说了一句："出家人不打诳语。"

佐佐木说："你，和尚，为什么不在庙里？"

会觉说："出家人修行问道，云游四方，感悟人生，化度众生。佛在出家修行六年之后，在尼连禅河旁菩提树下证得正果。不知贵国对于佛教教义是怎么理解的，是否认为修行问道有悖佛的教导……"

佐佐木愣了一会儿，放开会觉，走向根生，他揪住根生的衣襟，这时候根生也想说"出家人不打诳语"，因为根生认为玄空师父和会觉师父说了这句话已经过关了，可是根生说不出来，他只是说："出家人，出家人……"

佐佐木一把推开根生，朝无心师太那边走去。佐佐木把了净和了因拉出来，叫人撕开她们的棉袄，露出里边的贴身衬衣。无心师太被两个日本兵挡着，她不忍看了净、了因的狼狈样子，闭了眼，说："老身皈依佛门数十年，久已不动肝火……"

佐佐木并不听无心师太说话，他拿过一个日本兵的刺刀，在了净面前晃了一下，随后慢慢地用刺刀挑开了净的内衣，了净的胸乳立即露了出来，乳房被划开一道口子，血渗了出来。

随着了净的一声尖叫，这时候发生了一桩十分惨烈的事情，无心师太念了一声："我佛慈悲"，忽然地冲向一个日本兵的刺刀，刺刀立即穿透了无心师太的身体，血流了一地。

无心师太的身体从那把不动的刺刀上斜下来，倒在地上。

无心师太死了。

佐佐木狠狠地打了那个呆若木鸡的日本兵两个耳光，日本兵更加莫名其妙，他不停地"嗨依嗨依"，但显然不知道自己错在什么地方。

玄空师父闭目合十，连续念了几遍"我佛慈悲"，然后他说："佛说，自杀为大罪，师太如此作为，有悖佛义。佛法无边，我佛慈悲，愿无心师太早日脱离六道轮回，早日升西……"

在这样的情势之下，玄空师父心无二用地念经，这大概使佐佐木觉得奇怪，他凝神听了一会儿，脸色好像缓和了一些。过了一会儿，佐佐木拍拍会觉的肩膀，说："你，承认吧，支那兵。无心师太已经为你而死，你还要叫谁再为你死？"

会觉并不害怕，他笑了笑，说："你说我是支那兵，你有什么证据？"

佐佐木回身朝了因、了净站的方向看，那边一片混乱，了因晕过去了。

佐佐木吐了一口唾沫，说："中国人，呸！"

会觉说："佛说，一切有情皆是佛性，平等无二。你们不惜杀害众生，取其血肉，为我所用，殊不知我本假我，敌非真敌……"

佐佐木盯了会觉一会儿，按照惯例他也许应该拉起会觉的手看看，再扒开他的衣裳，看看肩，但佐佐木没有这样做，他问会觉："你什么时候出家的？"

会觉说："民国九年。"

佐佐木说："有十一年了。"

会觉不说话。

佐佐木突然一笑，说："和尚不念佛，去做支那兵。你说这是什么原因？"

会觉说："我不是支那兵。"

佐佐木说："你说你不是支那兵，你有什么证据？"

会觉说："我佛知道。"

佐佐木"呸"了一声。

会觉说："我佛慈悲。"

佐佐木把会觉推到场子中央，大声问："你们说，他是不是支那兵？"

没有人说。

佐佐木又问："谁能为他担保？"

仍然没有人说话。

佐佐木在人群面前绕了一圈，他冷笑着不停地将唾沫吐在人的脸上，可是没有一个人动弹，也没有人抬手擦唾沫。

已经说过，关于根生单线联系的故事既然发生在杨湾，或多或少具有一些杨湾特色这是不言而喻的。那么什么是杨湾特色呢？涕唾在脸上，随它自干了，这就是杨湾特色吗？

会场一片肃静，佐佐木突然听见一阵可疑的"丝丝"声，很像引爆炸药导火线的声音。

佐佐木的眼睛在附近的人脸上一一扫过，他发现根生的脸涨得通红，佐佐木朝根生走过去，他闻到一股骚臭味，佐佐木低头一看，一泡尿正从根生的裤腿里往外流。这泡尿很大，不仅浸湿了裤管，还流出来一大摊，冒着泡沫，散发着热气。

佐佐木愣了一下，随后他哈哈大笑起来。

别人并不知道根生尿了裤子，所以佐佐木的笑，笑得大家胆战心惊，这样佐佐木就愈发地控制不住，他笑得完全不像一个日本宪兵队长。

这是在 1941 年冬天。

根生的尿很快地冷却、冰冻，根生索索发抖，佐佐木用指挥刀敲敲根生的两条腿，又一次大笑起来。

佐佐木一边笑一边说："中国人，支那兵中国人，支那兵……"

最后佐佐木终于不再笑了，他朝大家看看，挥挥手，把队伍带走了。

在佐佐木临走时他听玄空说："知错能改，善莫大焉；苦海无边，回头是岸。"佐佐木停了一下，好像想回头的样子，但他没有回头，走了。

一场莫名其妙的危险就这么莫名其妙地过去了。

日本人走后，大家围过去看无心师太，胆小的人看着地上的血，由一些杨湾的男人去弄了一块门板来，将无心师太抬着回无心庵去。了因这时候已经清醒过来，和了净一起跟在后面。了净一路念着"无量佛"，了因则一路掩面哭泣而归。

散开的杨湾人议论纷纷，他们一致认为无心师太的死，是强盗坏、游击队害人。

在这里也许有必要再说明一下历史背景。在1940年前后，东路抗战的力量是一股十分复杂的混合力量，或者说是数股力量的混合体。有共产党领导的"江抗"以及此后坚守在东路各处的共产党新四军游击队；有"和平军"（国民党部队），有"忠救军"——"忠救军"名义上属国民党，实际上大都是一些地方杂牌部队（这些部队的不稳定性是不言而喻的），还有比如一些湖匪队伍，自称太湖游击队，也挂抗日的牌子。这些力量和势力常常有分有合，而在普通百姓那里，是混淆不清的。当然，他们坚持认为是强盗坏、游击队惹了祸，才害了无心师太一条性命，这里的"强盗坏""游击队"无疑指的是"忠救军"、收拢的湖匪部队或其他杂牌部队，而非共产党的部队，即便如此，这样的认识也明显是错误的，至少是模糊的。错误的认识或者是模糊的认识，这都是历史。

另外，还有两个问题：第一，佐佐木分明是冲着会觉来的，日本人他们对会觉的怀疑，日本人把会觉归入哪一种力量，这一点是不明确的；第二，佐佐木既然有目的而来，但未达目的就走了，究竟是什么原因，是佐佐木通过观察凭直感消除了对会觉的怀疑，还是佐佐木另有企图比如放长线钓大鱼之类，这一点也是不明确的。从故事本文表面看，是根生的一泡尿化解了这一场灾难，谁都明白这是不可能的，不可能的事成为一个事实，这很奇怪，是否可以认为根生痴人有痴福。

如果许多年以后，要写根生的回忆录，写根生单线联系的光荣历史，那么尿裤子这个细节能不能进入历史，这将是一个难解决的问题。从主观上说，根生尿裤子，是由于根生害怕，根生在一开始就告诉杨雄他害怕日本人，虽然根生没有瞎说，但这有损于根生的形象，也即有损于我党地下工作者的形象。而从客观效果上说，很可能就是因为根生尿裤子，才使一切化险为夷。

那么究竟是根生尿裤子救了会觉，还是会觉敬佛念佛，有佛保佑，或者别的什么原因，现在恐怕已经很难考证查实了。

以后就知道这一场惊险确实是由会觉引起的。会觉在 1941 年深秋回杨湾，路经县城被盘查时，正巧佐佐木在场，引起了佐佐木的无端疑心，然后日本人选了了因做密探，看起来他们很聪明，但事实证明这是他们的错误。

了因是不适合做这种工作的，这一点毫无疑问。那件事情以后，无心师太死了，由了净做了住持，了因仍然在无心庵侍佛。日本人没有怪罪了因的失误，以后也没有再去找了因的麻烦。但了因这一生，却再也摆脱不了内心的麻烦。这与佛的教导是相悖的，佛说放下屠刀，立地成佛，了因以后的大半生，都在为佛的教导而努力。

关于日本人夜袭莲花庙的来龙去脉，是杨雄队长事后告诉根生的，但既然惊险已过，根生听了杨队长的话，也没有什么很大的反应。

需要补充的还有，出事的当夜，日本人走后，玄空他们回到庙里，惊魂甫定，会觉左思右想，他很不明白佐佐木的意思。他问根生："日本人笑什么？"

根生说："大概是我尿了裤子。"

会觉认真地朝根生看了几眼。

根生说："会觉师父，东洋人很凶，你怎么不怕？"

会觉说："你问玄空师父。"

玄空说："佛法无边，平等圆融，佛在心中，无所畏惧。"

根生想了想说："那我也学佛，学了佛我也不怕了。"

玄空说："你有心学佛是好事，但你质资愚钝，恐怕得花费数倍于人的努力。"

根生想了想又说："我不学了，我不认识字。"

玄空说："不认识字亦可学佛。从前佛的弟子周利盘陀伽，资质愚钝，佛教他专念'笤帚'二字，他记着笤字就忘了帚字，记着帚字，又忘了笤字，他也正了阿罗汉果。"

根生说："阿罗汉果，我没有吃过。"

玄空对着根生摇头，玄空虽然举了愚笨的周利盘陀伽亦能成正果的例子，但玄空对于根生却无信心。一般的人，身在佛门，听经闻法，耳濡目染，早该种下善根，可是根生却始终不觉，对这一点玄空很不明白，这当然就是玄空与佛的差别。

几天以后，会觉走了。

1941 年的冬天还没有过，会觉就走了。

会觉临走前夜，他到根生屋里，他对根生说："我要走了。"

根生呆呆地看着会觉，他有点舍不得会觉师父走。

会觉说："佛讲布施，以财物与人为'财布施'，以法度人为'法布施'，救人厄难为'无畏布施'。"

对于佛和佛说的一切，根生总是不能明白。

会觉说："我在左边的香炉下边，看到过一张纸条，是白纸条。"

会觉知道根生的秘密？

这就是说，根生尿裤子很可能不是根生救了会觉而是会觉救了根生，事情整个地翻过来了。但是会觉并没有说发现左边香炉的秘密在前，还是日本人夜袭莲花庙在前，看起来在前在后似乎不太重要，但对于根生来说却相当要紧，这不仅关系到根生的一条性命，而且还关系到根生这一段历史该怎么写——或者是根生大智若愚保护了会觉，也守住了秘密；或者是根生掉以轻心，泄露了秘密，差一点造成重大损失。

所幸根生以后始终没有写历史的机会。

在会觉说出左边香炉的时候，根生只是张了张嘴。

会觉说："玄空师父也知道左边的香炉。"

根生说："左边的香炉坏了吗？"

会觉说："根生，你……"

会觉没有说下去，因为根生插上来说："会觉师父你要到哪里去？"

会觉说："我现在知道我该做什么，所以我来向你告别。"

会觉师父就这样走了，他再也没有回来过，没有人知道他以后的事情，连杨队长也不知道。

杨队长不知道的事情其实是很多的，关于莲花庙左边香炉下的秘密，会觉知道，玄空也知道，这样的事态应该说是相当严重的，但根生并没有向杨队长汇报，这很明显是违反纪律的。根生他也许根本不知道什么是纪律，他也就不知道什么是违反纪律。

四

关于会觉的归来与离去，实际上已经游离了单线联系的主题，现在既然会觉已去，而且不再归来，那么关于根生的单线联系的故事又可以径取直遂地进行下去了。

当然关于根生的单线联系的故事，并不意味着只是根生一个人的故事，一个人是很难成为一个故事的，这众所周知。一个人倘若能成故事，那也该叫作单枪匹马，而不是单线联系。这样解释之后，可以大胆地说一说在陈秀女以后的根生的联系人华先生，而不至于担心偏离轨道。

由根生取出情报交给陈秀女，再由陈秀女转交另一个人，这样陈秀女就是根生的下线。在陈秀女撤离之后，根生断了下线，照理应该再续上下线，但是杨队长把这条线的两端换了一个位置，顶替陈秀女的华先生做根生的上线，即华先生在规定的时间内（后来由月半改为初三），把情报送到根生处，再由根生交给下线。根生的下线是谁，根生仍然不知道，根生只是在初三那一天打扫灰尘时，把纸条压在左边的香炉下面，自会有人来取。

根生从前只认识一个陈秀女，现在他只知道华先生是来送情报的，别的一概不知，从某种程度上说，增强了保密的可能性。

华先生这个称呼听上去至少在四十岁以上，其实不然，华先生才二十出头，称为华先生和他的职业有关。应该说华先生是一着暗棋，或者说是一着备用棋，不到万不得已的时候，是不会动用华先生的。那么现在华先生已经被动用了，是否说明形势到了十分紧急的关头呢？这不言而喻。1941年开始的大清乡，使东路抗日力量蒙受了极大的损失，也使这一地区的抗日斗争进入了极为艰苦险恶的阶段，这种状况一直延续到1944年全国反攻阶段。

华先生这着棋是在一年前才摆下去的。从华先生的职业来看，一年时间是不成熟的，这就是说现在还不到动用华先生的时候，但事实上已经被动用了，这里边就隐伏下了一个相当大的风险和危机。

华先生在一年前通过关系介绍给杨湾镇养生堂药铺的老中医周先生拜师学医。华先生学医当然是组织上的意图，当时无疑是从这样一个角度考虑问题的，一旦学成，作为一名乡村医生，日后行医，走村串户，便于开展工作。

周先生行医以针灸为主，手艺较高，因为有吸鸦片烟的嗜好，虽然周先生一个人过日子，但经济上仍是比较拮据的。周先生收徒要收费，华先生每月付给周先生三十块钱作为生活补贴，华先生跟周先生学针灸，并为周先生做些家务。

华先生对于学医本来没有什么兴趣，但既是组织上的决定，当然是要服从的。华先生学医的积极性不很高，加之从前的先生授徒，大都很难真心传授本领，总要留几手。周先生也不例外，华先生拜师过后，周先生只是将一本"针灸大成"交给他，让他自己拿了旧账本练针，到大半年以后，偶尔才让他在一些轻症病人身上扎针，一般也都是比较明显、比较保险的穴位，比如少商、牙痛穴、足窍阴这些。华先生的称呼也就是这以后才被杨湾人叫开的。

这样华先生虽然学了将近一年，但因很少给病人诊断治疗，几乎没有什么实践经验，所以这时候把华先生拿出来，要他以针灸行医为掩护，做情报工作，时机显然是不成熟的，华先生本人也有相当大的顾虑。

然而形势逼人，华先生没有退路。

可以想象华先生的工作量和根生是不能比的。如果用"千头万绪"来形容华先生的工作，那么初三的传递情报，只能算是其中的一个头绪。事实上在那些日子里，华先生除了初三在莲花庙义诊，平时他身背药箱，走村串乡，先后发展了数名中共党员。华先生利用时机发动群众警告和打击各地的伪乡保长，鼓舞群众信心，扩大我方影响，等等这些，都是华先生的故事。不属本文叙述范围。

而现在难题在于华先生需要找一个借口，可以在初三到莲花庙去而不至于引起怀疑。华先生不能指望杨队长会来帮助他解决这个难题，杨队长现在的困难更大、处境更险，他不可能再分出心思为华先生排忧解难。

华先生当然也不指望根生能有什么好办法，但他还是和根生谈了一次，因为以后他和根生就是上下线的关系，他们的性命都捏在对方手里。

在1941年初夏的某一天，华先生背着药箱到莲花庙去找根生。可以确定这是在陈秀女撤离以后，在会觉归来之前的那一段时间里。现在的叙述已经打破了时间的顺序，这一点希望不致妨碍阅读。

华先生事先了解到莲花庙有个规矩，每月有两次义举，一是在初三请医生设堂义诊，另一是在月半向灾民、饥民以及穷苦百姓布施米粥。义诊的任先生体弱多病，已难胜任，玄空师父正在作换人的打算，华先生这时候来，从时间上说是比较有利的。

玄空师父接待华先生，只寒暄几句，玄空师父就说："施主行医施善，有救世之慈心。老衲左肩风湿，酸痛难耐，欲请施主扎上几针。不知施主意下如何？"

玄空师父请华先生扎针，玄空的用意是什么，华先生不明白，但无论玄空出于什么目的，华先生都要为玄空扎针，华先生别无选择。

华先生询问过玄空左肩风湿的情况，取出银针，找准曲池、肩贞等几个穴位，但由于过分紧张，心慌手抖，扎了几次未能扎下去。

玄空说："施主意软心慈，仁心善怀。但施主须知，世间办事，需要毅力，切不可一遇挫折，便气沮意丧。若如此，小亦必败，何况大事。"

华先生镇定了一下，终于鼓足勇气，一针扎了下去。

玄空师父自己将针拔出来，说："施主这一针扎的是肩贞穴，扎肩贞穴易损及肺部，若把握不大，可不必取肩贞，取肩髃穴，其效不相上下。"

华先生无地自容，很尴尬地说："先生教的，周先生就是这样教的。"

玄空淡然一笑，说："施主虽然技术尚欠火候，但施主有慈悲之心，却是难能可贵。"

虽然玄空师父说得婉转，但华先生十分沮丧，情绪低落，初三义诊的事华先生觉得无法开口，他看见站在一边发呆的根生，叹了一口气。

玄空说："施主有什么心思，可以说出来吗？"

华先生犹豫了一会儿，吞吞吐吐地说了主持初三义诊的想法，最后华先生叹口气说："看起来我是心有余而力不足。"

玄空师父说："其实不然。初三的义诊，施主若愿意来，就有劳施主了。任老施主体力不支，我们正要另请。"

玄空师父极为爽快地同意由华先生在月初第三天主持义诊。玄空师父的这种做法，是很令人费解的。因为首先玄空绝不是地下党，玄空绝不会有意给华先生安排在初三这一日到莲花庙来的机会。其次玄空显然知道华先生的医术还欠火候，却应允了华先生主持义诊的要求，这确实是很难解释的。是否玄空师父对杨队长以及根生他们的情况有所了解，并且同情抗日而故意安排的，这和以后会觉说玄空师父也知道香炉的秘密是一致的；或者玄空师父从华先生的某些言行中认定作为医生华先生是个可造之才，如果这样，玄空师父就是有眼光的，而且以后的事实将会证明，华先生的医术提高得确实很快；也或者玄空师父还有些别的目的，也是有可能的。

总之现在华先生解决了传递情报的一大难题，但是与此同时另一个难题又摆在他的眼前，那就是医术水平的难题，华先生每月初三在莲花庙前主持义诊，这是不能蒙混过关的。

华先生在初三之前这一段时间是否突击学习过，是否由组织安排过一次强化训练，这一切根生都不知道。

在初三那一日的早晨，华先生身穿长袍、头戴礼帽，还配了一副平光的金丝眼镜，到莲花庙来义诊。

按照以往的规矩，义诊先生是要扬名的。华先生在杨湾镇四处张贴"扬名"护身，文曰：华天鹏医生，擅长四时针灸，小儿推拿，专治疟疾，兼种牛痘等。

因为原先的义诊先生已经老朽不堪，鸠形鹄面，有气无力，望诊把脉常常指鹿为马，语无伦次，所以求诊的人日渐减少，现在听说换了一位年轻的先生，初三这一日，来了许多人。华先生没有经过这样的阵势，难免有些心慌。

根生端了凳子让华先生坐，给华先生泡了茶。根生说："华先生，你坐，你喝茶。"

华先生看着根生，他很想听根生再说些什么，可是根生却不再说什么。

根生既没有提醒华先生要注意些什么问题，也没有把前任义诊先生的经验教训传递给华先生，这使华先生很失望。华先生看着根生木讷的样子，甚至觉得杨队长发展根生这样的人做地下工作是一个错误，是杨雄用人的一个失误。

从根生来讲，他不知道同时他也没有义务要向华先生提醒什么，根生只做杨队长规定他做的事情。根生如果不是愚钝麻木，至少也是一个根牢果实的死心眼的人。所以根生现在很坦然，他站在一边看华先生替人家看病，就像在看草台班唱戏一样。

到莲花庙来求诊的大多是些杨湾乡间的贫苦百姓，小毛小病为省几个出诊费而来；也有些是久病不愈的人，来碰碰运气。所以从总体情况来看，华先生的工作还不算十分困难。小毛小病华先生应该是可以应付的，久治不愈者又大都是疑难杂症，既是疑难杂症，既是别的医生也无能为力的，华先生倘若治不了，这也属正常，病家一般不会埋怨，也不至于引起别人对华先生医术的怀疑。

　　那时候乡间的农民患"打摆子"病即疟疾的很多，有的因反复发作已经成为痨症，对这样的情况，看起来华先生事先是有充分准备的。华先生取穴以大椎、陶道、间使、后溪为主，因胸中有数，所以下针毫不手软，沉着老练。遇上不敢扎针的病人，华先生便开一帖"四物汤"，地黄、当归、白芍、川芎，病家得了方子，如获至宝，满怀希望而去。

　　有一位农妇来就诊时，正在发寒热，战栗鼓颌，肢体酸楚，头疼如裂，随后遍体出汗。家属陪伴前来，十分焦急。华先生却不给她扎针。华先生说，寒热往来症，用药扎针，均须在发作前一个时辰左右，否则不仅效果不佳，还可能增加病势。随后华先生举《内经》上的话：无刺熇熇之热，无刺浑浑之脉，无刺漉漉之汗，为其病逆，不可治也，凡为疾者，药法饮食皆……

　　华先生一边治病一边跟病家谈说病情、病因、治病之道，这样华先生在病人面前显出他不同于其他医生的特点。大凡先生治病，最烦病人唠叨多问，病人怎么问也不屑开口；而从病人的角度，又多想从医生那里得到一些话语，华先生这样做其实只是更贴近病家一些，但以后病家对于华先生的感激传开去，就不仅是对华先生医德的称赞，也有了对华先生医术的称道。华先生的义诊这样站住脚跟，名气通过义诊传出去，这是华先生始料不及的。因为义诊每月只有一次，一些病人等不及初三，就到养生堂找华先生。华先生在养生堂原本是没有位置的，他只是周先生的徒弟，但病家现在指名要华先生看病，尤其是需要针灸的病人，靠一次义诊是治不了病的，每日来寻华先生，这倒使周先生有点吃醋了，但大家说周先生恭喜你，名师出高徒。周先生听了又有些得意，再说华先生治病的钱，是归周先生的，周先生虽然不肯尽心传授术仁，但也不至于刁难自己的徒弟。

在华先生初三义诊站住脚的过程中，根生基本上没有给华先生什么帮助。

在没有任何援助的艰难情形之下，华先生站住了脚跟，这不能不说是一个胜利，这和华先生的胆量和能力当然是分不开的，所以华先生有点得意也是正常的。

这时候华先生他不知道危险还在后头。

其实华先生是应该想到的，华先生从被动用那一天起他就该明白他的身边永远潜伏着危机，对于这种危机，华先生也知道在战略上应该蔑视它，在战术上应该重视它。但是这毕竟是一个高度的理论的概括，在实践中有时却是另一回事，因为从实践到理论，其中还有很长的一段路，尤其是从事华先生这样的工作，这一段路常常是要用鲜血和生命来铺筑的。

危机常常是在不知不觉中滋生发展的。

当时驻守在杨湾镇的是汪伪警卫二师的部队，县城的日本部队则常常四乡巡查，有一阵传说抗日力量有攻占杨湾镇的意图，干脆就派下一支日本军队和警卫二师共守杨湾。

其实杨湾并不是什么军事重镇，攻取杨湾的消息是不确切的，整个东路都在日伪手中，攻取一个杨湾镇并无多大意义，而且即使真能攻下来，能否守住仍然是一个大问题。在杨队长那边，攻取杨湾的想法也许确实有过，杨湾处于东路大块的最东南的一角，如果采取蚕食收复的战略方针，攻取杨湾也许确实有战略意义，但蚕食收复的方针是需要相当强大的后备力量的，现在没有这样的条件，所以攻取杨湾是不可行、不可取的。像这样的情况，仅仅是一种想法而已，消息就已经传到日伪方面，可见日伪方面的秘密工作做得是相当出色的，这也就更增加了抗日力量工作的难度和危险。

自从日本人进驻杨湾以后，杨湾的气氛就紧张起来。日本人对于任何蛛丝马迹，对于任何一个稍有特殊的人都不会放过，对于华先生这样的人物，日本人是不能不起疑心的。他们一再查实，但并不能抓到什么把柄，华先生有根有底，又有许多杨湾人可以证明华先生是良民良医，华先生总是能渡过难关。

后来就发生了一件十分惊险的事情。

是在一个初三义诊的日子，突然抬来了一个日本小兵，十六七岁模样，肚子痛得躺在担架上打滚，脸色发青发绿，已经闹了一天一夜，看了几家医生也治不了。

华先生一连扎了六七针，不是针扎不下去、扎弯了针头，就是扎偏了穴位，即使扎准了穴位，也不见效。眼看着那个日本小兵连喊疼的力气也没有了，送他来的日本兵一个个脸色铁青。华先生急得直冒汗，手也抖得厉害。

这时候根生来了，他端了一钵头水。拨开人群走进来，说："华先生，你要的药水拿来了。"

华先生愣了一下。

根生说："你灌，我帮你掰嘴。"

根生把钵头送到华先生手里，上前去掰开小日本兵的嘴。

华先生不知所措地端着一钵水，他不知道这是什么水，也不知道根生是什么意思，但他现在没有别的办法，情急之中，华先生突然想到玄空师父，华先生早就相信玄空师父是懂医道的，玄空师父和他谈人体穴位时华先生就知道玄空师父是懂医道的，这一钵药水很可能是玄空叫根生送来的，至于玄空为什么这样做，华先生现在来不及想了，他只是想玄空师父能够安排他每月初三来义诊，就是一种帮助，那么现在玄空师父也完全可能又在暗中助他一臂之力。当然，这个帮助，已不是一般意义上的帮助，更是一种救助，是一种解人于危难之中的举动。

华先生不再犹豫，他端着那一钵水，朝小日本兵嘴里灌下去。

后来奇迹就出现了，一钵水灌下肚不久，小日本兵开始呕吐，将这些水吐了出来，肚子痛就治好了。

小日本兵爬起来，恭恭敬敬地朝华先生鞠了三个躬，另外几个脸色铁青的日本兵也都有了笑意，用半生半熟的中国话向华先生道谢。

华先生已经一身虚汗，等日本人走了，他跌坐在凳子上，直喘气，立时有一种后怕的感觉穿过他的全身。

事过之后，华先生不见玄空师父，他问根生："玄空师父呢？"

根生说："师父到玉佛庙去讲经了。"

华先生又问："是一早走的？"

根生说："是的。"

华先生很奇怪，他看看根生，说："那么刚才那一钵药水，是谁叫你端过来的？"

根生说："是你叫我端过来的。"

华先生笑起来，他看着根生的脸，突然华先生从这张平板的没有什么生气的脸上看到了许多内容。华先生想根生也许就是武侠书中写的那种世外高人吧，他想根生看上去很愚钝，但是一个愚钝的人怎么可能从事秘密工作好几年而不暴露。华先生想根生一定是大智若愚，杨雄队长不会看错人、用错人，杨队长的活动在东路是很有影响的。

华先生说："根生，告诉我，那是什么药水？"

根生笑笑，说："是盐水呀，在井水里放一把盐。"

华先生说："你怎么知道盐水能治肚子疼的？"

根生说："我小时候肚子疼，大人就给我喝盐水。"

这时候根生又想起他小时候的事情，已经说过根生是不善于回忆联想的，他很少想起从前的事，而事实上根生并不是忘记了从前，他只是在关键的时刻能够想起从前。

华先生听根生这么说，他"哦"了一声，这声音中无疑有一种感叹，但是否包含着一些失望，这很难说，记得当初陈秀女也有过同样的叹息。

华先生感叹也好，失望也好，自从这件事情之后，华先生产生了一个想法，他下决心要把根生看透。可惜的是华先生以后不久就脱离了这一条线，也断了和根生的联系，从此华先生就不会再有看透根生的可能了。

华先生（实际上是根生）治好的那个小日本兵是佐佐木队长的侄子，病愈归队，自然对华先生的医术大加吹捧。其时日伪方面正缺少这方面的人才，佐佐木经过多方调查，证实了华先生的"纯正"，不久以后，日本人就来请华先生担任他们的随队医生。

这是一件大事。

对抗日力量方面来说，打入敌伪内部这是梦寐以求而很难求得的，现在有这样的机会，当然是不能放过的。

华先生本人很有顾虑，他的医术虽然在实践中增长了许多，但毕竟半路出家，根底甚浅，但是为了抓住这个时机，华先生还是去了。明知山有虎，偏向虎山行。华先生作为一个共产党员的英勇气概确实是可歌可泣的。在战争状况下，有条件要上，没有条件也要上的情况是经常发生的，因此出危险的事、死人的事也是经常发生的。这一切都是在不正常的形势之下的不正常情况。

华先生继陈秀女之后脱离了这一条线，杨雄队长很快会派出新的人来续上这条线，所以不用担心根生会失业。问题在于单线联系的故事进行到这时候，不仅少一些错综复杂的情节，似乎也缺少一点色彩，缺少一点调剂。这是否因为故事中没有女人？整个故事除了陈太太（苏影）露了一次面，除了三个把自己交给佛国而不再认为自己是女人的尼姑之外，再无别的女人，这不能不让人觉得生活（故事）的单调和乏味。

这世上可以说无一处不可没有女人，无一刻不可没有女人，而事实上也是这样，女人无处不在，女人无时不在。即使是秘密斗争的生活，即使是单线联系的故事。

还有一个不可忽视的因素，从1937年到1941年已经过去了四年，根生从十二岁长到十六岁，十二岁到十六岁这里边应该有一个质的飞跃，这众所周知。

所以，按照概率，或者根据常规，根生的下一位联系人，无论如何应该是一个女人了。

但是并没有女人出现。

始终没有女人出现。

　　女人不适宜在这样残酷的危险的环境中工作，这是杨雄队长的想法。杨雄队长的想法正确与否，这是另外一个问题，事实上在1941年至1944年这一段时间里，在杨雄队长的势力范围之内，确实很少用女人从事秘密工作，当然，既然是"很少"，这说明还是有的，不过不多罢了，而且现在还没有到出现女人的时候。

　　在1937年到1941年根生从十二岁长到十六岁，那么从1941年到1944年，根生就从十六岁长到了十九岁，这正是一个男人逐渐长大，开始成熟，开始渴望女人的阶段。

　　根生终身未娶，几十年以后根生成为一个鳏寡老人。是否因为根生在这一段关键的时期没有机会了解女人，还是因为根生在莲花庙做俗和尚，始终远离女人，或者有其他的原因，这些都不是单线联系的内容，倘若由此生发开去，难免再一次偏离轨道。

　　根生的下一位联系人是杨湾镇上的一个二流子，现在就该叙述根生与这个二流子的联系和工作了。

　　但是这样的叙述已经难以为继，因为出了一件非常严重的事情，这件事使根生的单线联系工作一度中断。

五

　　1942年初春，杨雄的队伍在杨湾以北的南上村一带临时驻扎，这一情况被化装成小商贩的敌方特务侦察到后，敌伪调集较重的兵力，从水陆两路奔袭。杨队长仓促应战，撤退中牺牲了半数以上的同志，杨队长自己身负重伤。

　　身负重伤的杨雄突出重围，来到莲花庙。

　　杨雄到莲花庙养伤，这是一件极其危险的事，不仅对杨雄自己，对于根生，对于玄空，对于莲花庙，都是一场灾难的引火线。杨湾镇驻守着日伪军，杨雄这等于是在老虎鼻子下搔痒。但是除了这地方，杨雄暂无别的去处，在形势险恶的阶段，杨湾附近的一些秘密联络点，有的已经暴露，有的被迫停止使用。

　　杨雄要在莲花庙养伤，这是瞒不了玄空的，所以杨雄一开始就闯到玄空屋里。杨雄没有向玄空解释他是怎么受的伤，玄空也没有问。玄空师父冒着生命危险收留了杨雄，这是事实。

　　玄空师父把根生喊过来，根生看到杨队长大腿上斑斑血迹，根生说："你不会死吧？"

　　杨队长笑笑。

　　玄空师父叫根生去打来清水，由玄空为杨雄清洗伤口。然后用自制的草药敷上。杨队长痛得龇牙咧嘴。根生说"你痛吧？你痛吧？"这样的废话。

　　玄空师父料理过杨雄的伤口，他看杨雄一头大汗，玄空说："凡欲成大业之人，必先劳其筋骨，苦其心智。"

　　后来杨队长睡了，根生跟在玄空师父后面。根生说："师父，你不会告诉别人吧？告诉别人，要杀头的。"

　　玄空看看根生，说："佛说，我不入地狱谁入地狱。"

　　根生吓了一跳，说："师父，我不入地狱，你也不要入地狱。"

　　玄空摇摇头，说："人生苦短，我佛慈悲，愿代众生受无量苦。"

　　但是根生并没有看到佛是怎样慈悲杨队长的，杨队长到莲花庙养伤的第二天，就叫根生出发去寻找另一个秘密联络点。

　　派根生去联络接头，是不合适的，但是现在部队已经四散，除了根生，杨雄身边再无别人。杨队长只能孤注一掷。

现在根生接受的任务显然比把纸条压在香炉下要复杂一些、艰巨一些，危险性也更大一些。但根生对此全然不知，根生带上干粮就出发了。

在故事开始的时候，根生是沿着一条大河顺流而下的，现在根生则沿着这条河逆流而上。现在根生已经知道这条河就是很有名的大运河，当然知道或者不知道这就是大运河，与故事本文没有很大的关系，与根生本人也没有很大的关系。

根生一路上又看到了纤夫，现在他们是和根生同一方向，他们时而撵上根生，时而又落在根生的后边。纤夫一路总是在喊：吭唷吭唷吭唷吭唷。

根生牢牢记着杨队长交代的联络暗号，暗号是这样的：

根生说："舅舅病了，找外公开药方子。"

接头人如果说："你进来，等外公开药方。"

这样就说明情况是好的，会有人（不一定是外公）交给根生一张纸条，再由根生带回。

如果接头人说："外公也病了。"

这就是说情况不好，那边无法帮助杨队长，根生将空手而归。

后来根生终于走到了那个联络点，这是一家千顷户。千顷户顾名思义，就是有上千顷粮田的大户。根生看到千顷户门前两只石狮子，这和杨队长讲的情形是一致的，根生就走过去。这时候从门里边蹿出两条大狗，直扑根生而来，根生是非常害怕狗的，狗虽然很快被跟出来的人喝住了，可是根生被狗一吓，居然把联络暗号忘记了，他怎么想也想不起来。

喝住狗的人朝根生看看，说："你是做什么的？"

根生这时候肚子饿了，他说："我肚子饿。"

那人说："要饭的。"进去端了一碗米粥给根生，他看根生吃了，说："吃了走吧。"

根生听了他的话走开了。

根生没有完成任务，根生并不觉得这是一件不好的事，事实上根生忘记了联络暗号，恰恰使他避免了一场性命交关的危险，以后才知道，千顷户已经出了问题，守在那里的是敌伪人员，正等着鱼儿上钩呢。

根生不是一条鱼，或者说根生是一条笨鱼，他看见鱼饵也不知道去咬。

这一切都是以后杨队长告诉根生的，那一次根生回到莲花庙的时候，杨队长已经走了。

玄空师父说："杨先生走了。"

根生说："噢。"

杨队长以后很长时间没有再来，所以杨队长这一走，无疑就把关于根生的单线联系的故事带入了一个空白阶段。

船出杨湾港

三猫四老鼠。

这是一句俗语。

南方小镇杨湾一带乡间百姓对猫和鼠的生育状况，常常就是这样概括和总结的。确切地说，就是猫一次能生养三胎，而老鼠则能生下四只小鼠。当然这也不是绝对的，但既然大家习惯这样说，习惯这样看问题，那么像"三猫四老鼠"这样的民间说法，倘若归入杨湾俗语，或者更宽泛一些归入南方俗语，大概是没有什么问题的。比如在南方还有"无牛狗拉犁""新出野猫强如虎"等，对这些俚语俗谚，大家知道一般不必强求它们的准确性、科学性和合理性。

猫三的名字就是这么来的。

首先，猫三是人，男性，虚五岁。需要说明的是，在"船出杨湾港"的过程中，五岁的猫三并没有长成大男人甚至老男人。这个故事开始的时候，猫三五岁，到故事结束，猫三仍然是五岁。由此可见，无论故事怎样无限地延续，时间却是有限的。

这是一。

其二，猫三是猫三母亲的第三胎，这一点不用怀疑，否则就不可能有猫三这样一个名字。当然猫三和猫三的两个姐姐的关系，与猫的"三"和鼠的"四"有所不同。猫三的母亲显然没一胞生三胎的功能，猫三的母亲在十年前生了猫三的大姐，在八年前生了二姐，又在五年前生下猫三。这只是生产方式的区别，本质上是一样的，所以就有了猫三这个名字。

其实猫三这个名字除了这一层意思之外，还有一些别的内涵。"船出杨湾港"这无疑是一个现代故事。在现代大家知道，一对夫妻是不可以生三胎的。猫三的父母是南方乡间的普通农民，他们的传宗接代的封建思想和社会的进步是很不相称的。他们在生了两个女孩之后，又毅然决然地生下了猫三。他们生养猫三的过程不属本文的内容，但他们这种违反计划生育的行为却是要受到政治上的批判和经济上的处罚的。因此猫三的出世让这个家庭背上了十分沉重的债务，为此猫三的父母毫无怨言，这也是可以理解的。猫三的命很贵，这一点不言而喻。命贵的孩子难养，取一个猪狗畜生的名字来缓冲矛盾，这恐怕不仅是杨湾的风俗，也是中华民族的风俗。所以在猫三这个名字中显然也包含着这样一层意思。猫三这个名字虽然内涵丰富，但却不怎么适应飞速发展的现代社会。猫三以后倘若上大学，做大官，是不能沿用猫三这个名字的，猫三迟早要用一个正规的名字取代猫三的。但这件事现在还不急，现在还不在议事日程上，因为猫三的父母尽管受到了应有的批判和处罚，但始终拿不到猫三的出生准许证。猫三从一岁长到五岁，仍然是一个没有出生证的人，这样猫三就无须报户口；不报户口，暂时也就不必为猫三的正名费神。

猫三的父母面对沉重的债务，没有悲观失望，他们还很年轻，他们有的是力气，他们对未来充满信心，这一切都是因为有了猫三。

猫三的父母对于猫三寄予的期望是不难想象的。

猫三以后是辜负还是不辜负长辈的期望，现在还很难说。

猫三在五岁的时候仍不明白昨天、今天和明天，也不知道早上、中午和晚上的概念。当然有许多五岁的孩子都对时间概念有糊涂的认识。凭这一点不能断定猫三笨，更不能认为猫三是弱智，但不管怎样，可以看出猫三不是一个很聪明的孩子，不属天才之类。

猫三的父母并不因此而灰心，说到底猫三才五岁，对一个五岁的孩子来说，更重要的不是弄清时间，而是吃。

猫三就是这样。

吃对猫三来说是很重要的，尽管他还不明白早饭、中饭和晚饭的区别在哪里。猫三是一个正常的孩子，他在其他许多方面和别的孩子并无什么大的不同，但是猫三在对待吃的问题上却表现出一种与生俱来的异常。

这种异常就是猫三对于粮食的珍惜。猫三对于粮食的珍惜，不属"穷人的孩子早懂事""当家才知柴米贵"之类的范畴。因为一则猫三还不懂事，再说猫三家早几年虽然背了些债务，但猫三家不穷。现在南方乡村的农民大都很富足，他们在乡村的厂里上班，并从事第二以至第三职业，他们的年收入是城镇居民的几倍，甚至几十倍。这样猫三家的债务在猫三长到五岁时已经还清，以后猫三家就开始走向富裕。

猫三在家里的地位是不言而喻的，猫三的父母一再对猫三说即使饿全家也饿不着你。可是猫三他听不懂父母的话，猫三才五岁，猫三十分固执地珍惜粮食。

比如猫三的大姐或者二姐在吃午饭时，碗里剩下一些饭菜，这很正常。猫三的母亲就要拿去喂鸡，猫三便拦住母亲说："留下来，明天吃。"

如果猫三的母亲不想留下来，仍然要喂鸡，猫三就会哭起来，他一边哭一边说："不要倒呀，留下来呀，明天吃呀。"

猫三的所谓"明天吃"实际上不一定指的明天，也可能是下晚吃，或者等一会儿吃的意思，但是因为猫三这时候对时间概念还不能分得很清，所有的未来时间，在猫三那里都是"明天"。

为此猫三经常受到他的大姐的嘲笑和嘲弄。有一次她当着猫三的面把一只馊了的粽子扔进猪食槽里。猫三哭了，说："不要扔呀，明天吃呀。"

猫三的母亲说："那一只坏了，不能吃了，你看锅里正在煮新鲜粽子呢。"

灶上确实煮着一大锅新裹的粽子，可是猫三不为所动，他一边哭一边爬进猪圈，从猪嘴里抢回那只粽子。

猫三的行为十分奇怪。一个五岁的孩子，有这样的行为，确实很令人费解。有一天猫三的奶奶突然说："这孩子，莫不是六两三钱时的饿死鬼投胎。"

这句话几乎得到了所有人的认可。

"六两三钱"这是一段历史。当时四十岁以上的人大都记忆犹新，三十五岁左右的人也许还能依稀回想。需要补充说明的是，六两三钱是老秤，折回新秤约三两九钱，折合公秤是零点二公斤；每个重体力劳动者，每日定量零点二公斤，饿死人的事也就稀松平常。

饿死鬼投胎，就是猫三。猫三在前世饿怕了，所以猫三与生俱来有一种珍惜粮食的良好习惯，这样的推理大家都能接受。

当然大家也只是说说而已，不会有人真的把猫三看成从前的一个什么人转世。转世说到底是佛教教义中的一个重要内容。但在南方杨湾一带乡间百姓对佛教教义的理解，他们更多地认为佛主的功德主要是保佑众生发财平安，这其实在某种程度上误解了佛教，或者说是将佛教世俗化、实用化的结果。

如果试图从猫三和猫三珍惜粮食的现象中分析出一些文化色彩来，这也许是徒劳的。猫三以及猫三现象仅仅只是一种平面的单纯的孤立的现象而已。猫三五岁，五岁的猫三，背后什么也没有，事实将会证明这一点。

从故事的题目也不难看出，事件的中心不是猫三，而是猫三的父母亲。已经说过在猫三五岁的时候，猫三的父母还清了全部债务，接着就开始了一种全新的生活。

一

在这一年开始的时候，猫三的家里购买了一条船。买船的钱有一半是借来的，这就是说猫三家又有了债务，但这一次的债务同前几年是不同的，用一个新名词，这叫投入产出。

猫三的父亲叫周根水，猫三的母亲叫刘杏英，他们和他们的名字一样，很普通。他们并不比别人更聪明，也不比别人更笨，借债买船，投入产出这样的事，在杨湾乡间一带人人都会做。当然关键还是看产出的效果，所以在买船之前周根水曾经有过一番思想斗争，这是肯定的。周根水基本上没有和别人商量过，从中也许可以看出周根水性格中的某种主导因素。像买船这样的事，周根水用不着和女眷商议。对周根水的母亲和周根水的妻子来说，即使周根水征求她们的意见，她们也不会发表主导意见。在南方乡下杨湾一带，女人是不需要发表意见的，请注意既不是别人不许也不是自己不肯，而是不需要（包括女人自己）。大家一致认为女人不需要有自己的看法，虽然时间到了很新的时期，但杨湾乡间仍然保存着这样的风俗，这是事实，不论周根水的主导性是英明果断还是优柔寡断，买船毕竟是农家的一件大事。周根水心里不踏实，也是情有可原。那一天猫三从外面进来，周根水对猫三说："爸爸给你一个五分的硬币，你抛起来，硬币掉在地上。如果稻穗朝上，我们就买船；如果天安门朝上，我们就不买船。好吗？"

猫三说："好的。"

猫三接过那个五分硬币抛起来，硬币掉在地上，稻穗朝上，周根水抱起猫三，把他举起来，说："我们买船。"

以后将会看到，在买船之前和买船之后，猫三家的情况会发生很大的变化，那么决定买船也就是决定了这种变化的开始。是否可以说猫三决定了买船，因而也是猫三主宰了猫三家的命运？不可以说，用抛硬币的方式决定买船这不是猫三的主意，而且猫三并不知道他一定能使稻穗朝上。所以从某种意义上看，情况恰恰相反，也许应该说是命运主宰了猫三。

猫三家命运的进程并不是一种强烈的剧变，希望从强烈的或者明快的节奏感中产生阅读愉快的读者也许会感到失望。猫三命运的变化，是一种缓慢的渗透，其特色就是节奏感不明显，其他还有诸如情节平淡、色彩单一等特点，此是后话。

船就停在猫三家门前的河浜里。这是一条水泥船，载重五吨，暂时还是光秃秃的。杨湾乡间把这样的船叫作赤膊船。猫三的父亲很快会在船上安装柴油机、船篷以及其他一切应该安装的设施。

杨湾乡间水网密布，因此这一带的船很多，在河浜里有时候有一长串的船停泊。许多船停在一起，那种阵势是很壮观的。现在猫三家也加入了这样的阵营。猫三家除了猫三之外，每一个人都觉得这样很好。猫三之所以对加入这阵营没有什么感受，绝不是因为猫三有异禀，或猫三有反骨，仅仅是因为猫三还小。猫三不懂事。

在买不买船的问题解决之后，接着就有了第二个问题：买船做什么。

这是故事的核心。

猫三家里的水泥船从目前来看，有这样几种用途：

一、跑运输。

把甲地的货运到乙地，赚运输费。

二、收垃圾。

进城沿街收购废旧物品，再转卖。

三、摇摆渡。

在摆渡口摇人、货过渡，收摆渡费。

等等。

在这个核心问题上，周根水没有犹豫，他选择了第二种方案，事实上这种选择在买船之前周根水就已经确定了。

其实"收垃圾"这里边还有两个概念。把废纸、破纸板、碎木料以及旧油毛毡之类的可燃旧物收来（拣来或廉价收来）卖到砖窑上，这可以说是比较正常的"收垃圾"。另一个概念就是收集废铜旧铁卖到乡村办或者农民私人办的小型轧钢厂，将它们重新铸炼成各种钢坯，再卖到大的钢铁厂。很明显，从收入来说，收集废铜旧铁要比收垃圾可观得多。但问题是废铜旧铁的收集难度比较大，现在从城市到乡间谁都知道铁和铜是可以卖钱的，不再会有人做出把钱扔掉这样的事。所以要收集废铜旧铁，基本上只有两条路可走：一是乘人不备到一些管理松散的、围墙低矮的单位去拿；二是由这些工厂的工人将铜铁拿出来卖到船上，这两种做法，都是违法行为。

周根水是否知道这种行为是违法行为？他应该知道。但是既然所有的船都这样做，周根水的船也可以这样做，不能因此就指责或断定周根水的品质或本质是不好的。

出船的那一天，猫三的奶奶带着猫三和他的两个姐姐站在岸边，他们看着船迅速地远去，看着船身破开水面溅起水花，看着他们的新船驶向更宽阔的水面。猫三的奶奶大声说："你们放心，我会看好猫三的。"

猫三的父母听不见她的喊声，当然听不见也完全可以放心。猫三一个姐姐大娣十岁，另一个姐姐二娣八岁，猫三的奶奶六十多岁，虽然老了一点，但没有什么病。猫三在家里有三个人可以照顾他，猫三的父母没有什么可担心的。

猫三的奶奶回头看到猫三想哭的样子，奶奶说："他们很快就要回来的，十天，最多半个月。"

猫三说:"他们明天回来吗？"

猫三的奶奶说:"是的，他们明天回来。"

猫三的时间概念是含混的，所以没有必要向猫三解释。

猫三站在河岸上，在他的脚下踩着一些嫩绿的小草，在猫三的背后是大片的田野，田野上紫云英的花已经开了，淡淡的紫红色，麦子和油菜是绿色的，还没有到油菜开花、麦子抽穗的时节。

这是初春的天气，一个好天气，太阳暖暖地照着，没有风。

这是一个好兆头。

船开走以后，大娣和二娣就去上学，猫三跟着奶奶回家。猫三在奶奶淘米洗锅煮午饭时，把早晨剩下的粥喝了。奶奶坐在土灶前烧火，火光映在她枯瘦苍老的脸上，她看着猫三喝粥，眼睛有点刺痛，她说:"你的叔叔，唉。"

猫三不明白奶奶说的什么，猫三不知道奶奶说的是哪一个叔叔，猫三有很多叔叔，凡是和猫三父亲年纪差不多的男人，猫三都叫他们叔叔，这一点猫三很明白。

奶奶用布围身擦擦眼睛，说:"日子好过了。"

猫三现在明白了奶奶是跟她自己说话，猫三看了奶奶一眼，他走出灶屋，到院子里去玩。奶奶说:"猫三你不要走出大门啊。"

猫三说:"噢。"

猫三是一个比较听话的孩子，但这不等于说猫三不顽皮。

院子里有几只大竹匾，那是养蚕用的，现在春蚕正在孵化过程中，还用不上竹匾，猫三家就把大竹匾放在院子里，把家里的黄豆、糯米什么倒在竹匾里晒。猫三的手在黄豆中划过来划过去，他看见黄豆中有许多虫子在爬。猫三把这些虫子捉住，扔在地上，鸡看见了，跑过来抢着吃。猫三捉虫子喂鸡，玩了一会儿猫三不再捉虫了，可是鸡不肯散开，围着猫三"咯咯"地叫，有几只凶一点的，索性跳到大竹匾里。猫三看鸡在竹匾里啄虫吃，又看鸡把大便拉在竹匾里，猫三笑了。

后来猫三走了出去，他忘记了奶奶的叮嘱。

奶奶把锅烧开后，出来看猫三。她没有看见猫三在院子里，她急了，出去找猫三。她一路喊着猫三的名字，老奶奶的喊声十分紧张并有些凄厉，使人听了觉得猫三似乎出了什么事。

其实猫三什么事也没有，猫三既没有掉下河去，也没有被人拐走，而且以后猫三也不会有任何不测，这一点是可以肯定的。阎王早已认为猫三是一只猫，所以不会为难猫三的。猫三他在河岸边坐着，刚才猫三家的新船就是从这里出发的，所以他在这里坐坐，再想想那只新船也是可能的。

老奶奶看见了猫三，她跺着脚说："小祖宗你吓死我了，我叫你不要出大门的。"

猫三说："噢，我忘记了。"

这是在猫三的父母开船出去的第一天，什么事情也没有发生，一切很正常，以后的半个月也是这样。

半个月以后，猫三的父母回来了，他们不仅按期回来，而且满载而归，情况比他们想象的要好。

接着就要把一船的垃圾分理出来，卖轧钢厂的和卖砖窑的分开，另外在旧物品中夹着一些非废旧物品的可能也是有的。有人在旧鞋子里发现金器，有人在破棉絮中找到存折，这种事都可能发生。猫三的父母在分理垃圾的时候也顺带挖掘种种可能。

　　除了猫三，分理垃圾这样的事，猫三家的人都能干。大娣和二娣尤其对一些花花绿绿的硬纸盒表现出浓厚的兴趣。猫三端个小凳坐在旁边看她们做事，这时候猫三指着一个绿色的纸盒说："这是什么？"

　　大娣说："你不懂的。"

　　二娣拿起来看看，说："这是饼干盒子。"二娣随手把饼干盒子递给猫三玩。

　　事情就是在不知不觉中开始的。二娣并不知道她的好心使她犯了一个错误，这个错误的后果现在还看不出来，现在所能看到的情景是猫三接过绿色的饼干盒，他把小手伸进去，迅速地拖出一包饼干来。

　　当时谁也没有注意，等到周根水发现时，猫三已经在吃饼干。那些饼干上爬满了蛀虫和蛀虫的经网。

　　周根水"唉"了一声，伸手夺过饼干，猫三满嘴沾着饼干屑，"哇"地哭了起来。

　　周根水说："这不能吃，这是垃圾。"

　　猫三一边哭一边说："不要丢掉呀，我要吃呀。"

　　刘杏英看猫三嘴上爬着一条肥硕的蛀虫，她打了一个恶心，叫周根水掐掉那条虫。刘杏英远远地指着那些蠕动的虫说："你看，全是虫，不能吃。"

　　周根水看看惹事的二娣，说："都是你，把盒子给他。"

　　二娣低了头，不说话。

　　大娣说："又不怪二娣，二娣又不知道里面有饼干，猫三自己不好，这种东西还要吃，小叫花子。"

周根水说："你瞎说。"周根水只是说大娣瞎说，并没有责怪或者打大娣，由此可见他们的家庭是比较正常的，绝不因为有了猫三而虐待女儿。

"他是像小叫花子。村上人家都说，现在叫花子也不吃这种东西。"大娣一边说一边笑，"吃垃圾，笑死我了，猫三吃垃圾。"

猫三夺回周根水手里的饼干。周根水说："不吃了，马上吃饭，有好菜。"

猫三说："不要丢掉呀，明天吃呀。"

周根水说："好的，放起来，不丢掉，明天给你吃。"

这当然是骗猫三的。

到了下晚，在猫三的时间概念中大概就是明天，猫三想起了那包饼干，猫三哭着反反复复地说："还我的饼干呀，还我的饼干呀。"

刘杏英皱着眉头说："你这个孩子怎么这样，有虫子的东西不能吃。"

猫三说："米里也有虫子，豆子里也有虫子。"

猫三执意要找回那包饼干。这件事很不好收场。后来周根水终于想出一个办法，他把中午剩下的菜端出来，对大娣说："倒到猪食槽去。"

这样果然把猫三的注意力转移了过去，猫三说："菜不要倒掉，明天吃呀。"

大娣先笑起来，然后全家人也笑了起来。猫三不知有什么好笑，他的眼泪还挂在脸上。

猫三是不是忘记了饼干的事呢？事实上猫三没有忘记。第二天猫三重提旧话，说："我的饼干呀，留着明天吃呀。"

周根水说："走，我带你去买。"

周根水抱着猫三到代销店去。在周根水想来，再买一包饼干问题就解决了。其实，在这里周根水有两点不明白：第一点，周根水不知道重新买一包饼干，问题还是不能解决，猫三的目的是珍惜食物，而不是馋饼干；第二点，周根水不知道他和猫三的代销店之行是他们命运进程中的一个悄无声息的转折点。

现在周根水对命运一无所知，他抱着猫三到代销店去买饼干。在代销店的门前遇到一个人，这个人姓刘，绰号叫刘小头，算起来与周根水的妻子有一点曲里拐弯的亲。在杨湾乡间同姓同宗这是很普通的事，刘小头辈分比刘杏英小一辈，按规矩猫三应该叫他哥，可是周根水对猫三说："叫舅舅。"这是周根水客气。

在珍惜食物之外的许多问题上，猫三都和父母保持一致，所以猫三毫不犹豫地就叫了"舅舅"。

刘小头眯着眼睛笑，他摸摸猫三的头，说："猫三，乖。"

周根水把猫三放下地，问刘小头："这一阵好吧？"

刘小头没有说自己好或者不好，他问周根水："听说你买了船。怎么样？"

这是最能使周根水心花怒放的话题，周根水告诉刘小头，第一趟就赚了多少。周根水的言外之意至少有这么两层，一是他们运气不比别人差，二是他们的能力不比别人低。

刘小头显然是赞成周根水的意思的，他耐心听周根水说，一边点头，一边会意地笑，但是最后刘小头却说："周根水呀周根水，你成不了大事。"

周根水愣了一愣，随即他笑了笑，说："什么呀，大事呢，我们能成什么大事呀，赚点钱，给猫三造两间新房子。"

这是周根水的真心话，这话反映出周根水的质朴的本性和对自己的清醒的认识。周根水属于比较老实的农民，这一点也可以看出来。

刘小头摇着头笑，他说："周根水你不临市面，现在都已经造三层楼房了。到猫三那时候，你那几个钱够什么用呢？"

周根水还是笑笑，他听见猫三在店里叫，就进去给猫三买一包饼干。猫三看看饼干，又还给周根水，猫三说："不是这个。"

周根水有些气恼了，但他还是忍耐住了，他说："这个你先吃，那一包饼干，放在家里，明天你吃。"

猫三这才接过新买的饼干，抱着走出来。

刘小头还在外面站着，周根水看看他，说："上家里坐坐，你好长时间不来坐了。"

刘小头说："好吧，去坐坐。"

周根水对刘小头的邀请，以后将会看出这是引鬼上门。

周根水抱着猫三，刘小头跟着周根水，他们到家后，猫三去玩，周根水和刘小头坐下来喝茶。刘小头又问起周根水摇垃圾的情况，他问周根水的船歇在哪里，问周根水在什么地方收货，周根水说他的船停在杨湾北栅头，就在那一带收货。

刘小头就表现出很遗憾的表情，刘小头说："哎呀，杨湾北栅头，挤了许多船，那一点点肉，怎么轮得上你？"

周根水说："我们摇了一趟，不错呀。"

刘小头说："你是没尝过龙虾的滋味，一碗糠虾就叫鲜了。"

周根水笑笑说："我们就是这样的。"

　　刘小头说："你要是想发，跟我走，我们的船走一趟，这个数。"刘小头做了个手势，这个手势使周根水心里一惊。

　　但是周根水还是笑笑说："我们不了，我们就在杨湾做做。"

　　周根水的守旧、本分、老实、知足，使刘小头哑然失笑。刘小头放弃了对周根水的无力的说服，说到底刘小头并无什么目的，他叫周根水跟他走，不是想害周根水，这一点是肯定的。刘小头属于那种喜欢显示自己能力的人，他找到了发财的路，也愿意别人跟他一起走，如果换了周根水，是不会这样的。刘小头要携带周根水这里边也许还有一点别的意思，刘小头从前曾经对刘杏英有过一点意思，但也仅仅只是一点意思，并且仅仅是在从前而已。既然猫三家的命运的变化是一种缓慢的进程，其中没有激烈的情节，也就比较难有强烈的爱。

　　这时候刘杏英走进来，她刚从蔬菜地上回来，摘了一篮水淋淋的菜。她的脸红扑扑的，显现出一种健康的色彩。刘杏英生育了三胎，却不怎么显老，她和那一篮水淋淋的蔬菜一样，充溢着新鲜的活力。

　　刘小头看见刘杏英，是否萌发旧情，现在还很难说，但是刘杏英不会有什么特别的想法，这一点是肯定的，不管从前刘小头有意于刘杏英的时候，刘杏英是怎样的感受，现在刘杏英既然已经嫁给周根水，并且生了三个孩子，刘杏英绝不会对刘小头有什么非分心思。刘杏英和周根水一样，是一个普通的并且有很浓的封建思想的农民。嫁鸡随鸡，嫁狗随狗，这是她婚后的主导意识，这一点也是可以肯定的。

　　现在刘杏英摘了菜回来，看到刘小头她很高兴，说："长远不见了，在这里吃饭。"

刘小头说："不了，还有事。"

周根水也说："吃了饭再走。"

刘小头就留下来吃饭，这在普通农家本来是很普通的事。

吃饭的时候，就看出二娣食欲不振，迷迷沉沉的，大家还没有放下饭碗，二娣就咕咚一下摔倒了。摸摸头，烫得吓人，也不知是什么病，来势这么凶猛。周根水、刘杏英抱了二娣到医生那里去。刘小头刚吃了他们的饭，不能拍拍屁股就走，也跟着去，当然像刘小头这样的人，即使不吃人家的饭，他也会热心帮助人家的。

医生说二娣得了急性肺炎。

一个人在他的成长过程中，不可能没病没灾，生一场大病这是很正常的，而且二娣从小身体比较弱，头痛发热是常有的事，似乎扯不上和命运的关系。但是猫三家的命运朝那一个方向而不是这一个方向发展，却和二娣在这时候得肺炎有着一种必然的联系。

本来周根水和刘杏英的船第二天要出发，现在二娣生病，要住院挂盐水，而老奶奶是要照顾猫三的，老奶奶不可能照顾了猫三再照顾病中的二娣。大娣虽然可以照顾二娣，但大娣的性格太倔强，脾气太急躁，她不可能尽心地照顾二娣。这样刘杏英就不能走，刘杏英作为一个母亲不能扔下病中的二娣，虽然对于猫三家来说，二娣几乎是一个多余的人，但作为母亲，手心手背都是肉，这是不用怀疑的。作为父亲也一样，周根水同样不会把病重的二娣扔下不管。

二娣的病对于猫三家的命运似乎有一种操纵的意味，二娣的病介于重病与轻病之间。如果二娣病更重一点，毫无疑问，周根水会留下来；如果二娣的病轻一些，刘杏英也就会跟船出去。但是二娣的病恰恰是介于其中，没有重到非要父母都留下来的程度，也不是轻得父母亲都不必留下来，这样最后就决定由刘杏英留下来。

这就是说周根水独自一人开船出去，这是有些困难的，无论如何，出船至少要有两个人。刘小头说："你跟我们走，出杨湾港，到远地方去，我们可以帮你。"

跟刘小头走还是不跟刘小头走，现在周根水想来，并没多大的利害关系，周根水从实际的角度出发，决定跟刘小头走。

很明显这是一次转折。

以后将会看出，跟刘小头走还是不跟刘小头走，出杨湾港还是不出杨湾港，关系到猫三家的命运和前途。

这个转折是二娣的病引起的，而不是由于猫三。这再一次证明猫三不是个象征体，猫三只是一个平面的猫三。

二

如果要从五岁的猫三的举止言行中看出猫三的性格，这恐怕不容易，但有一点是可以看出来的，猫三是一个正常的孩子，他的身体和思想都没有什么毛病。

现在猫三坐在杨湾乡间的某一个地方，看上去猫三就是一个相当文静的孩子。猫三选择这个地方是很恰当的。这是田野边的一处空地。猫三坐在这里，如果他朝南，他就面对着一条河。猫三家的船就是从这条河里开出去的，猫三倘若有点想他的父亲，想他们家的船，猫三就面对这条河。如果猫三朝北，他就能看见他的母亲在田野上摘采荠菜花，这些荠菜是野生的，遍地都有，有的荠菜还没有开花，有的荠菜已经开花，花是白色的，很淡，开了花的荠菜就老了不能吃。不开花的荠菜可以做荠菜团子吃，也可以做菜吃，荠菜有许多吃法。

刘杏英摘来开了花的荠菜，是因为马上要到三月三。杨湾的农谚说，"三月三，蚂蚁不能上灶山"。阻碍蚂蚁上灶山的办法就是将荠菜花置放在灶上，这种办法十分简单方便。

猫三现在北向而坐，春天的和煦的风吹在他的脸上，猫三眯着眼睛，他看见母亲将一朵荠菜花插在头上，猫三笑了起来，他并不知道这也是杨湾地方的一种风俗，这里乡间的人都以为将荠菜花插在头上可以清目。

猫三看了一会儿母亲，他又转过身体看了一会儿河，然后猫三开始拔他脚下的草，他将这些小草一棵一棵地拔起来，扔出去，拔起来，扔出去，猫三将这种无味单调的动作重复得很有滋味。

刘杏英摘采了足够的荠菜，她就去蔬菜地上拔草，她抬头看到猫三，问道："你在做什么？"

猫三说："我在拔草。"

刘杏英说："你拔那边的草有什么用？你到这边来，帮我一起拔。"

猫三朝那边看看，他没有过去。

这时候大娣和二娣放学了，二娣的病已经好了，二娣的病好得很快，所以刘杏英说，早知这样，我就跟船走了。刘杏英说这话很显然她不放心丈夫单独出门，虽然刘小头那边有人帮的，但毕竟不是一天两天的事，也不是上街买东西的事，将一只空船放出去，要载满一船东西回来，这不是很容易就能办到的。

那几天二娣躺在乡村的医疗站吊盐水，大娣放学后替换母亲陪二娣，猫三也要跟去，可是奶奶不许猫三去，奶奶说二娣的病要传染的，猫三小，猫三肺嫩，猫三不能去。

大娣对奶奶翻着白眼，大娣说："我也小，我的肺也嫩。"

奶奶说："你是女的。"

大娣说："你也是女的。"

奶奶说："你个小人嘴这么凶。"

大娣说："你个老人嘴这么凶。"

猫三笑起来，他一边笑一边往外走，奶奶和大娣一起追上去拦住他，现在奶奶和大娣的意见一致了。

奶奶说："你不能去。"

奶奶牵着猫三的手把他拉回去，大娣很得意地朝猫三扮个鬼脸，一个人走了。

大娣到医疗站把母亲换回去，她陪二娣说话，她告诉二娣学校里的王老师上课时放了一个响屁，而且很臭，大家都笑了，王老师也笑。别的教室的老师过来看，问王老师什么事，王老师笑得说不出话来。大娣一边说一边笑，二娣也笑。接着大娣又说了一件事，又引二娣笑了一阵。后来大娣看二娣很倦的样子，便不再说什么，过一会儿二娣睡着了，大娣不喜欢闻那里边的药水味，就走了出来。

大娣走出来看见猫三坐在医疗站门前的大树下，大娣走过去说："猫三，你怎么来了？"

猫三说："二娣有没有死？"

大娣"呸"了他一口，说："你才死呢。"

猫三笑笑，他从口袋里摸出一团脏兮兮的东西，大娣看出来那是一块隔年糕,就是在年前腊月二十五的时候做的糕,吃到这一年的开春,糕上已经霉斑点点。

猫三把糕递给大娣,说:"给二娣吃。"

大娣嘲笑猫三:"你才要吃这种东西呢,二娣是不要吃的,二娣又不是饿死鬼投胎。"

说着大娣举手就要把糕扔掉,猫三吊住她的手,抢回糕来,说:"不要丢呀,明天吃呀。"

大娣开心地大笑。

猫三朝她看看,猫三大概觉得没有什么好笑的,他到医疗站里边去看二娣。

二娣睡着了,猫三站在二娣的床边看了一会儿,突然哭起来,猫三一哭,二娣就醒了,猫三连忙把糕送过去,说:"给你吃。"

大娣吐了一口唾沫,说:"扔掉扔掉,你看上面全是霉。"

二娣看了那块糕,再看看猫三,她把糕接过来,放在枕边,说:"放在这里,明天吃。"

大娣说:"猫三,二娣是骗你的,你走了,她就要丢掉。"

二娣说:"大娣你不要耍弄猫三。"然后她问猫三,"猫三,你怎么来的,你一人来的?"

猫三点点头。

二娣说:"你认识路?"

大娣说:"肯定是瞎头瞎眼撞来的。"

二娣说:"你跟奶奶妈妈说过你来这里的么?"

对这个问题猫三没有肯定的回答,也没有否定的回答。在猫三想来,他是一个自由人,他到什么地方不必跟别的什么人讲,他想走就走，想到哪里就到哪里。

猫三不说话，二娣就有点急。二娣说："大娣你快送他回去，家里肯定急的。"

大娣说："活该，让她们急死。"大娣虽然这么说，但还是拉了猫三的手要领他回去。

猫三挣脱开大娣的手。

大娣对二娣说："你看，不是我不送他，他自己不肯，到时不要怪我。"

二娣叹了口气，像这样的情况，等会儿母亲找来，挨骂的总是二娣。也不能说是父母偏心不喜欢二娣，实在是因为大娣的嘴太凶，大人说一句，她顶一句，从三四岁开始就没有输的时候，大人被她气够了，也就不再和她斗输赢，这样二娣就成了大人摆大人威风的唯一的试验品，二娣并不计较这些。

那一天猫三一直不肯走，一直到刘杏英火急火燎地赶来，猫三还是不肯回去，后来问他为什么不走，猫三说二娣不吃那块糕，他就不走。

大娣又朝猫三瞪眼、吐唾沫，说："恶心死了，要吃你自己吃。"

二娣苦着脸。

刘杏英说："二娣你就吃吧，这糕也不是不能吃的。"

二娣皱着眉头咬了一口，立即就反胃，吐了出来。

猫三不解地看着她，他想了一想把那块糕拿过来，自己吃了。喷香，猫三想。猫三嘴里塞了糕和二娣挥手道别，他走出来，听见大娣在里边"咯咯咯咯"地笑，猫三很不明白有什么好笑的。

二娣生病的时候，奶奶说过要去上香。前一天下午，奶奶备了糕团，带猫三去上香。大娣说："你只带猫三去？"

奶奶说："你们要做作业的。"

二娣说："我们不去。"

大娣说："对，我们不去。拜老爷，是迷信。"

奶奶说："你张烂嘴，撕豁你。"

大娣说："你撕你撕，拜老爷的人，还敢骂人。"

奶奶说不过大娣，拉着猫三走了。

奶奶要上香的地方，离猫三家的村子不远，叫作茅山堂。茅山堂里有茅山老爷，茅山老爷其实就是菩萨，杨湾一带把菩萨称作老爷。

到了茅山堂，奶奶对猫三说："你看，这就是茅山老爷。"

猫三看时，发觉这是一尊泥塑菩萨，已经很旧，有的地方泥彩已经剥落。猫三自己不知道是喜欢他，还是不喜欢他。猫三只是对这个泥菩萨的名字和他自己的名字很像这一点觉得有些奇怪，也有些好笑，于是猫三就笑了一下。

奶奶说："猫三你不要笑，我告诉你，茅山老爷消病消灾是很灵的，二娣的病就是靠茅山老爷保佑才好得这么快，在从前这种病是要死人的。你懂不懂？"

猫三又看看茅山老爷，现在他看出来茅山老爷慈眉善目，十分亲切。猫三有点喜欢他了。

奶奶在一边跪下去，并且叫猫三也学她的样子跪下去。猫三就乖乖地跪在奶奶身边，他看奶奶朝茅山老爷一拜，再一拜，又一拜，一共三次。猫三再细看茅山老爷，他觉得茅山老爷现在笑了。

奶奶拜过老爷，叫猫三也磕了三个头，然后奶奶从篮子里取出糕团等供品，放在供桌上。在放供品的时候，奶奶嘴里叽叽咕咕说了许多话，猫三听不懂，他想知道奶奶对这一盘糕团最后怎么样处理。

奶奶后来就拉了猫三站起来，说："好了，我们回去吧。"

猫三跟奶奶走出茅山堂，这是下晚时分，太阳斜照在茅山堂前，猫三朝奶奶看看，他觉得奶奶脸上很有光彩，在回去的路上，奶奶走得很精神。

大约走了一半的路程，猫三从口袋里摸出一个米团吃，奶奶见了，十分奇怪，说："猫三，你的米团哪里来的？"

猫三说："桌子上拿的。"

奶奶问："是不是茅山堂的供桌上？"

猫三点点头。

奶奶惊慌失措地说："猫三，不得了了，你怎么能吃供品？"

猫三已经把米团吃下肚，猫三的嘴上、手上黏糊糊的。

奶奶停了脚步，仔细地看猫三，奶奶脸上的光彩不见了。现在猫三觉得奶奶脸上有一种恐怖的神色，十分地灰暗。猫三不明白这是怎么回事。

奶奶一路唠叨着回家，一进家门，奶奶就大声说："不得了了！"

刘杏英奔出来看猫三好好的，她松了一口气，说："什么事？大惊小怪的。"

奶奶说："猫三偷吃了供品，吃供品是犯忌的，不知有什么祸事要来了。我心里跳得慌。怎么办？"

刘杏英的迷信思想不能说一点没有，但比奶奶要淡薄得多，她说："猫三是小孩子，猫三不懂事，菩萨不会怪罪的。"

奶奶说:"你们年轻,不懂事,小孩子最不能吃供品,得罪菩萨,要冲克损伤的……"

奶奶接着说了一件往事。她说从前有一个小孩子,也是五岁的男孩,长得也和猫三一样可爱,可他没有猫三的福气,生在饥饿的年头上,他饿了什么都吃,吃过蚯蚓和地虫,吃过青草和稻草,也吃过树皮和烂泥,再后来他就抓了供桌上的供品吃,于是他冲犯了神灵,后来这个孩子死了。

猫三不知道奶奶说的五岁的男孩子是谁,猫三只是听奶奶说死了一个五岁的男孩子,这和猫三毫无关系。

由于奶奶的不吉利的唠叨把刘杏英的一点担心变成了恼火,她说:"你少说几句吧,又不是什么好话,颠来倒去地说,这等于是在咒猫三。"

奶奶很生气,她说:"你说谁咒猫三,你说谁咒猫三?"

刘杏英说:"不咒猫三,就少说几句,这一大把年纪,上香还要出点事情,年纪也不知道活在谁的身上。"

奶奶说:"你怎么这样说话?偷吃供品的又不是我,是猫三,是猫三吃供品犯忌,我是替猫三愁呀。"

刘杏英说:"猫三不会有事的,不用你发愁。"

奶奶张了张嘴,她不再说什么了。

这是发生在前一天下晚的事情。

这天一早,猫三睡醒了,一切正常。刘杏英看天气很好,她的心情也很好,她说:"有什么,不是都很好么。"

奶奶说:"哪能这么快,冲克犯忌,报应总要来的。"

刘杏英想说听你的口气,好像在巴望猫三出什么事,巴望这家里有点什么报应。可是刘杏英没有把这话说出来，刘杏英觉得这一天要有一个好的开头，这是周根水和他们家的船应该回来的日子。

现在大娣和二娣背着书包走过来，站在猫三身边，一起望着母亲，后来二娣说："猫三，回去吧，奶奶在煎油糕。"

猫三摇摇头。

大娣把二娣拉走，她说："你不要叫他，他不懂的。"

二娣说："他懂的。"

很明显，大娣和二娣对猫三的态度和看法是不一样的。这种差异，看起来是大娣和二娣的性格差异造成的，大娣比较急躁，并且有些尖刻，二娣就比较温顺、软弱。当然，凭大娣、二娣的某些表现就判断她们的性格，也许还为时过早，她们的一些表现如果看作是她们的脾气，也许更恰当一些。

大娣和二娣对猫三的不同看法和态度，猫三心里是明白的。从猫三对大娣和二娣的态度上也可以看出来，猫三是知道好坏也知道回报的。可是猫三的回报常常使二娣痛苦不堪，因为猫三最好的回报就是拿一些二娣不愿意吃的东西给二娣吃，比如蚕蛹。二娣一看见蚕蛹就要呕吐，而猫三在高兴的时候就把蚕蛹塞到二娣嘴里。为此大娣曾经多次说二娣，大娣说谁叫你对他这么好，活该。大娣的意思是叫二娣对猫三凶一点，猫三就不会让二娣受这些痛苦了。可是二娣不会对猫三凶。大娣就很有恨铁不成钢的遗憾。

大娣和二娣在对于猫三的态度上显示出两个人的差异。但在大娣和二娣两个人之间，又有一种不同的关系，尖刻的大娣对于软弱的二娣更多地表现出一种保卫二娣的气概，而温顺的二娣对于蛮横的大娣却有一种操纵的能力。姐妹俩的这种关系很奇怪，但这奇怪的关系与猫三无关。

刘杏英在蔬菜地里拔草，她有点心神不宁，不停地朝南边张望。已经说过这天是周根水应该回来的日子，现在已经快到下晚，刘杏英心里惦记着单独出门的丈夫，所以她的心情不太好。她看见大娣、二娣站在田埂上发呆，便大声说："站在那里做什么？你们又不是有钱人家的小姐，倒像小姐坏子。回去，做点事情。"

对于这样的无端的指责，通常大娣是要回嘴的，她们只是在田埂上站了一小会儿，刘杏英没有理由批评她们，但是二娣抢在大娣前面说："我们回去了。猫三，跟我们走吧。奶奶在煎油糕，你忘了？"

猫三看看二娣，慢慢地站起来，他拍拍屁股跟在二娣后面。

刘杏英说："你们两个，小心一点，带好猫三。"

大娣说："我们把猫三推到沟里，让他吃烂泥，狗吃屎。"

刘杏英骂了一句什么，她们没有听见，大娣开心地笑了。

猫三跟在二娣后面走了几步，他停下了，很快又走回原地，坐下来，二娣过来拉他，大娣说："不管他，我们走。"

大娣、二娣走了，猫三就一直朝南边坐着，猫三无疑是盼望父亲和船，猫三也许认定这一天他的父亲肯定回来。

在天将黑的时候，猫三终于看见在水那一头有一艘船开过来了。

刘杏英从地里过来，她抱着猫三朝河岸走去。他们看见周根水的船靠了岸，周根水精神焕发地跳上岸来，利索地系好缆绳。

一个好兆头。

刘杏英奔上去，问道："怎么样？"

周根水并不回答她的问题，他接过猫三，从身边拿出一包饼干，是绿色的硬纸盒子包装的。他说："猫三，看。"

猫三笑了。

周根水和刘杏英也笑了。

三

鸡叫的时候天还不亮。

鸡就在院子里叫，鸡的叫声很响亮很切近，但是几乎没有人被鸡吵醒。乡间的人已经习惯了鸡叫，他们只是在睡梦中聆听鸡叫，所以鸡叫或者不叫，对他们来说差别不大。

这当然是说现代乡村的情形。

只有猫三每天在鸡叫中醒来，猫三这么早醒并不是猫三有什么心思，猫三是被尿憋醒的，撒过尿继续再睡。

现在猫三又被尿憋醒了，但是鸡没有叫，猫三在黑暗中醒了一小会儿，他听见水流的声音，猫三想起他在船上，没有鸡，所以没有鸡叫声。

这已经是初夏时节，猫三家的船来去往返已经有了七八趟。自从周根水跟了刘小头，周根水就再也不想离开刘小头了。可以断定周根水不是那种轻浮癫狂、喜怒形于色的人，但是现在周根水的脸上常常浮着微笑。

带猫三出来是周根水的主意，猫三并没有提出这样的要求。猫三不提这样的要求，不是因为猫三不顽皮，而是因为猫三现在还不大懂怎么顽皮，这一点是可以肯定的。但周根水认为他的船既然已经顺顺利利地走了七八个来回，带猫三出来开开眼界，是完全应该也是不成问题的。至于猫三出来，是否真的开了眼界，开了什么样的眼界，这决定于猫三的天资和猫三的悟性。

这一趟船是在十天前开出的，在船出杨湾港的时候，猫三突然说："我不去，我不去。"

猫三是否被杨湾港内外的反差吓着了呢？在杨湾港内，风平浪静，水波不兴。一出杨湾港，水面一下子宽阔了，基本上是无风三尺浪、有风浪滔天，漩涡飞转，水花四溅。

周根水说："猫三不怕，这是浪头，不怕。"

猫三其实并不是怕风浪，猫三只是有一种感觉，他不愿意出杨湾港，但猫三他说不出来。感觉对于一个五岁的孩子来说，是很难说清的，五岁的孩子在表达他的感觉时，常常用哭和笑两种方式，而不是叙述。

船终于还是出了杨湾港。后来船来到了一座大城市。停船的地方，岸上是一家大工厂，猫三当然不知道这是工厂。猫三看着大烟囱里的烟，看着大门口进进出出的人，看着那些人的衣裳和他们的脸，猫三觉得一切都很新鲜。

十天时间里，猫三看过了动物园，又玩过了大街，再回到自己的船上，猫三还是喜欢自己的船。

现在猫三在凌晨被尿憋醒，他听见了流水的声音。这声音他已经习惯了，对猫三来说这声音可有可无。猫三躺在船舱里先喊了一声"妈妈"，没有人应，猫三又喊了一声"爸爸"，仍然没有人答应。猫三在黑咕隆咚的船舱里睁大眼睛，他看不清什么，从船舱的舱口那儿有一团暗淡的光照进来。猫三听见在流水声之外又有一种奇怪而杂乱的声音。猫三爬起来，把头探出船舱口，在凌晨的朦胧中，猫三看见他的父亲和他的母亲另外还有几个人，正在将一大包一大包的东西扛上船来，放在前舱里，那些东西看上去很沉重，他们都弓着腰，有很粗的呼吸声。

猫三哭了起来。

猫三的哭声使所有的人都吓了一跳，刘杏英放下手里的东西朝舱口奔来，说："怎么？"

猫三说："尿。"

刘杏英把猫三抱起来，把着他将尿撒到河里，又将猫三放回船舱，猫三很快又睡着了。

等到猫三再次醒来，天已经大亮。

周根水把猫三抱起来，朝上举了几下，说："开船啰，我们今天回家。"

周根水放下猫三去发动柴油机，刘杏英在船头将缆绳解开，这时候猫三哭了起来。

刘杏英说："猫三，你哭什么？"

猫三不回答。

周根水说："你要什么？"

猫三一边哭一边说："饼干。"

周根水和刘杏英笑着对看了一眼，周根水将机器熄灭，刘杏英说："快点，就近哪一个店买一点算了，天气报告下午有大风，迟了赶不到家。"

周根水说："我知道。"猫三等了一会儿，周根水手里捧着几个盒子过来了，猫三一看，说："我不要。"

周根水说："你不是要饼干么？"

猫三把几个盒子拿过来一一看过，摇头说："不是这种。"

周根水说："你看，这个，进口饼干，高级的，很贵的。"

猫三仍然说："不是不是。"

刘杏英说："你拿着，这么多好饼干，全给你的。"

猫三推开饼干说："不要。"

周根水有点生气了，他说："你这个小孩是个蜡烛。"周根水嘴上这么说，但他还是跳上岸，匆匆地走了。

周根水这一走，好半天没有回来，刘杏英心里急，就怨猫三，猫三也不作声，只是朝周根水奔去的方向望着。

周根水回来的时候，太阳已经升得老高。周根水一头大汗，手里捧着那个熟悉的绿色硬纸盒子。

猫三笑了。

刘杏英递一块毛巾给周根水擦汗，说："怎么去了这么长时间？急死人了。"

周根水无可奈何却又心甘情愿地笑笑。原先在一家小店买的、猫三要的这种饼干，到处买不到，现在那家店不卖了，说这种饼干太蹩脚，进了货卖不掉，不进货。周根水跑了十几爿店，才在一个角落里的小店找到的，也只剩最后两包了。

周根水笑着看猫三拆开盒子吃饼干，又说："你这个小孩，真是蜡烛，进口饼干不吃，要吃这种蹩脚的。"

猫三满嘴的饼干屑，看着父亲笑。

父子俩都笑得很开心，周根水的这种爱子之心确实令人感动，但谁知道周根水种下的爱子之心，日后会结出什么样的果实呢。在周根水奔波于各个食品店为猫三买饼干时，他已经埋下了一个危机，埋下了一种悲剧的因素，对这一点，现在他们还毫无觉察。

　　船破浪而行，风渐渐地大起来，船在波浪中颠簸，刘杏英的脸色越来越难看，她不停地埋怨猫三，说猫三坏事。周根水和猫三都不说话。刘杏英说的是事实，如果不是为猫三的饼干耽误，这时候船早已进了杨湾港，船进杨湾港，就安全了。杨湾港虽然不是一个专用的避风港，但由于它的地理位置好，许多船在碰上大风时，都到杨湾港来避风。

　　当然，周根水和猫三对刘杏英的唠叨没有反应，并不是因为他们认为刘杏英唠叨得有理，在周根水想来，不管有理无理，在这危急的时刻也不应该唠叨，不应该分心，应该全力以赴，对付风浪。周根水之所以不和刘杏英说话，是因为他分不出心来，分不出精力来。他紧紧地把住船舵。周根水很明白他把握的是什么。而猫三对于母亲的埋怨无动于衷，是因为猫三并不知道现在的处境有多么危险，他不理解大风大浪对一只船意味着什么，对船上的生命财产意味着什么。猫三看着风掀起的浪拍打在船头，他觉得很有趣。猫三觉得这一趟跟船出来，最好玩的就是现在这样的时刻。

　　现在船离杨湾港越来越近，已经看得见杨湾的建筑和码头，就在猫三家的船即将脱离险境的时候，一个更大的险情出现了。从周根水的位置上，他看见一个大浪扑向猫三，在猫三身上滚了一下，猫三吓了一下，手一松，手里抓的饼干被水浪卷走了，滚到船头边沿。猫三一边说"我的饼干"，一边爬过去抓饼干，周根水那时候已经顾不上想别的，他扔下船舵，一下子从船尾冲到船头，抱住正在往河里滚的猫三。

　　刘杏英吓愣住了，过了片刻才尖叫起来："船、船、船……"

　　由于周根水松了船舵，船在激浪中一下子失去了主心骨，开始打转。刘杏英扑向船尾去抓舵。到周根水把猫三放进船舱关好，再回船尾时，船已经平稳下来。一直到周根水接过船舵，刘杏英才"哎呀"叫了一声，刘杏英的胳膊摔伤了，但刘杏英脸上并没有痛苦的样子，她怕闷坏了猫三，挣扎着过去开了船舱盖，点着猫三的头说："讨债鬼。"

　　猫三从船舱里探出头，他看到河上的浪小了，他有些失望。他朝母亲看看，他不明白母亲为什么不停地说："进杨湾港了，进杨湾港了。"

　　船进了内河，猫三看见了岸，看见了他熟悉的一切，这时猫三听见大娣和二娣在岸上叫喊，猫三还看见了奶奶。

　　猫三回头看看父亲，周根水浑身透湿，面色刷白。

　　猫三再低头看看自己手里的饼干，他发现他抓住的仅仅是一只绿色的空盒子，饼干已被水冲走了。猫三"哇"地哭了起来，说："我的饼干呀，明天吃呀。"

　　在岸边等待的大娣扑哧笑了。

　　刘杏英说："你还笑，差一点出人命。"

　　大娣说："出人命，他还叫饼干呢，真是不知死活。"

　　大娣的话不好听，但是很有道理。周根水和刘杏英也都是这么想的，但是他们不能因此而指责猫三，因为猫三还小，猫三五岁。

四

　　刘杏英的手臂摔伤了，下一趟出船，就由刘小头的助手老豆帮助周根水，在一切就绪，即将返航的时候，周根水突然想起了一件事。

猫三的饼干。

周根水让老豆等他一会儿，老豆说："你快点。"

老豆停了一下，又补充说："刘小头说昨天有人在注意我们的船。"

周根水笑笑，说："你当真啊，刘小头做贼心虚呀。"

老豆不再说什么。

其实刘小头已经通过老豆向周根水提出了一个警告，但是周根水没有接受这个警告。周根水这个大大咧咧的行为与周根水的性格以及他的一贯做派有所违背。周根水应该说是一个谨慎小心的人，一般说来像刘小头（老豆）这样的提醒，周根水是应该引起重视的。但是周根水一笑了之，并且认为刘小头多虑，这显然不符合周根水的主导性格。对于刘小头的警告，周根水之所以会有这样的反应，看起来是由于猫三的饼干，但实际上这是命运的一个过程，一切的必然与偶然的因素，命运早已安排妥当。

刘小头的船以及另外两条停在附近的船，在周根水上岸去买饼干时，先后动身了。

周根水临上岸时，他还回头看了一眼老豆，老豆什么表示也没有，他坐在船头抽烟，四周很静，一切都很正常，命运之神尚在微笑。

但是当周根水终于买回了猫三要的那一种绿色盒子的蹩脚饼干，兴冲冲赶回来的时候，一切已经变了。

悲剧的气氛已经逼近，周根水暂时还没有感觉到，他一眼望过去，不见老豆在船头上，周根水喊了一声："老豆。"

老豆没有回答。

这时候从船舱里走出两个陌生人，站在船头朝周根水看，周根水认为碰上贼了，他大声说："你们是什么人？"

两个陌生人看着周根水和他手里的绿盒子饼干，反问道："你是谁？这船是不是你的？"

周根水说："当然是我的。你们想做什么，想偷东西？"

那两个人冷笑着说："贼喊捉贼。"

下面的事件周根水就有点懵懂了。周根水只记得他看见其中一个人从腰间拉出一副亮锃锃的手铐，朝周根水走来。周根水的手抖得拿不住饼干，绿色的饼干盒掉在地上。拿手铐的人走过来，周根水看见他在饼干上踩了一脚。

再详细叙述周根水的案子，这显然是多余的。关于周根水案的来龙去脉在这之前已经有种种迹象表露出来，通过这些蛛丝马迹，不难分理出案子本身的脉络。最后的情况是周根水判了三年徒刑，并做了一部分经济赔偿。周根水的故事似乎可以告一段落。周根水本质上不是一个很坏的人，他因为一时的贪念犯了罪，相信政府在这三年中能够将他改造成一个新人。

周根水经过一段时间的适应期，现在已经能够安下心来服刑，他唯一不放心的当然就是他的家。

猫三家现在真的很穷了，为了赔偿，他们不仅把赚来的钱都赔了，船也卖了，还借了债。看起来猫三家在短时间内是不可能恢复元气了。刘杏英一个妇道人家，她的肩上压了三个孩子，还有一个老人。刘杏英无法做到坦然地面对这一切，在一个家庭发生急剧恶变的情形之下，一个女人当然是无法做到坦然相对的。

刘杏英想来想去，她责怪所有有关系和没有关系的人，在她把许多人一一责怪过之后，她的矛头对准了二婶。刘杏英认为一切都是二婶引起的，当初如果二婶没有把那个绿色的饼干盒子递给猫三，如果二婶不是在那个时候生了一场不大不小的病，以后这一切事情就不会发生。

其实谁都知道，责怪二婶是不对的，即使二婶没有把绿色的饼干盒递给猫三，即使二婶一直没有生病，事情也同样会发生。只不过它将沿着另一条路进行，朝另一个方向发展而已，因为这是命运早就安排定了的。

大婶则认为祸根在猫三，她认为猫三没有什么理由非吃那种饼干。大婶的意思是父亲为了猫三的饼干付出这样的代价实在太不值得。

很明显大婶的想法也是错误的，但是大婶对于猫三的埋怨，使刘杏英想起当初买船就是猫三抛铅角子决定的这一事实。刘杏英这时候不由得仔细地看着猫三，她看着猫三，心中不知怎么有些害怕，她好像不认识猫三了，她说："你是一个讨债鬼。"

刘杏英的话立即得到了奶奶的响应，奶奶先念了一声"阿弥陀佛"，然后奶奶说："我一直想要说的，我一直不敢说，猫三是金龙投胎呀。"

刘杏英和大婶一起问："谁是金龙？"

奶奶告诉她们，金龙是周根水的弟弟，奶奶从前说过的偷吃供品的小孩子就是金龙。金龙饿死的时候是五岁。金龙饿死是因为有一口吃的总是让给根水。奶奶说当初他们的目的很明确，两个孩子全保住是很难了，所以决定保住根水，根水是长子。奶奶最后说："金龙是饿死的，金龙死得冤，金龙转世投胎来讨债了。"

奶奶的话使刘杏英面如土色，二娣则吓得哭了起来。大娣说："我不相信，奶奶你瞎说。"

奶奶坚持认为她的看法是正确的，她举出种种例子，说猫三在许多地方和金龙是一样的。后来大娣也有点相信了，她们大家一起看着猫三，猫三躲在门角落里，二娣看猫三像被人遗弃了，很可怜的样子。二娣想去安抚猫三，可是她一时间不敢和猫三说话。

其实二娣想错了，猫三是不需要安抚的，猫三根本不知道她们在说些什么。猫三缩在门角是因为猫三突然发现缩在门角很舒服，三面可靠，很惬意，猫三缩在门角里想他的父亲。

对于奶奶坚持认为猫三是金龙转世的想法，持否定态度或者持肯定态度，于扭转猫三家的经济状况都是无补无救无济于事的。

这期间刘小头常常到猫三家来，这就难免有些嫌疑。刘小头是否做好了圈套让周根水去钻，然后达到某种目的？这种猜疑是正常的，但却不是事实。刘小头在周根水事发之后，被牵出来这是肯定的。刘小头采取了主动，赔了钱，又因人赃不全，被免于追究刑事责任。

尽管周根水把刘小头牵出来，使刘小头也差一点栽进监狱，但刘小头对于猫三家还是十分歉疚的。他认为一切是他引起的，如果他没有引诱周根水出杨湾港，周根水即使栽跟头，也不会跌得这么重。因为周根水是一个谨慎小心的人，没有很大的胆子。刘小头现在带着赔罪的心情常常来关照猫三家，应该说明的是刘小头在刘杏英面前非常规矩，绝对没有半点轻浮之举和非分之念。

刘杏英对于刘小头的关照表现得很麻木。刘杏英也知道刘小头是在尽最大的力量帮助她，可是刘小头这一次赔了巨款，经济损失惨重，早已经今非昔比了。

刘杏英在经过一番痛苦的挣扎之后，一天她对刘小头说："前次你来喝酒时，说起后村张家想领养一个孩子，是不是？"

刘小头吃惊地看着刘杏英，他说："你不要朝那上面想。"

刘杏英说："事到如今，不想也不行了。"

刘小头说："好歹熬过这三年，大家会相帮你的。"

刘杏英听刘小头这么说，她哭了起来。

刘小头也有些伤心，他说："都是自己的骨肉，你怎么舍得？"

刘杏英一边哭一边说："不是在乎一张嘴。一个孩子能吃多少？主要是为了猫三。这一阵户口的事情松动了，要钱。根水也是这样想的，那次我去看他，他关照的，不能等他，等他出来，猫三八岁了，八岁就更加难办了，要在猫三上学之前办好户口的事……"

刘小头叹了口气。

刘杏英说："我想托你去打听打听，七八岁的孩子他们要不要。"

过了几天，刘小头来给回音，说七八岁的孩子也要，但那边提出不能和家里来往。接着刘小头问刘杏英打算送大娣还是二娣。

刘杏英又哭了，她还没有和家里说这件事。

不论送走大娣还是二娣，不论从哪一个角度讲，猫三确实是一个讨债鬼。

刘杏英在同家里人摊牌的时候，猫三突然笑了起来，不知道他想到了什么好笑的事情，奶奶拍了他一巴掌。

刘杏英的想法是很清楚的：送走二娣。

可是大娣说:"二娣不走。要送就送走猫三,猫三最讨厌。"

大娣当然也知道送走猫三是不可能的,但是她出于气愤,还是说了这样的话。

谁也没有接大娣的茬,过了半天,二娣说:"我走吧。"

大娣说:"你不要走。为什么要你走?"

二娣眼泪汪汪地看着大娣。

大娣说:"你要是走,我就和你一起走,这个家,我们不要了,反正都是猫三的。"

刘杏英看着大娣、二娣,她说不出话来。奶奶哼哼唧唧地说一些死也要死在周家门里、周家没有卖儿卖女的习惯之类的话。

刘杏英最后说:"你不要说了,是你儿子的主意。"

老奶奶听了这话,便不再说什么。

不难看出在南方乡间杨湾一带,一直到现在夫权思想的影响还是比较深的,像周根水,从社会角度看,他是一个没有发言权的服刑犯,但在家庭中,他仍然是一个主心骨,是一个不在场的权威发言人,这一点不用怀疑,因为有许多事实证明。

二娣终于还是要走的。

二娣要去的那家人家,是一对上了年纪的夫妻,很有钱,因为没有子嗣,领一个小孩靠在身边,以这样的情况看来,二娣过去至少生活上不会很苦。

二娣走的那一天,猫三一家人哭哭啼啼,村上的人也都很伤心。接二娣的船停在河边,从前猫三家的船就是停在这地方的。

只有猫三不知道发生了什么事,大家哭的时候他惊讶地看着他们。等到二娣要上船了,猫三问她:"二娣,你到哪里去?"

二娣说："我走了。"

猫三说："你明天回来。"

二娣说："我不回来了。"

猫三笑了，说："你骗我。"然后猫三自顾自地玩。

刘杏英忍不住放声哭开了。大娣跳着脚说："哭，哭，哭死！"

奶奶一屁股坐在河岸边，手掌拍着地皮，说："伤心啊，伤心啊。"

这时候猫三又过来了，拿出一包东西给二娣，说："给你，明天吃啊。"

二娣一看是那一只绿色的饼干盒，从饼干盒里滑出一小袋塑料包装的饼干，里边爬满了蠕动的蛀虫。二娣吓得一抖，饼干掉在地上，大娣走上去，一脚把饼干踢到河里，饼干在水面上只打了一个旋就沉下去了。

猫三哭了，说："我的饼干呀，明天吃呀。"

大家说："这个讨债鬼啊。"

船终于把二娣带走了，猫三看着远去的船和二娣，有两颗眼泪挂在猫三的脸上，但猫三不是为二娣哭的，猫三是为那包沉入河底的饼干哭的，这一点大家都看得很清楚。

这是在这一年的秋天，一个晴朗的早晨，天高云淡，秋风送爽，这样的天气，与悲剧的气氛是不协调的。

到这一年的年底，猫三办户口的事情终于有了着落，只要报上户口，猫三就不再是黑人，就是一个名副其实的属于社会的人。这样就出现了一个新的问题：关于猫三的名字。现在必须给猫三取一个正规的大名了，这件事已刻不容缓。

刘杏英带着猫三到劳改农场去看周根水。刘杏英探监当然不能说仅仅是为了猫三的名字，但到底给猫三取一个什么样的名字，刘杏英她没有主意。

他们坐了火车，又坐了汽车，到了劳改农场，周根水见到他们母子，悲喜交集，自不待说。刘杏英告诉周根水猫三的户口可以办了，她问周根水给猫三起一个什么样的大名。

周根水听刘杏英说了，百感交集，他盯着猫三看了半天，长长地叹了口气说："我早想过了，叫金龙。"

刘杏英一听"金龙"两个字，她马上"呜呜"地哭起来，一边哭一边说："不叫金龙，不叫金龙。"

周根水抱着头，过了半天，自言自语地说："金龙，我对不起你，我抢了你一口饭，你怨我。"

刘杏英擦擦眼睛说："你瞎说，你们都瞎说，没有转世投胎的，猫三就是猫三。"

猫三从口袋里挖出一包东西来，递给周根水。周根水看，是一包压碎了的饼干，里面有蛀虫在爬。

刘杏英说："猫三你怎么——"

猫三不听母亲说，只是看着父亲，说："爸爸，你吃，爸爸，你吃呀。"

周根水说："我留着明天吃。"

猫三很开心。

周根水看猫三开心的样子，他突然想起一件事。他想也许那是一个错误。当初，他让猫三抛硬币决定买船的时候，为什么只抛了一次？抛一次似乎太急促了些。如果抛三次，那会是什么样的结果呢？周根水叫刘杏英拿出一个五分的硬币，让猫三再抛两次。

猫三连抛了两次，两次都是稻穗朝上。

周根水再也说不出什么话来，他明白这一切都是早就注定了的。

最后周根水说："不叫金龙，就取一个单名，新。"

周新，是否意味着一切将重新开始？

看 客

一

拐角上的小面店早上生意很兴，老汤把自行车架在门口，老板娘看见了就喊："三两阳春面。"

老汤朝她笑笑，进去找个位子坐下。吃面的都是附近一带的熟人，大家说，老汤独是吃光面，钱省下来做什么。老汤听他们说，也不插嘴，只是笑笑。其实老汤也不是省钱，老汤吃了好多年阳春面，吃惯了。

老板娘把面端过来，大家又说，老汤的面油水足，老板娘会拍马屁。老板娘说："见你们的大头鬼。我拍他马屁做什么？我又不要打离婚。"

　　吃面的人都笑，老汤也笑，早上起来这么笑一笑，精神也好一点。老汤吃了面，就骑了自行车去上班。老汤在区法院工作。现在在区法院，老汤算是比较老的人了，老汤从前是在工厂做联防队员的，老汤年纪轻的时候很积极、很努力，后来就调到区法院来工作，也有三十多年了。老汤做了三十多年的工作，并没有升什么一官半职，老汤也没有什么怨言。老汤是很有自知之明的，他的文化水平比较低，所以工作态度是非常认真的，他总是采取笨鸟先飞的办法。老汤和同事的关系相处是比较好的，他虽然没有什么官职，大家对他还是很尊重的，倘是来了新的同事，介绍起来，大家总是说，老汤是老资格，老汤听了很开心。

　　不过在区法院老汤的资格还比不上扬州老爹。扬州老爹从区法院成立的时候，就在这里做传达了。当然那时候他是"小扬州"，现在大家叫他"扬州老爹"。现在区法院有很多人不很清楚扬州老爹的来历，有些人只是大概地知道一些，说扬州老爹是扬州人这不用怀疑，他小时候逃难过来，这也是可以想象的，后来怎么做了区法院的传达，这里面有各种各样的说法，拿这些不同的说法去问扬州老爹哪一个说法准确，扬州老爹就说，从前的事情不说了，大家想想也是的，从前的事不说也罢。

　　扬州老爹早上起来就在院子里扫地，秋天到了，落叶很多，扬州老爹扫干净院子，又开了大门扫大门前，他看见一张布告掉在地上，就去捡起来。这布告是法院出的，每次判了人，法院都要出布告，到街上去贴出来，在法院门前当然是要张贴的，法院门前的布告都是扬州老爹自己贴的，贴得很牢。这一阵里，布告老是掉下来，扬州老爹已经捡了好几次，这种事情从前是没有的。

老汤来的时候，扬州老爹把布告拿给老汤看。

老汤说："夜里风大。"

扬州老爹说："不是风。"

老汤说："那怎么会？"

扬州老爹把布告送到老汤眼前，说："你看看，这四个角，贴糨糊的地方，是撕下来的。"

老汤说："你说有人撕布告啊。"

扬州老爹肯定地点点头，说："好几次了。"

老汤说："不会吧。为什么要撕布告呢？"

扬州老爹说："你不相信？"

老汤说："不是相信不相信的问题。问题是为什么要撕布告？"

后来大家都来上班，听老汤和扬州老爹说了，有人看看扬州老爹捡的那几张布告，笑了起来。大家过去看，也都笑了，原来撕下来的布告，都是涉及性犯罪的。大家笑笑也就算了，现在外面奇怪的事情很多，撕布告也没有什么值得大惊小怪的。

这又是一个接待日，一早上接待室门前已经守了不少人。老汤走进办公室，泡了一杯茶，到隔壁办公室看看，只有小于来了。

老汤说："小于，小顾呢？怎么还没有来？"

小于说："小顾小孩病了，上午大概不来了，等会儿我跟你过去。"

老汤"哦"了一声，拿起记录簿和茶杯，往接待室去，走了几步又回头，说："小于，你抓紧一点。"

小于正在吃烧饼油条，细嚼慢咽，又泡了茶慢慢地喝。听老汤催他，小于说："急什么。"

老汤到接待室，看看排在第一个的五十多岁的老太太，老汤说：

"咦，你怎么又来了？"

老太太说："我想想我还是要来。"

老汤说："跟你说过好几次了，你这种情况，不好受理的。"

老太太很伤心的样子，说："法院不为我做主，谁来为我做主？"

老汤叹口气，说："不是不为你做主，你这一点点理由，不好受理的。"

老太太说："我理由充足。"

老汤说："我是算得耐心了，我跟你说，不能受理，你一定要出这五十块钱，你要后悔的。"

这时候小于进来了，老汤说："小于，你看，这个人又来了，跟她说……"

小于看了那老太太一眼，说："你跟她说什么，不要说了，她要起诉，让她起诉就是了，她有钱，你让她去打水花好了。"

老汤说："这怎么行？都这样，一点小事要打官司，法院忙得脚也要捐起来了。"

小于说："现在已经忙得脚也捐起来了，索性忙吧。"小于一边说，一边抽出两份起诉状，递给老太太，说，"拿回去填好，下星期一交过来。不会写的话，可以到隔壁叫人代写，出点钱。"

老太太看看起诉状，手伸了一下，又缩回去，说："我……"

小于说："拿呀。我什么？"

老太太犹犹豫豫的样子。

老汤说："我看你还是回去再考虑考虑吧。"

老太太说："没有讲理的地方。"

老汤愣了一下。

　　后面排队的人等急了，都埋怨这个老太太，有人顺着老汤的口气叫她回去想好再来，有人顺着小于的口气叫她把诉状拿回去，七嘴八舌，老太太涨红了脸，突然哭起来。

　　老汤连忙把她搀到一边坐下，说："你冷静一下，再想想。"

　　下一个是有关房产权的事，很快就买了诉状走了。

　　再下面，是一个长得很秀气的不到三十岁的年轻女人，呆呆地站在老汤面前。老汤说："你坐。"

　　她不坐。

　　老汤又说："你坐。"

　　小于说："她不坐你让她站着。"

　　老汤问："什么事？"

　　她看看老汤，又看看小于，低声说："离婚。"

　　老汤说："你的名字，你丈夫的名字。"

　　她犹豫了一下，说："我叫郑薇。他，他姓林。"

　　老汤说："你要离婚，说说理由。"

　　郑薇站着不动，她不说话。

　　老汤说："你说说呢？"

　　她仍然不说话。

　　老汤注意地看看她，说："你是哪个单位的？"

　　郑薇说："新华书店。"

　　老汤再问："你丈夫，哪个单位的？"

　　她说："歌舞团。"

　　小于记下来。老汤说："好，说说为什么要离婚。"

　　她又不说话了。

小于想插嘴，又忍住了，坐在一边叹气。

老汤皱皱眉头，说："你不说，我们怎么做工作，你是不是回去……"

她惊了一下，说："我不要再想了，我已经想好了。"

小于把笔扔开，终于忍不住说："死样活气的。一天碰上一两个这样的人，还做什么事情？你是不是说不出口，你男人有姘头是不是？"

郑薇听小于这样说，流下两行眼泪来。

老汤说："是不是被你抓住了？"

她说："没有。"

老汤说："你发现了什么？有证据？"

她说："没有。"

老汤说："有人告诉你的？"

她说："没有。"

小于又忍不住插嘴说："真是滑稽。"

老汤说："小于你不要急。"回头又问，"你既然没有证据，你凭什么说你男人有外遇呢？"

郑薇愣了一会儿，说："我凭感觉。"

小于"嘿"地笑了一声，后面排队的也有人"嘿嘿"地笑。老汤说："你不要开玩笑，法院是很严肃的。"

郑薇眼泪汪汪地说："我没有开玩笑，我是感觉到的，可是抓不住，他很狡猾，我弄不过他。人家都说他好，说我有病，其实我是没有病的，我是有苦说不出。"

老汤朝小于看看，小于脸上没有什么表示。老汤对郑薇说："你今天先回去，后天上午再来，好不好？我们再商量一下。"

郑薇点了点头，慢慢地走了。

等她一出门，老汤说："恐怕有病，我看她眼睛有点发定，要到她单位去了解一下。"

小于说："哪有什么病，要就是心病。"

再下一个又是女方来离婚。小于说："今天什么日子？妇女离婚节啊。"

大家笑起来，连那个要离婚的女人也忍不住笑着说："人家气死了，你们还寻开心。"

这位妇女的气，主要是因为男人赌。她说："跟他结婚十年了，有什么好，十年时间只有苦没有甜的，我要叫他赔偿，叫他补还。"

老汤同情地听她诉述，末了老汤说："唉，也这么多年夫妻下来了，赔什么呀。你小孩几岁？"

说是八岁。

老汤说："小孩也八岁了。你呀，带好小孩就是你最大的弥补。"

老汤这么说，那女人愣了一下。小于却说："老汤你这叫什么话。"

老汤正要说什么，这时候小于"嘿"了一声，老汤抬头一看，小顾站在门口。小于说："小顾，快来，快来。"

小顾过来换了小于。小于走后，有人说："那位小同志，看上去文绉绉的，说话怎么这么冲。"

老汤和小顾都没有说什么。

休息的时候，老汤过去跟小于说："小于，不是我要说你，你说话要注意一点，人家到法院来，是信任我们……"

小于说："哎呀，你不要烦我了。我自己也一脑门的心思，谁来帮帮我呢？"

小顾等几个人在一边笑，说："小于，你的一脑门心思，最好请老汤相帮你理理清。"

老汤说："小于，你有什么心思，说出来大家……"

老汤说到一半，电话铃响了，小顾去接，一听电话，眼睛就朝老汤看，说："喂，找老汤啊。"

老汤看着小顾的脸。小顾说："喂，你哪一位？噢，汤夫人。"

老汤拼命做手势，指着自己的鼻子摇手。

小顾说："噢，好，我帮你看一看在不在。"

小顾用手捂住听筒。老汤说："不在不在。"

小顾说："哎呀，老汤上午不在，出去了。什么？转告他叫他中午回去吃饭，有事情商量，要紧事情。喂喂，什么事情？房子的事情。好的，我转告他。"

小顾放下电话，老汤"嘘"了一口气。

小顾说："叫你中午回去。"

老汤说："不回去的。"

老汤倘是中午回去，家里丈母娘、老婆和女儿三个女人就要活吃老汤。傍晚回去，儿子在家情况要好一些，儿子虽然不是绝对地偏向老汤，但儿子总算比较公正，而且儿子在家里说话多少有点分量。倘若三个女人欺老汤太甚，儿子自会站出来说几句话，三个女人就收敛一些。儿子也只是偶尔地帮老汤一回，但对老汤来说，已经足够了。

老汤中午不回去，在区政府食堂搭伙。吃过饭，和办公室的老关杀几盘棋。

小顾说："你和老关的百局赛，怎么样了？"

老汤说："嘿嘿，38 比 11。"

小顾说："谁 38？"

小于说："当然是老汤 38 啦，老关什么臭棋。"

老汤"嘿嘿"笑，说："老关是不行。"

吃饭的时候，老汤到处找老关，找不见，问了办公室的人，说是老关病了，没有来上班。老汤吃过饭回来，几个小青年已经摆开了牌局，老汤想拉一个来下棋，没有人肯跟他下，老汤转了一圈，找不到对手，就往传达室去看扬州老爹。

扬州老爹是自己开伙仓的，老汤看他煮了一小锅菜饭，再烧一个蛋汤，吃得有滋有味。老汤说："没有家小，一个人倒也清爽。"

扬州老爹说："清爽是清爽，生老病死就苦了。"

老汤说："倒也是的，不过你不要紧，你身体好。"

扬州老爹洗了饭碗，说："老关不在，没有人下棋了？"

老汤说："你会吧？"

扬州老爹笑笑，说："我不大会的。"

老汤说："不大会就是有一点会，是不是？来吧来吧，一边下我一边教教你。"

扬州老爹说："我恐怕不来事。"

老汤去拿了棋来，说："我让你一炮。"

扬州老爹又说："恐怕不来事的。"

老汤说："再让一马。"

扬州老爹说："试试，不过要来就来平的，不要你让。"

老汤朝扬州老爹看看，说："好的。"

老汤和扬州老爹摆好了棋，老汤就走了一步当头炮。

扬州老爹笑笑，他不像老关那样总是以"跳马"应对，而是走了一着不合常规的棋，也来了一个当头炮。

老汤有点奇怪，说："老爹，你怎么这样走法？你会不会？"

扬州老爹说："下下看吧。"

老汤摸他不透，就不敢吃他的小兵，想了半天，才走了一步：挺车。

扬州老爹又是胡乱地走一着。老汤开始以为扬州老爹不会下，可是这么三五步下来，扬州老爹就占了上风，很快他吃了老汤一车。

老汤一急，伸手去抢那个车，扬州老爹用手按住。

老汤说："你这算什么？突然袭击。"

扬州老爹说："这就叫攻其不备、出其不意，从前我们杨队长常常讲的，孙子兵法。"

老汤张了张嘴，看那个车被扬州老爹捂住，没有别的办法。

老汤白丢了一个车，这一盘的形势就直落下去，老汤输了。老汤说："这一盘不算，重来。"

扬州老爹说："不算就不算。"

老汤说："算就算，再来，再来。"

又开始来，这一盘老汤很顶真了，和老关下棋，老汤是很轻松的，基本上把老关掌握在手里的，即使输，也是输在粗心大意，或者有时候赢得不好意思，有意输的。现在老汤和扬州老爹下，他原以为扬州老爹肯定连老关也不如，哪料扬州老爹先就赢了他一盘，再下，老汤就要认真对付了。

这一盘老汤下得十分谨慎，一举一动都要想半天，但不管老汤怎么用尽心机，很快又被"将军"。

老汤说："不算不算，你赖皮。"

扬州老爹说："我哪里赖皮了？"

老汤说不出。

扬州老爹看看老汤，说："好吧，不算就不算。"

接着又下一盘。

这时候小于出来上厕所，见老汤和扬州老爹下棋，有点奇怪，站着看了一会儿，倒看出精神来了，在外面一喊，把里边打牌的人喊了出来。小于说："看看，老汤棋逢对手。"

大家看了都说想不到扬州老爹水平这么好，老汤听大家这么说，心里很急，心想这一盘一定要赢回来。

可是老汤越急越下不好棋，连小顾、小于他们都笑老汤臭棋，老汤就有点顶真了，说："你们水平高，你们来，我不下了。"

小于说："哟哟，老汤顶真了，我们跟你开开玩笑的。老汤你是有水平的，我们臭棋怎可以跟你比。"

老汤不说话，专心地下棋。

小顾说："老汤平时看他笃悠悠，下起棋来怎么也是要死要活的。"

小于说："你没有看到我们老汤赢棋的时候，神气得不得了。"

一盘棋还没有下完，下午上班的时间到了，老汤就把棋收起来，这一盘也不谈胜负了。

下午庭里开会，讨论一个案子，庭长看老汤愁眉苦脸的样子，说："老汤，你怎么？是不是身体不好？"

老汤愣了一愣，说："身体，身体没有什么。"

庭长说："大家都谈了自己的看法，你讲讲呢。"

老汤说："差不多。"

庭长看看他，说："什么差不多？老汤你有什么心思？"

小于、小顾都笑起来，老汤也尴尬地笑笑。

这天下班后，老汤绕到菜场买了菜，又在街心公园看人家下了一盘棋。

回到家，汤夫人老丁看看老汤马甲袋里的菜，说："今天怎么把菜买回来了？"

老汤说："办点事情回来经过菜场，顺便带的。"

老丁扯开马甲袋看看，说："你买的什么菜？你自己看，像你个人一样，蔫头蔫脑。跟你说傍晚的菜不新鲜，你不听的。"

老汤笑笑，不说话。

老丁说："你的看家本领，就是不开口。"

老汤说："嘿嘿。"

老丁说："中午叫你回来为什么不回来？"

老汤说："我不知道啊，小顾下午才跟我说的。"

老丁说："你们小顾我认识的，我要找他问的，你不要以为我不敢去找小顾，小顾我又不怕他的，小顾有什么了不起。"

老汤说："你怎么扯到小顾身上去了？什么要紧事情等不及下班？"

老丁说："你以为我们在家里吃饱了撑的，把你叫回来看你的苦脸啊。跟你说，要扫地出门了。"

老汤说："哎呀，老生常谈。"

老丁说："这一次逼紧了，中午居委会、房管所都来人了，再不想退房子，那边房主要告了。你急不急？"

老汤说："我不急，让他们去告，总不见得叫我们住大马路。"

老汤家的住房，以前一直是属于房管所的，前一阵落实政策，重新划定为私房，房主不缺房住，本来是想卖给房管所的，但房管所开价太低，谈了几年也谈不拢，房主就要收回私房。老汤他们这个院子里有好几家都属这范围之内。几个月前有关部门开始动员住房搬迁，有两家靠单位解决了，已经搬走了，现在老汤家成了重点对象。

老丁看老汤不急不慌的样子，说："等会儿还要上门的，你去跟他们说。"

老汤说："我跟他们说什么，有什么好说的。"

老丁说："这破房子我们也不想赖着不走，你叫你们领导来呀，叫他们看看，叫你们单位分房子。"

老汤说："你说得出。我们单位哪里有房子？"

正说着，老丁听到外面的声音，说："好像又来了？"

老汤开了门出来，果然有几个人站在院子里对他们的房子指指戳戳。老汤的房子一字排开三间，面积是比较大的，就是房子造的年数长了，很破旧了，从前归房管所的时候，漏雨什么，可以报修，现在就不行了，没有人管，漏起雨来，要老汤自己爬上屋顶捉漏，幸亏老汤是比较能干的，小修小补，自己会弄弄。

居委会主任见老汤出来，朝他笑笑，说："老汤回来了，又来烦你们了。"一边回头介绍，"这是周同志，区落实办的。这是老汤，他在长洲区法院工作。"

老周朝老汤点头，说："有点面熟的，早上吃面常常碰着的，我就住在前面东采莲巷。"

老汤也朝他点点头，笑笑，把他们请进去坐，老汤递一根烟给老周，老周说："你们单位，房子紧张？"

老汤说："怎么不是。"

老周说："你们单位不可能解决？"

老汤说："不要说了。"

老周说："所以我们也在帮你们想办法。"

老汤摇头说："有什么办法，只好拖拖再说了。"

居委会主任说："那家人家很强横的，说要告法院。"

老周说："就是，弄到法院去，要喇叭腔的。"

老汤说："我是没有办法的，我又变不出房子来。"

几个人僵了一会儿，老周说："房主愿意卖房，你们能不能买下来？"

老丁说："买房子，要多少钱？"

老周顿了一顿，说："他们开价两万五。"

老丁"嘘"了一声，说："你们家买不起，叫我们买。"

老汤说："你怎么这样说话？"

难得半天没有插嘴的女儿汤莉突然冷笑了一下，说："说得出的，两万五买这种破房子，两万五我不好去买新公房啊。"

老周说："两万五买新公房顶多只能买三十个平方。现在你们这三大间，有五六十平方呢。"

老汤说："其实，两万五，不算很贵的。"

老周说："是呀，我们也这样想。"

老丁朝老汤瞪眼睛，说："不贵你去买。你拿得出两万五？"

老汤说："我拿不出。"

老丁说："你做了三十几年工作，工资加起来恐怕还没有两万五呢。"

居委会主任对老周说："我有数的，他们一家都是拿死工资的，吃吃用用也差不多，两个小孩大了，也要筹办筹办了，买房子是不可能的。"

老周把烟头掐掉，说："那就没有办法了。"

这时候老太太凑过来说："怎么没有办法，你们公家把我的房子还给我，我们就有办法了。"

老汤说："老太太你不要搅百叶结，不搭界的两回事情。"

老丁马上过来，说："怎么不搭界？怎么两回事情？本来就是一回事情嘛。趁这位周同志在，懂政策的，我们也讲一讲清楚：人家的房子可以落实政策，我们的房子为什么不能落实政策？"

居委会主任说："再说吧，再说吧。"连忙暗示老周告辞。

老汤的丈人从前是属小业主成分的，有一点私房，但不足改造起点，就留着自住。老汤和老丁结婚时，单位分了房子，那时丈人已去世，丈母娘就住到女婿家来了，把自己的私房作价卖了。

当时卖房，大家有过争论，但丈母娘坚持要卖。老汤劝了几句，她就说老汤没良心，弄得老汤莫名其妙，后来明白了老太太的心思，她怕旧房子不卖，女儿女婿叫她一个人住过去，她怕孤单。当然那时候买卖房子并不像现在这样郑重其事，很轻松很随便就卖了。

自从卖了房子，尤其是近几年，老太太在家里拌嘴舌，多半是为了房子，老汤被搅得头痛。

老丁说："人家为了房子事情，挖屎丢烂泥，什么事情都做得出。你怕什么？"

老汤说："我自己是法院里的，怎么可以挖屎丢烂泥？什么影响？"

老丁"哼哼"两声，说："什么法院，自以为了不起呀，人家把你赶出门，哪个把你当法院的看。"

老汤说："反正我是不去的，人家早已把政策讲得清清楚楚了。老太太的房子，不属落实政策范围的，老太太自己要卖掉的。怎么可以再落实政策？"

老太太颤颤抖抖地走到老汤跟前，说："谁说我自己要卖的，是他们一定要我卖的，你说话要摸摸良心的。"

老汤说："咦，谁说话不摸良心？那一年的事我记得很清楚，明明是你自己，你忘记啦。那时候我劝过你的，叫你再考虑考虑，你说我什么，说我黑良心，我只好不说话。"

老丁说："你记性好。"

汤莉说："他思想好。"

老汤说："你们这样说，我倒不服气了，可以把当事人找来问问，当时几个经手的人都在，人家那边，都有底本，白纸黑字，赖不掉。"

老丁说："你凶什么？你以为你法院就可以凶人？"

老汤说："我们法院以法律为依据，讲道理的，怎么可以凶人。"

老太太说："你讲话嘴巴要干净一点。"

老汤说："我什么时候讲话嘴巴不干净了？你说我哪一句话不干净？"

老丁说："老太太八十多岁，你还跟她计较，你这种人……"

儿子汤健从自己屋里出来，看看大家，把录音机的耳塞摘下来，似笑非笑地说："你们做什么？一天到晚废话不断。"

老汤说："就是，废话多。"

汤健朝他看看，说："你话也不少。"

老汤"嘿嘿"一笑，说："她们不说，我也不会说。"

二

老汤一直是和小顾搭档的，这一阵小顾好像事情特别多，三天两头请假，老汤和小顾搭不成档。小于原是机动的，跟谁也不跟死，现在小于就顶上来了。

老汤对于小于，是有一些看法的，当然也说不上什么大的意见，只是觉得小于平时说话办事，不很合他的脾气。老汤当然也知道各人有各人的脾气，这是不好强求统一的。比如小于有时候对来访的人态度不大好，老汤觉得这样不好，但老汤不好多说什么，老汤若是庭长，说说也是应该的，可惜老汤不是。有时候老汤忍不住说了，小于就会说，我天生就是这样的脾气，对谁都这样。这倒也是实话，小于对庭长也是这样的，有一次老汤听小于和院长说话，也很呛。小于谈了两个女朋友，都没有成功，不知是不是因为小于的脾气，这种事情小于没有说，老汤也不好问。

小于是两年前大学毕业分配来的。大学生有点傲气也是正常，时间长了自然会消磨掉，老汤总是这样想，所以看不惯的时候，老汤就走开一点，免讨气，现在小于和老汤搭档，老汤就不好走开了。

　　老汤和小于搭档，手里第一件事，是确定审核刘瑞林起诉房产权案能不能立案。起诉是一个星期前的事，按规定，从起诉到立案或从起诉到明确不能立案不能超过一星期，所以老汤无论如何要抽时间把这个案子定下来。

　　刘瑞林起诉案并不复杂，刘父去世，留下一间平房，由刘瑞林兄弟刘瑞平占往，刘瑞林诉刘瑞平侵权。如果刘父未有遗嘱留下，这一间房应归刘瑞林、刘瑞平两兄弟共有，而刘瑞林又执意不让，案子可以成立，但在问及刘瑞林父亲有无遗嘱时，刘瑞林的回答模棱两可，这是比较关键的，因为刘父一直和刘瑞平生活在一起，所以能不能立案，还要到刘瑞平那边调查核实。

　　老汤和小于到刘瑞平家，这是一座大杂院，里边住的人家很多。刘瑞平自己住的房子是他结婚前自筹资金在老房子旁边造起来的，房主当然是刘瑞平自己，对这一点刘瑞林也有疑义，但不能成立。

　　刘瑞平家没有人，问了邻居，一位不到四十岁的妇女说，刘瑞平做夜班，马上要回来了，她问老汤是哪里的，老汤说："区里的。"

　　那妇女朝他们看看，说："区里的，区里单位多呢。"

　　老汤"嘿嘿"一笑。

　　那妇女见他们不领会，就追问："区里哪个单位的？"

　　小于说："法院的。"

　　那妇女"哦"了一声，低下头去捡菜，过了一会儿，抬起头，朝刘家看看，说："是不是他们家要离婚？"

　　老汤说："没有什么事，我们来看看房子。"

　　那妇女又"噢"了一声，好像恍然大悟的样子。

　　一会儿刘瑞平果真回来了，他在门口锁自行车的时候，邻居妇女就朝他喊："刘瑞平，区里有人找你。"

刘瑞平进来，那妇女又说："是法院的。"

刘瑞平好像有些奇怪，他让老汤和小于进了屋，泡了茶水。

老汤说："你哥哥是叫刘瑞林吧？"

刘瑞平有点紧张，说："是的。他出了什么事吗？"

老汤说："你父亲去世留下一间平房，二十一个平方，是不是？"

刘瑞平点点头，一副迷茫的样子。

小于性急，抢了老汤的话头说："哎呀，绕什么圈子，说就说了。"

老汤说："哎，身份和事情要落实清楚的。要不然搞错了人头怎么办？"老汤虽然这样说，但经小于一催，说话就简洁一些了，他把事情经过说了。

刘瑞平听了，显得十分惊讶，他顿了一顿，说："房子现在是我们住的，父亲过世以后，他从来没有提过房子的事呀。怎么就要打官司呢？他要房子，我们也好商量的呀。"

老汤说："所以我们先来核实、调查一下。"

刘瑞平说："情况就是这样，父亲过世，这一间房空出来，我儿子女儿大了，要分开住，我叫我儿子住了。我哥哥那边，是新公房，两室一厅，他们三个人，也蛮宽裕的。"

老汤说："这和住房紧张还是宽裕没有关系的，这是产权问题。"

刘瑞平说："产权问题，什么产权？"

老汤说："房产权呀。这间房子，原来是你父亲的，对不对，后来——"

小于打断老汤，说："现在你哥哥告了你，要你把房子让出来。

你怎么办？"

　　刘瑞平说："本来也不是什么大事情，好商量的。他要告我，我为什么要怕他？打官司就打官司，父亲一直住在我这里，是我养父亲的。为什么要让给他？"

　　老汤要向刘瑞平讲述有关房产权的条文，小于抢先说："你父亲有没有遗嘱？"

　　刘瑞平朝小于看看："什么遗嘱？"

　　小于说："遗嘱也不懂？"

　　刘瑞平说："遗嘱我怎么不懂，怎么没有遗嘱？父亲说这间房子归我的。"

　　小于说："那你拿出来。"

　　刘瑞平说："什么？"

　　小于说："什么？遗嘱呀，写了没有？"

　　刘瑞平说："没有写。"

　　老汤说："遗嘱有两种，一种是口头遗嘱，口头遗嘱必须有——"

　　刘瑞平抢着说："是口头的，是口头的，我父亲亲口对我说房子归我。"

　　老汤说："有没有代笔和证人？"

　　刘瑞平说："那没有。"

　　小于说："那不算。"

　　老汤说："我跟你说，遗嘱如果没有证人，是——"

　　小于说："多说也没有用，不算就是不算。"

　　刘瑞平说："那怎么行？怎么能不算？"

　　小于说："根据继承权，房子一人一半。"

刘瑞平说:"怎么一人一半?怎么弄法,隔开来啊?"

小于说:"这是你们自己的事情,你们自己商量,隔开也好,怎么也好。"

刘瑞平说:"不可能隔开的。隔开了怎么办?他这么远的路,要这半间房子做什么,他不会跑来住的。"

小于说:"那你出点钱给他。"

刘瑞平说:"钱我是不肯给的,房子父亲说给我的。"

小于说:"那就打官司。"

老汤说:"我劝你,还是先商量一下的好,亲兄弟总是好商量的。"

刘瑞平说:"他不跟我商量,我为什么要跟他商量?"

小于说:"好了好了,就这样吧,你等传票等打官司吧。"

刘瑞平说:"打就打,我怕什么。"

老汤还想说什么,小于先站了起来,老汤不好再坐,他提出来看一看那间房子,刘瑞平愣了一下,说房门钥匙在儿子身上,他不好开门。

老汤和小于疑惑地对视了一眼。

下午庭里开会,老汤汇报了这个案子的落实情况,大家一致认为可以立案,这样就定下来,通知原告缴纳起诉费,再由老汤和小于把材料整理好,交民庭,这个案子再告诉申诉庭就告一段落,剩下的事情,就由民庭去办了。

会议还在进行,讨论别的事情,老汤出去方便,走到院子里,就见扬州老爹朝他招手,老汤过去,扬州老爹说有个女的坐在他传达室哭了半天了,告诉她下午不接待,她说知道下午不接待,但是又不肯走。扬州老爹叫老汤过去说说，老汤走到门口探了一下，发现就是那个"凭感觉"说丈夫有外遇的年轻女子。老汤往后一退，压低声音跟扬州老爹说："你要当心，这个女人，可能……"他指指自己的脑门，"可能这个有点那个，你看她的眼睛，你要当心一点。"

扬州老爹说："怎么叫我当心一点？她不是来找我的，是找你的。"

老汤连忙摇手，说："我们还没有抽出时间去她单位了解，你跟她说我们都不在，叫她走。"

说完老汤急忙走开了，他上过厕所，回到庭里，低声告诉小于："上次那个女的，又来了。"

小于说："哪个女的？"

老汤说："就是说'凭感觉'的那个，噢，我想起来了，叫郑薇，她男的是什么剧团的演员，就是有点不正常的那一个。我们明天到她单位去看看。"

小于"哦"了一声，没有再问什么。

过了一会儿，小于也出去上厕所了。

庭里的会结束后，老汤要整理刘瑞林案的材料，找不见小于，有人说看见在传达室，老汤过去一看，果然在，小于和扬州老爹一起在同郑薇说什么。老汤走过去，听见小于说："我有数的。你有没有跟他单位讲过？"

郑薇说，"没有用的，他们单位，这种事情很多，领导不管的。"

小于点点头，说："这样吧，你明天上午来。"

郑薇谢过小于和扬州老爹，就走了。

小于出来。老汤说："你怎么叫她明天来？单位还没有去。"

小于说："用不着的，她没有病。"

老汤说："你怎么知道？"

小于说："我有数，她男人肯定有花头，这种女的，太弱了。"

老汤奇怪地看看小于。

小于说："我一看就有数。"

老汤笑笑，没有再说什么。回到办公室，刚要和小于研究立案的事，庭长过来了，说："老汤，你怎么回事？"

老汤一愣，说："什么？"

庭长说："刚才元和区江庭长打电话来，说有人告了你，他们明天下午要来找你找我。"

老汤吃了一惊，说："告我，不会弄错了吧？"

庭长说："怎么会弄错？是房子的事，怎么搞的，忙中加乱。"

老汤"啊"了一声，连连叹气，说："家伙，真的上腔了，要告也告不到我呀，该告房管局才是。"

庭长听老汤讲了情况，说："你怎么不早说？"

老汤苦着脸说："早说晚说，有什么用？说了也没有房子分给我。"

庭长说："你早说，我们大家想想办法，总不至于弄到做了被告，真是滑稽。"

小于在一边忍不住笑着说："这有什么好急的，这种情况又不能立案的，最多协商解决罢了，老汤你当不了被告的。"

老汤说："都怪我，都怪我。"

庭长说："你也不要急，明天他们来了再说。"

庭长走后，老汤垂头丧气。

小于说："叹什么气，好事情。"

老汤朝他看看。

小于说："这一来你房子有希望了。你去看，庭长现在保证到院长那里去了。"

老汤说："到院长那里也没有办法的。"

小于说："你当真啊，办法有的是，借呀买呀，到上面去商量呀，只看头头出力不出力，现在是要出力了。"

老汤对小于的话听不进去，只是说："尴尬了，尴尬了。"

这一天轮到老汤值夜班，下午下班后，老汤赶回去看看，家里没有人提被告的事，老汤松了一口气，他没有把这事告诉他们，免讨气，反正场面上有他和庭长足够了，吃过饭，老汤就到单位去值班。

老汤的这一个夜班已经等了有时间了，自从上一次中午和扬州老爹下了几盘棋，一败涂地之后，中午老汤再也没有和扬州老爹下过，因为老关的病很快就好了，老汤就只和老关下。有时候小于、小顾他们几个小青年撺掇老汤和扬州老爹下，老汤总说扬州老爹不肯下，小青年不相信，去问扬州老爹，扬州老爹果然是不大愿意下棋。

其实老汤心里，是很想和扬州老爹下的，这种心理状态当然也是正常的，输了棋，而且输在一个自己没有放在眼里的人手上，叫谁谁也不服的。老汤之所以中午不再跟扬州老爹下，自有老汤自己的想法，老汤很巴望值夜班时和扬州老爹认认真真地下一回，旁边没有人干扰，老汤相信自己能下好的。

扬州老爹又和上次一样，一开始不肯下，谦让一番。

老汤说:"你的棋力我有数,我们差不多。我们互不相让,好吧?你不要跟我客气,我也不跟你客气。"

扬州老爹说:"好的。"

他们下了一盘,很快就决了胜负,再下一盘,又是很快,一口气下了十几盘棋。老汤说:"歇一歇吧,都下糊涂了,头也晕了。"

扬州老爹说:"好的,歇吧。"

老汤问:"下了几盘?"

扬州老爹说:"好像,好像……"

老汤又问:"几比几?"

扬州老爹说:"好像,好像……"

老汤笑起来,说:"真是下得糊涂了,恐怕有十几盘了。我们也不要什么斤斤计较的,就算 7 比 7 吧。差不多吧?"

扬州老爹说:"差不多。"

他们收了棋盘,老汤拿烟给扬州老爹抽,扬州老爹说他有点气喘,天冷起来就不能抽烟,老汤叹息了一声,又去开了电视看,有一个频道的节目已经结束,有一个台在放地方戏,另一个台是体育节目,老汤就看体育节目。

看了一会儿,老汤说:"老爹,你的水平不错呀。你跟谁学的棋?"

扬州老爹说:"早些年了,还是跟我们杨队长学的。"

老汤问:"哪个杨队长?"

扬州老爹说:"从前太湖区的武工队队长呀,杨队长,人很好的。"

老汤说:"噢,从前。"

这时候放体育节目的台也告了晚安，老汤又换到地方戏，是沪剧。老汤说："老爹，你是北边人。这个戏听得懂吧？"

扬州老爹说："过来几十年了，大体上能听懂了，就是口音改不过来。"

老汤说："也是的。听说你过来时才十几岁，是吧？怎么这么多年改不过来的？"

扬州老爹笑笑，说："我是很笨的，从前杨队长教我认字，我怎么也学不会。"

老汤说："我读书倒还好，蛮读得进的，可惜没有条件。我其实文化也不高的，我只读过小学呢。"

扬州老爹说："你跟我不好比的，你是水平高的。"

老汤说："也吃亏的，你跟我是一样吃亏的，文化低呀。"

扬州老爹说："也还好，吃亏不吃亏，现在这样做做也蛮好……"

老汤说："唉，你呀老爹，真是的。"

他们说了一会儿闲话，看时间不早了，就分头睡了。

老汤躺在值班室的小钢丝床上，翻来覆去好久睡不着，听外面的风越刮越大，想想明天下午元和区法院要来人调查，还连累庭长，心里很苦涩。

到天蒙蒙亮的时候，老汤突然被扬州老爹的叫喊声吵醒了，老汤跑出来一看，院子大门已经开了，扬州老爹揪着一个人的衣襟，大声说什么。

老汤过去，看清这个人在四五十岁之间，又瘦又小，被扬州老爹抓住，挣扎不动，但脸上并无惧色。

扬州老爹见老汤出来，有些激动，说："就是他，总算被我抓住了。你还记得我跟你说有人撕布告吧，昨天新贴了布告，我就留心了，白天看他在门口转了几圈，夜里我起来了好几次，总算给我抓住了。"

老汤看那人手里还捏着一张布告纸，也不扔掉，就说："进来说。"

扬州老爹把那人拖进屋里，放开手，叫他坐下。

老汤问："你是哪个单位的？"

那个人看看老汤，说："你问单位做什么？单位我是不会告诉你们的，一人做事一人当。"

扬州老爹说："你不说也能查到的。你为什么要撕布告？"

那个人说："放我走，我要上班的。迟到了怎么办，你们负责？"

老汤说："那不行。你撕布告，而且还不止撕了一次，是不是？怎么能放你走。"

那人听了，一反强硬的态度，突然"噗"地跪下来，痛哭流涕："求求你们，饶了我吧，我上有老，下有小，上班迟到要扣奖金工资的，求求你们……"

老汤和扬州老爹都皱皱眉头。老汤说："先放你去上班可以，但你这件事情还是要查的。你有没有可以证明身份的东西？"

那人点着头，从地上站起来，说："我有，我有身份证。"

老汤接过他的身份证，核对了照片，又记下他的姓名和地址，把身份证还了，挥挥手，那人就溜走了。

这时候天已大亮，老汤按那人身份证上的地址，又查了电话号码，找到那个居委会。电话打进去，老汤报了这个人的名字，那边接电话的人笑起来，告诉老汤这个人是个精神病。老汤一愣，又问了他家里的情况，那边说他家里什么人也没有，是独个头人，又说这个人是花痴什么的。

老汤挂了电话，回头告诉了扬州老爹，两个人笑了一会儿。扬州老爹说："早知道是个花痴，我也不管了，弄得我一夜没有睡好，还当抓了个坏人呢。"

老汤苦笑着说："我怎么就没有看出来是个花痴呢，我接待来访，有病的人我是看得出来的，昨天下午在你这里的那个女的，就是。"

扬州老爹说："小于跟她谈谈，蛮好的嘛。"

老汤说："小于到底年纪还轻呢。"

扬州老爹说："倒也是的。"

两个人正说着，就看见那个撕布告的痴子又进来了。

老汤说："你怎么又来了？走吧走吧。"

那人说："我是来向你们法院提意见的。"

老汤和扬州老爹都笑。

那人捡起那张布告，说："笑什么，这是很严肃的事。你们法院，出这样的布告，是黄色的、毒害青少年的。你们看，这里写了什么，我念给你们听：杀人强奸犯……将被害者骗至郊外——"

老汤上去拿下那张布告，说："走吧走吧，马上要上班了，你再不走，要捉起来的。"

那人挺一挺胸说："捉起来，我也不怕，真理在我手中。"

老汤和扬州老爹看他不像武痴的样子，两个人一起去推他，他也不生气，就站在法院大门口前，向路人演讲起来。

老汤他们不再理他。他讲了一会儿，见大家都赶着上班，没有人听，后来就走开了。

上班后不久，刘瑞林就来了，老汤把情况讲了，告诉他可以立案了，要缴纳起诉费，刘瑞林就缴钱，等老汤开发票时，他问："这场官司，能赢吧？"

小于说："官司还没有打呢，怎么知道谁赢谁输？"

刘瑞林说："咦，你们是法院，你们怎么不知道谁赢谁输？"

老汤说："法院也是依法行事，一切都根据法律的。"

刘瑞林想了想，说："那就是说，我这官司不能保证赢？"

老汤说："不能保证。"

刘瑞林说："要是赢不了，我这八十块钱要退给我的吧？"

小于说："你想得出。"

老汤说："这是规定，如果你撤诉，可以退一半钱。"

刘瑞林说："那我不是亏了吗？驼子跌跟头，两头不着实。"

老汤把发票开好，交给刘瑞林，刘瑞林没接，僵了一会儿，说："这样说法，我还要想一想呢。不能赢，为什么我要白送钱给你们？"

刘瑞林啰啰唆唆，后面等着的人不耐烦了，有人说了一句："不像个男人家。"

刘瑞林回头怒目而视。

没有人再说话，大概都不想惹事。

小于说："刘瑞林你怎么说法，不要发票是不是？"

刘瑞林勉强接过发票。

老汤说："你回去等通知吧，开庭时间会通知你的。"

刘瑞林让开了位子，却没有走，在一边的长椅上坐下，老汤和小于也无暇去管他。

　　过了一会儿进来了两个人，看上去是母子俩，儿子二十多岁，母亲五十多岁，儿子一般装束，五十多岁的母亲穿着打扮十分时髦考究，戒指耳环，珠光宝气，很富态的样子。

　　他们一进来，坐在一边的刘瑞林一眼看见老太太，他立即站起来，拦住他们，他盯着老太太的儿子看了一会儿，神色显得很惊讶。

　　老太太看见刘瑞林，先是一愣，随后说："咦，你倒抢先来了。先来有什么用？有法律的。"

　　刘瑞林说："莫名其妙。"

　　老太太不再理刘瑞林，她看看排着的长队，拉着儿子走上前，对老汤和小于说："同志，能不能让我们先讲，我有心脏病，血压高，还有美尼尔氏综合征，随时随地要倒下去的。"一边说一边从包里拿出一叠纸头，"你看，这是医生证明。"随后又转身对排队的人说，"你们看，我有病的。"

　　老汤说："你什么事？"

　　老太太说："我们打房子的官司。"

　　排队的人说："排队排队，我们都是打官司的，都要排队。"

　　老太太说："我有心脏病，还有……"

　　有人打断她，说："你有心脏病，我还有癌呢。"

　　小于说："排队。"

　　老汤说："等吧，等吧，反正今天人也不算多。"

　　老太太的儿子拉过母亲，到一边坐下。

　　这期间刘瑞林一直呆呆地看着这母子俩，过了一会儿，他问老太太："你做什么？"

　　老太太白了他一眼，没有接腔。

刘瑞林又狐疑地看着那个年纪轻的人，好像想从他脸上看出什么来，那个年纪轻的人却好像一无所知。

刘瑞林冷笑了一声，说："哼，想动什么歪脑筋，没那么容易的。"

老太太"哼哼"了两声，仍是不理睬他。

排了一会儿，终于轮到了，老太太过去就交了一张纸给老汤，老汤一看，"呀"了一声，交给小于，说："奇怪，就是刘瑞林那个案子。"小于看了，问那个年纪轻的人："你就是刘瑞均，刘同的儿子？"

刘瑞均点头。

坐在一边的刘瑞林迅速插上来，朝刘瑞均瞪了几眼，说："他们造谣，我父亲只有我们两个儿子，别的野种，不知哪儿冒出来的。想冒充了抢房子啊？"

老汤说："刘瑞林，有话好好说。"

刘瑞均一听，连忙问："你就是刘瑞林，那你是我大哥啦，巧了，在这里碰到了，我妈也不介绍。"

刘瑞林"呸"了一声："谁是你大哥？！"

刘瑞均看看刘瑞林的脸，说："是呀，我看看你和我是不大像，你是长脸，我是方脸。妈，会不会搞错了？"

所有的人哄堂大笑，连刘瑞林也绷不住脸。

老太太说："你个猪头三。老八脚怎么养出你这样的一个儿子来？真是天晓得。"

刘瑞均说："怎么是老八脚养出我来的，不是你养出我来的吗？"

大家又笑。

老汤对刘瑞林说："你看看，这是不是你父亲刘同的笔迹？"

刘瑞林一看，果真是父亲写的遗嘱，遗嘱称刘瑞均系他和李芬妮所生，他死后将××街×号一间平房归刘瑞均所有。遗嘱公证手续俱全。刘瑞林说："不可能，绝不可能，父亲即使要给，也只会给刘瑞平，几十年父亲一直和刘瑞平住一起的，不可能给别人，你们法院要，要——"

小于打断刘瑞林的话，问老太太："你叫李芬妮？"

老太太说："是的。"

小于说："你告什么？"

李芬妮老太太说："告刘瑞林、刘瑞平占我们的房子。"

小于拿出两份起诉状，说："写吧。"

老汤压住起诉状，说："你们有没有和刘瑞林、刘瑞平协商过？"

李芬妮老太太眼睛一闭："没有。"

老汤说："没有协商，怎么就来打官司呢？总要先商量了再说的。"

李芬妮老太太斜了刘瑞林一眼，说："跟他们，没有商量的。"

小于说："刘同的房子是给你还是给刘瑞均？"

李芬妮老太太说："给刘瑞均呀。"

小于说："那好，叫刘瑞均说，不需要你做代理人。"

刘瑞均说："我是说要先商量，可是我妈不同意，再说我连我大哥二哥的面也没见过。"

李芬妮老太太说："你叫大哥二哥叫得亲热，人家恨不得你死呢。"

刘瑞均说："不至于吧，我看大哥的脸很面善的。"

老汤说："哎呀，你们没有完了。这样吧，你们三个人，先到一边坐坐，再想想，等这边人空了，再跟你们缠，你们的事很复杂。"

刘瑞均就到一边坐下，李芬妮和刘瑞林都不坐，两个人对立着，剑拔弩张的样子。

老汤和小于就继续接待后面的来访者。老汤发现小于有一点心神不宁，老是朝门外看，一直到接待了最后一个来访者，小于说："咦，怎么没来？"

老汤说："谁？"

小于说："就是那个女的，叫郑薇的。"

老汤"唉"了一声，说："我说她有病，你还不相信。要是正常，怎么约好了又不来呢？"

小于似是而非地叹了口气。

两个人再从头和刘瑞林几个人纠缠。

事情其实并不复杂，李芬妮是刘同的姘头，有了私生子刘瑞均，刘同死前心还是向着李芬妮，所以写了遗嘱。关于刘同和李芬妮的关系，刘瑞林母子是知道的，但私生子的事从来没有听说过，如果确认刘瑞均系刘同所生，那么刘同留下的一间平房，就不只是刘瑞林和刘瑞平两兄弟争，又要加上刘瑞均这个同父异母兄弟的纠纷，而现在刘瑞均拿出了遗嘱，这是一个撒手锏，刘瑞林和刘瑞平将无话可说。

所以首先要确定的是刘瑞均是否刘同所生，唯一的办法就是亲子鉴定。

亲子鉴定的费用是很高的，刘瑞均说："算了吧，不做了吧。"

李芬妮老太太说："要做的，我们有钱。"

老汤说:"有钱还争这一点点破房子?"

李芬妮老太太说:"你法院的同志怎么说这样的话?我们是维护自己的合法权利,这跟有钱没钱无关。"

老汤被人抓住话柄,哑了口。

小于说:"好了,不要多说了,现在做亲子鉴定,做好了再说……"他正说着,就看见那个约好了来的年轻女人站在门口。小于说:"你怎么才来?"

那年轻女子说:"我来了一会儿了,在门口等,等你们忙过了。"

李芬妮老太太临出门时,对小于说:"你这位同志,接待来访还看人头人脸呀,看到我们横眉竖眼,看到别人倒蛮客气的。"

刘瑞均说:"妈,我看你的人头人脸,比别人都鲜光呢。"

李芬妮老太太"吓"了一声,走了出去。

小于说:"怎么样,起诉吧?喏,这是起诉状。"

那年轻女子摇了摇头,有点不好意思的样子。

小于说:"怎么?"

她说:"昨天我们谈了,和好了,他写了保证书,我原谅他了。"

小于听了,愣了片刻。

她又说:"谢谢你,于同志。"

小于说:"没什么,不用谢。"

三

元和区的老张和小梁来了,庭长就叫老汤过去。老汤过去,见了老张,他说:"真是对不起,给你们添麻烦了。"

老张和老汤也是熟的,说:"唉,老汤,你怎么到现在房子也没有解决?"

庭长说:"我们不如你们呀,你们基础比我们好,条件也比我们好。"

老张说:"好什么呀。"

老汤说:"再不好也比我好一点。"

小梁是个年轻的姑娘,一直笑眯眯的,她见老汤愁眉苦脸的样子,总是忍不住要笑。

老汤说:"其实这跟我没有关系,应该由房管所出面的,房子是房管所的嘛。"

老张说:"这种人家,多半怕和房管所闹僵,所以告了住户。"

老汤说:"就是。"

老张说:"现在商量怎么办。你们有没有拿出主意来?那边口气很紧的。"

庭长说:"我们院里正在研究,很快会解决的。"

老张说:"这样我们就放心了,回去也好交代。"

这时小梁笑了起来。

老张说:"你笑什么?"

小梁说:"这样两句话,专门来跑一趟,一个电话也讲清楚了。"

老张说:"哎,这不一样,这说明我们的郑重。对不对?"

小梁又笑。

老张和庭长、老汤开始扯别的闲话,正谈得起劲,小顾跑过来,对老汤说:"老汤,夫人和老太太来了。"

老汤一急,连忙说:"你就说我不在。"

谁知话音未落，老丁和老太太已经站在门口，盯着老汤了。

老汤说："你们怎么来了？你们来做什么？"

庭长说："进来坐，进来坐，站在门口做什么。"

老汤说："不要坐了，现在是上班时间，有什么事情，等我下班回家再说。"

老丁说："不能等下班，就要现在说，听说我们被人告了。你这个人，做了几十年法院，到临了反倒做了被告。你这一口气怎么咽得下去？"

老汤说："你怎么知道了？"

老丁说："居委会的人讲的，我开始还不相信，后来听听果真是的，看你这张脸皮，往哪里放。"

老汤说："话不能这么说，这是公民的合法权利。"

老丁搀老太太坐下来，自己站着说："合法权利，我们连住的权利都没有呢。"

老汤说："你怎么这样讲话？"

庭长说："老汤你让她讲，她有怨气还是讲出来的好，闷在心里不好，都怪我们的工作没有做好。"

老丁说："庭长，这跟你没有关系，我今天不是来说你的，我是怨姓汤的，叫他早一点向领导反映，他就是不开口，弄到现在这个样子，还是要求领导解决的。"

庭长说："老汤同志一心扑在工作上，从来不讲自己的困难的，这是我们官僚主义。"

老丁眼圈有点红，顿了顿说："现在怎么样？是不是要打官司？"

元和区的老张告诉她这样的情况是不立案的，但是单位必须尽快做出安排。

老丁说:"那也好,要靠庭长帮忙了。"

喘了半天气刚刚停息下来的老太太插嘴说:"也不要帮什么忙了,只要把我的房子还给我,我们就不住公家的房子。"

老汤说:"你又来搅了。"

老丁拖起老太太走出去,一边走一边对老汤说:"分房子的事,你放点魂在身上,住了这么多年破房子,再分破房子,我们是不住的,要住你一个人去住,我们娘几个,就住大马路去。"

老汤连忙把她们送出门,回进来说:"好了,走了。"

这么一搅,庭长和老张的谈兴都没有了,老张和小梁就告辞了。他们走后,庭长跟老汤说:"希望你不要影响情绪,正常上班。"

老汤说:"我不会的,我不会影响情绪的。"

庭长说:"听院长的口气,估计房子很快会有说法的。"

老汤很感激地说:"领导这么关心,我真是……"

庭长说:"这么多年了,我们都知道你的。"

第二天老汤和小于到刘瑞平家所在的居委会去,对刘瑞林一案以及刘瑞均的问题再作调查。

居委会反映的情况,和李芬妮老太太说的大致相同,李芬妮原来也是住在这一带的,自从刘同和她的不正当关系被揭露之后,刘同受了单位的处分,李芬妮没过多久就搬走了。那还是二十多年前的事,现任的居委会主任也不大清楚,这情况是找了附近的几个老人一起回忆起来的。关于李芬妮和刘同有没有孩子,他们都说不知道。李芬妮搬走时看不出是否怀孕,后来李芬妮也不大回这边来了。大家都以为李芬妮和刘同已经断了关系。

如果李芬妮在当年就和刘同断了关系，那么事隔二十多年，刘同临终时，是不大可能把房子留给刘瑞均的。一种推测，如果果真几十年没有联系，而刘同内心觉得对不起李芬妮母子，要把房子留给私生子，那么他是怎么将遗嘱交到刘瑞均（李芬妮）手上的呢？这说明刘同还是知道李芬妮母子的地址，这就牵出另一种推测，很可能刘同和李芬妮是有联系的。当年李芬妮搬走，并不意味着联系中断，而只是换了一种形式而已。

当然，不管这二十几年刘同和李芬妮是否继续来往，有两点是可以肯定的：一、遗嘱确属刘同所写；二、遗嘱上写得很明白，房子归刘瑞均。

居委会主任听说刘家为了房子的事情要打官司，好像有点奇怪，她问哪一间房子，老汤告诉她是刘同生前住的那一间。

居委会主任想了想，说："刘老头子生前住的一间，是哪一间呀？"

老汤说："就是原来的一间，后来刘瑞平在旁边造了新房子。"

居委会主任说："哎呀，你们搞错了，刘老头不住那一间的。"

小于说："刘同住不住都无所谓，不是关键。"

居委会主任说："怎么不是关键？我跟你们提供一个情况，老头子是跟孙子住一屋的，这间房子他们出租的，租给哪个呢，租给他们隔壁姜丽英的兄弟，姜家里的兄弟是跑码头的，跑了一笔钱，现在要把这间房改店面了。你们没有进去看吧？后窗开出去对街面的，他们要在后窗那里做一个门面，地盘很好的，租金倒是有限的。你们知道为什么？刘瑞平同那个姜丽英，有点那个，有数了吧？刘瑞平的女人，是个老好人，吃瘪的。"

老汤说："你说的这些情况，刘瑞平的哥哥刘瑞林知道不知道？"

居委会主任说："兄弟两个平时不大来往，但这种事情是瞒不过的，所以刘瑞林要来倒翻账呀。"

小于说："关键是房子是不是刘同的。"

居委会主任说："房子是刘同的。"

小于说："那就是了。"

居委会主任顿了一会儿，又说："不过房子到底是不是刘同的，年数也长了，从前的事情，我也搞不清了，我帮你们再了解了解。"

老汤谢过居委会主任，和小于回去，刚刚坐下，庭长过来了，说："那个刘瑞林的案子，到底怎么样了？"

老汤汇报了节外生枝的情况。

庭长说："现在又生枝了，刚才你们不在，刘瑞平的老婆来过了，说房子不是刘同的。"

小于说："见鬼。"

老汤说："怎么会？我们看过产权证，刘瑞平拿给我们看的，不会假的。"

庭长说："你们看的很可能是使用证，刘瑞平的老婆说，这间房子是当年东桥小学给刘同住的，因为她的父亲就是当年东桥小学的教导主任，据他回忆，东桥小学这一批房子，是1954年前后，向国家申请拨用的。我又查了文件，按规定，凡是向国家申请拨用或租用的房屋，只有使用权，产权属国家。如果房子确实是东桥小学给刘同住的，那么这房子根本不是刘同的私房，你们还要再到房管所去一下。也怪你们太粗心，到底是产权证还是使用证也不弄清楚……"

小于说："刚刚回来又要跑，喝口茶也没有时间。"

庭长说："就是这样的，老汤几十年了，最有体验了。"

老汤笑笑。

两个人又去了房管所，再去东桥小学，再找东桥小学当时的经办人，忙了半天，总算把事情弄清楚了。

东桥小学那一年向国家申请拨用的房屋共十六间平房，因为当时师资很缺，为了争取师资力量，东桥小学曾提出比较好的条件，其中包括免费提供住房等。刘同就是在那时候进东桥小学的，这一间平房，确系东桥小学无偿提供给刘同住的，为了表示校方的诚意，学校当时还特意到房管所，把这一间平房的使用证和另外一些房屋的使用证分开来，给了刘同一张单独的使用证。几十年来，由于从来没有交过租金，房管所也未上过门，加之当年东桥小学经办这事的领导都已退离，以后很少再有人了解这间房子的来历，大家都认为是刘同的私房了，至于刘同本人，把学校借住的房子作为私房留给儿子，是他临死糊涂了，还是存心想侵吞，或者还有别的原因，这就不得而知了。刘同已经死了，永远也不可能找他对证了。

这些情况房管所当然都是有存档的，但没有人提起，谁也不记得，现在查了，才恢复了本来面目。

隔日，就把房管所方面、东桥小学方面，以及刘瑞林和刘瑞平两对夫妇、李芬妮母子一起叫来，三头六面把事情讲清楚。

大家听了，面面相觑，一时说不出话来，好像一场好戏刚开始，就突然地收了场，而且收得叫人没有话说。

僵了一会儿，刘瑞均先朝刘瑞林、刘瑞平他们笑笑，说："这样也好，省得烦了。"

李芬妮瞪了他一眼，说："好你个魂呀。九百多块钱的亲子鉴定费打水花呀？"

刘瑞林"哼哼"两声。

李芬妮说："笑，笑什么？"

刘瑞林说："拿钱打水花，不好笑么？"

李芬妮说："我拿钱打水花，关你什么事？我的钱，出得不冤枉的，弄清事实真相嘛。"

刘瑞林说："什么事实真相，轧姘头的事实真相？"

李芬妮说："是呀，姓刘的老八脚轧姘头呀。"

刘瑞均说："哎呀，都是自己人，吵什么呀。"

刘瑞林还要说话，被老汤拦住了，老汤说："好了好了，你们的事情，弄清楚了，都回去吧，没有什么纠缠了，也没有什么吵的了，回去吧。"

房管所的人说："哎，等一等，既然房子是国家的，就要按规矩办事，从前的事情不追究了，从这个月起，要缴纳租金了，还有，听说刘瑞平你们要改建成门面房子，这是不允许的，也不得自作主张出卖。"

刘瑞平回头看看自己的老婆，说："都是你惹出来的事，你这个人，碰见大头鬼了，手臂膀肘子朝外翻。"

刘瑞平的老婆说："那一间屋，本来我的兄弟想租下来开店，你不肯，倒去租给别人家。到底是谁手臂肘子朝外翻？"

老汤想起居委会主任说，这个女人老实头，吃瘪的，现在听她这样讲，觉得这个女人也不见得就肯吃瘪。

刘家的人又磨了一会儿，看上去磨不出什么好事来，有的垂头丧气，有的满嘴牢骚，先后走了。

按规定退还刘瑞林一半起诉费，这个案子也就不了了之了。

老汤和小于一起走出来，透透空气，他们走出来的时候就看见那个郑薇又来了，站在门口，怯怯地看着他们。

小于说："你又来了？"

郑薇说："我，我还是要来。"

小于说："你们不是和好了么，又来做什么？"

郑薇又眼泪汪汪，说："我不能相信他，他写保证书，没有用的，他又和别的女人去上海。"

老汤说："你看见了？"

郑薇说："我发现他口袋里有两张火车票。"

老汤说："两张火车票怎么能说明问题？"

郑薇说："这是最好的证明了，他告诉我他一个人出差到上海去，怎么会有两张票呢？于同志你帮帮我。"

小于说："怎么帮你？"

郑薇说："我，我不知道。"

下班时间到了，有人拿着饭盒出来，叫老汤、小于去吃饭，老汤说："下班了。"

郑薇说："我下午再来。"

老汤说："我们下午不在。"

郑薇说："我明天上午来。"

老汤说："你怎么不上班？"

郑薇又掉下眼泪来，说："我被他弄得神经衰弱，睡不着觉，请了病假。"

老汤朝小于看看，小于扭开脸去。

吃饭的时候，老汤说："小于，下午到新华书店去一趟。"

小于顿了一会儿，说："下午我有点事情，你找小顾一起去吧。"

老汤说："好吧。"

下午上班后，老汤正要找小顾一起到新华书店去，庭长过来说："老汤，下午还要出去吗？"

老汤说："本来要出去一趟的。"

庭长说："是不是要紧的事？"

老汤说："不大要紧。"

庭长说："那就换个时间再去吧，我有件事跟你说，你跟我来。"

老汤跟庭长到办公室，庭长告诉老汤，房子的事情，院里已经决定了，因为一时拿不出新房子，正好有一套别人家腾出来的旧房，分给老汤，出路还是蛮方便的，离老汤夫妻俩的单位都不太远，只是房子旧了一点。庭长请老汤谅解，又说，这也是权宜之计，现在院里分房，排队的名单，已经把老汤的名字，从最后几位加塞到第一位去了。最后庭长说，下午他没有什么事，可以陪老汤去看一看房子。

老汤没说话，跟着庭长去看房子。

房子还是国民时期造的，海式石库门，两层砖木结构，分给老汤的这一套是一楼一大统，面积和原来的住房差不了多少，但因为是一直统排的房子，隔在当中的一间，两头不通风，不见亮，房子很旧，墙壁斑驳陆离，地板也是腐朽不堪了。前面的住户看上去不是户讲卫生的人家，把本来已经很旧的房子弄得更加龌龊。

老汤看了一遍，叹了口气。

庭长看看老汤，说："老汤，你有什么意见，可以说。"

老汤说："我没有什么意见，只是老丁那里，不知……"

庭长说："老丁那里，你先回去做工作，实在不行，我们再出面做工作。"

老汤说："好的，我先试试。"

回来后，老汤坐在办公室闷闷地抽烟，过了一会儿，小于从外边进来，看见老汤，说："回来了？"

老汤点点头。

小于问："怎么样？"

老汤摇摇头。

小于说："怎么，真的有病？"

老汤看看小于，一时不明白："什么，什么有病？"

小于说："你不是……你不是和小顾一起去的么？"

老汤说："小顾？我没有见到小顾。"

小于说："你没有到新华书店？"

老汤说："噢，我没有去。"

小于"哦"了一声，不再说话。

老汤也没有跟小于说房子的事情，老汤一直在想回去怎么跟家里讲。老汤想万一家里的工作做不通，就比较麻烦了，按规定，在单位分配另外的住房后一星期内，是一定要搬走的，不然人家再告到法院，法院就要采取措施，强行搬迁，那样就真的喇叭腔了。一想到丈母娘、老婆还有女儿三张利嘴，老汤就只有叹气，再想想那老房子，也实在是太差了，这样的房子，让老婆女儿看了，她们怎么肯搬。她们有意见也难免，也难怪。不要说她们这种疙瘩人，就连老汤这样平时不大计较的人，看了这样的房子，也觉得太差了一点。老汤想来想去，就觉得有点委屈，老汤在这里工作了几十年，从来没有委屈的想法，现在他觉得有点委屈了。

老汤下班回去，骑车在路上，有点冷，车轮碾着枯叶沙沙响，他看看树上的叶子已经掉得差不多了。秋天快要过去，冬天要来了。

老汤本来可以直接回去的，可是他还是绕了一段路，到街心公园，虽然有很大的风，冷空气也来了，但还是有不少人在那里下棋。

老汤架好自行车，站在一边看人下棋，看了一会儿，他就忍不住要指指点点。这一对棋手是一老一少，年长的看上去很自负，年轻的倒有点谦和的样子。老汤心里就向着这年轻的，希望他赢。可是这两个人都是慢棋，半天也不动一子，老汤在一边干着急，好容易等到那年轻的要走棋了，老汤见他摸着马，要跳马的样子，连忙说："不能跳马，要出车。"

年轻人看了老汤一眼。

年长的说："两个人下棋，不要第三者插嘴。"

其他看棋的人笑起来，说老汤做了"第三者"。

老汤说："是不能跳马的。"

那个年轻人又看看老汤，他果真不跳马了，但也没有出车，而是动了一个卒子。

这叫动一发而牵全局，小小卒子一挺，年轻人的棋局一下子明朗了，老汤忍不住叫了一声"好"。

年长的有些发急，听老汤叫好，白了老汤一眼。

老汤便不作声了。其实老汤也晓得下棋的人是最讨厌别人插嘴的，老汤自己也是这样的，最恨别人指手画脚，有时靠了人家的指点走了一步好棋，心里却是不服的，心想，你不说我也会这样走的。若是指点的人指点错了，被指点的人则更是要嗤之以鼻的了。对这些老汤很明白，但一旦自己做了看客，总是忍不住要做一个多嘴多舌的讨人嫌的人。

再看一会儿，老汤忍不住又开口，不是叫人家飞象，就是叫人家撑士。年长的棋手不断地斜眼看他，他全然无知。

这时候围观的人群中有一位四十多岁的中年人，笑着说："这位老先生，你也不用斜眼，斜眼也没有用。这位老同志，你叫他不说，是办不到的，叫他不开口他难过的。"

年轻的棋手说："其实我也是的，看人家下棋喉咙痒的。"

围观的人都有同感，点头称是。

中年人说："只是这位老同志水平稍差，勇气有余，是吧？"

大家都笑起来。连一直斜着眼看老汤的年长的棋手也笑着正眼朝老汤看看。

老汤也跟着大家一起笑了，这样一笑，老汤心里轻松多了，房子啦什么的烦恼都没有了。

枫叶红时

一

下班的路上连吃了几次红灯，小马想今天又要迟回。其实家里也没有什么事情等着他，家务事有母亲和姐姐弄着就行，小马回去也是闲着，来俩朋友聊聊，看看电视，再就是听母亲和姐姐说说话，别的再也没有什么。这一阵老姨也过来住，说话又多个老姨的内容，她们说的那些话，于小马想起来，实在也是可听可不听。经过旅行社时，小马注意到那块青山绿水的大广告牌换过了，换成了秋景，一片红叶。另外有一块小牌子上写着：天平红叶一日游。似通非通的，不过大家也能明白，这就行。天气很干燥，落叶飘在地上，车轮碾上去，发出很脆的声音。小马想，真是的，突然就到了秋天。在拐角上小马碰到大头，大头正勾着一个女孩子，大头问小马晚上有没有事情，小马说没有什么事情，大头笑了笑，也不说什么，勾着女孩子走远去。小店里的人跟小马说，小马你看人家大头又换一个，你怎么样？小马笑笑，他说我不如大头来事。大家都笑，说你是不如大头来事。小马进门的时候，姐姐说："你回来，有人等你。"小马说："谁？"姐姐说："你朋友多，我哪记得谁谁谁。"小马笑笑。姐姐说："是那个个子高的。"小马说："噢，是洋葱。"他走进自己屋里，果然是洋葱，还带着一个人，他们正坐着抽烟，小马朝他们笑笑。洋葱也不站起来，介绍说："这是小马，这是钱卫。"钱卫站起来，看上去想和小马握握手。小马对他笑笑，他们一起坐下。小马拿出烟，钱卫说："抽我的。"钱卫的烟比小马的烟好些。洋葱说："钱卫做生意，很来事的。"小马说："那是。"钱卫说："来事什么。"他一边说话一边看看小马的房子，说："老房子好，冬暖夏凉，其实可以再装修一下。"洋葱说："就是，小马你们反正有钱。"小马说："我们家其实也没有多少钱。"洋葱说："你就不要谦虚。"小马笑笑："我没有谦虚。"钱卫看看小马，想了想说："也可能的。徐财马势，对不对？你们马家，是势力大，不过话说回来，势力大了还愁没钱呀。"小马说："哪有什么势呀？还是从前的说法。"钱卫说："现在不也是么，要不我们也不会来求你帮忙。洋葱，是吧？"洋葱说："是。"小马说："你们说笑了，我能帮你什么呀。"正说着姐姐来把小马叫出去问："怎么？"小马："什么？"姐姐说："你不吃晚饭？他们呢？"小马说："我问问。"他回过来问洋葱，洋葱说："我们有饭局。"钱卫看了洋葱一眼，对小马说："我们再坐一会儿就走。"小马说："在我这里吃饭。"钱卫说："不了，小马你先坐一坐，就几句话跟你说一说。"小马复又坐下来,钱卫又点了一支烟,回头说:"洋葱你跟小马熟,你先说。"洋葱说:"小马,钱卫在做生意。"小马点点头。洋葱说:"有点小麻烦,拖了人家一批货,钱已经收了人家的,过期不交货,你是知道的。"小马有些茫然。钱卫说:"这是常有的事,其实也算不上什么麻烦。"小马说:"那是。"洋葱说:"我们打听到物资局要货,价格也好,请你帮帮忙。"小马看着他们。钱卫说:"请你出马,马到成功。"小马想了想,说:"我不认识物资局谁呀。"小马注意到他说话时钱卫看了一下洋葱。洋葱说:"小马,我跟你朋友怎么样?"小马说:"很好的呀。"洋葱说:"只要你这句话。物资局的马局长,你不认识?"小马又想了想,摇了摇头。洋葱说:"他也是你们马家的人。"小马笑起来,说:"你也是的,姓马的都是马家的人。"洋葱说:"不和你寻开心,我们已多少了解,确实是你们这个族里的。"小马说:"他叫马什么?"洋葱看钱卫。钱卫说:"叫马衡林。"小马说:"马衡林?我想想,我真是没有听说过,你们等一等,我问问去。"小马跑来问姐姐,姐姐说:"什么马衡林,我不知道。"小马有些急,说:"帮帮忙。自己亲戚怎么会不知道?"母亲说:"有马衡林的,不过远得很。"小马回进来说:"有马衡林的,不过远得很。我们家和他们,好长时间没有来往。"洋葱说:"关系总在吧。"小马说:"那是在。"钱卫说:"那就帮帮忙,拜托你了,"他拿出一张纸:"要的货,这上面都写着,你只管把这纸交给马局长就是。"小马愣了一下。钱卫笑起来,说:"小马你放心,我钱卫做生意,从来是朋友放在前面的,这一次你的忙若是帮成了,少不了你的好处。洋葱你说。"洋葱说:"那是。"小马说:"我不是那个意思,我只是,我只是——"钱卫说:"你能不能现在就联系一下,看有没有希望,我们也好放个心。"小马说:"好的。"他走出来,姐姐叫他吃饭,小马说:"等一等。"他坐到母亲身边,问母亲记不记得马衡林住在哪里,母亲想了半天,说:"马衡林,马衡林好像已经不在了呀,有一回我碰到谁,说起来的,已经过了。"小马说:"瞎说,人家好好地在做物资局长。"姐姐说:"你搞什么百叶结?物资局长哪是什么马衡林,物资局长是马千帆。"小马说:"马千帆也是我们家亲戚?"姐姐说:"那是。"半天没有说话的老姨笑起来,说:"你们这些人,真是的,哪来的什么马千帆,做局长的是马千帆的表弟马千里吧。"小马说:"哎呀,越搞越糊涂。"姐姐说:"你问这些人做什么?"小马说:"朋友要。"姐姐白了他一眼。母亲说:"你其实打个电话问问就是。"小马说:"我问谁?"母亲说:"你问马通平就是,马通平是我们家的老百晓,谁谁谁他都知道。"小马就找马通平的电话号码,找到了往马通平家挂电话,一边拨号,一边问姐姐:"我管马通平叫什么?"姐姐说:"我不知道。"母亲说:"叫舅。"老姨又笑:"叫舅?笑死人家了。马通平怎么是舅?马通平是谁你们知道不知道?"小马:"那该叫什么?你说呀。"老姨想了半天,说:"不是长了一辈,长两辈呢,要叫爷了。"小马说:"那叫爷就是。"姐姐"哼"一声,说:"朋友一句话,你真是赴汤蹈火,做子做孙。"小马一笑,继续拨号,电话拨通了,小马说:"你是马通平吗?"那边说是。小马连忙叫了一声爷爷。那边问你是谁。小马说:"我是小马,马古道。"那边顿了好一会儿,大概在想马古道是谁,后来还是没有想起来,只好问你父亲是马什么。小马说:"我父亲是马祖武。"电话那边一阵大笑,说马祖武的儿子叫我爷爷,哈哈哈。小马对母亲说:"我叫错了。"母亲说:"你问问他管你爸叫什么。"小马问过去。马通平说,我管你爸叫叔，我们是平辈，又一阵笑，笑得小马脸红，最后才说到正题，问了物资局长的事情，马通平说做物资局长的的确叫马衡林，是马千帆的儿子，小马又问清了马衡林的辈分和家里的电话，然后再给马衡林挂电话。马衡林对马祖武倒是熟的，听小马是马祖武的儿子，口气里也很客气，小马正想要不要在电话里就跟他把事情说了，这时候电话里有总机的声音，说马局长有长途。马衡林对小马说："你过来一趟吧，有什么事情你来说吧，反正也不远。"告诉了小马他家的地址，电话就断了。小马进自己房间把事情跟钱卫、洋葱说了，问他们去不去。钱卫想了想，说："我们就不去了，又不认识，贸然上门不好。"小马说："也好，我先去看看情况。"钱卫说："洋葱，我们先走吧。"小马送他们出门，钱卫说："小马，拜托了，我等你的回音。"小马点点头。回进来匆匆吃了晚饭，就出门去。出门的时候，老姨说："本来指望一起玩两把。"姐姐说："他忙呢。"小马笑笑，走出来。他把自行车一直快骑到马衡林家了，突然想到这么空手上门不大好意思，又退回一段路，找了个店，买了两条烟和一些水果。找到了门牌号，敲门进去，马衡林家另外还有人在，看到小马进去，注意到他手上的烟和水果，小马倒有些不好意思，往后退了一下。马衡林笑起来，说："跟你爸爸一个样子。"小马也笑了。那客人见他们熟，再稍坐片刻，就告辞了。客人走后，马衡林向家里人说了小马，家里人都和小马招呼过，自管去看电视，马衡林就和小马说话，先说了小马父亲的死，又说了小马母亲和别的一些人，说得小马都不知谁是谁。后来小马说："我们这家，真是很大。"马衡林说："那是，要不怎么说马家的势，人多势众。"小马说："我以前听我爸爸说，我们家的人各种各样都有，有共产党的大官，也有国民党的大官。"马衡林说："那是，有被国民党枪毙的，也有被共产党镇压的。"小马心里有些感慨，叹息了一声。马衡林看看小马，问："你们家还是在那老房子里？"小马说："是的。"马衡林说："住着怎么样，还好吧？"小马说："好的，也惯了。"马衡林说："以后常来走走，我和你爸爸，从前是很好的，可惜他去得早了些。"小马低了头，说："是的。"马衡林又说："有什么事情，你尽管说，我现在还有点权。"小马就把钱卫的那张纸头拿出来看了看，上面写着物资的名称、数量、价格等。正看着，马衡林把条要了去，看了一下，说："怎么，你也要做生意？"小马说："不是我要，是一个朋友托的，我也是不好意思回。"马衡林笑，说："你真是像你爸爸。"小马说："要是很难，就算了，我也不好意思来找你的。"马衡林说："你那边又不好意思回，这边又不好意思来，不是为难了自己么？"小马不好意思地笑笑。马衡林又看了看纸条，说："你的朋友也不简单，消息很准，这货是有着，刚到的，可以想些办法。这样吧，光凭这条子是不行，你给他说一下，叫他抓紧到局里来，我跟他说一说。"小马说："那真是，真是——"马衡林说："这烟什么的，你带回去。"小马脸红，说："这，这不是我的，是我朋友的。"马衡林看了他一眼，说："真不是你自己买的？"小马说："我怎么会自己去买？"马衡林说："那就留下。"小马从马衡林家出来，骑车子慢慢回来，路上他看到大排档都出来了，灯火通明，炒得香喷喷。他下来推着车子在大排档旁边走走，看到有人吃炒螺丝，吮得滋溜响，小马咽了口唾沫。回到家看到母亲、老姨和姐姐三个人在玩纸牌，她们看到小马回来，也不问他见到马衡林没有，只顾玩自己的。小马看了片刻，正要走开，姐姐说："有人来找你的。"小马说："谁？"姐姐说："我不认得。"小马说:"他说了什么?"姐姐说:"没有说什么。"小马说:"管他去。"想了想,又问:"是不是大头?"姐姐说:"哪个大头?"小马说不清楚。姐姐说:"我看不像,头一点也不大。"小马说:"大头也不是真的头很大,绰号罢了。"姐姐说:"绰号总是根据人的样子来的吧。"小马说:"那倒是。"小马回自己屋里看电视,看了一会儿姐姐进来说有他的电话,小马出去接电话,姐姐说:"你事情多。"小马说:"我也没有什么事情。"姐姐说:"电话好像是给你的朋友装的。"电话正是大头打来的,说这会儿几个人正在商量去看天平红叶的事情,在计算人数,问小马去不去。小马问是哪一天,说是再下一个星期天,小马说星期天我去,就定下来,挂了电话。刚要走开,电话又响,拿起来听,还是大头,说还有一件事情,车子的问题,他们正想办法,要是实在想不到办法,就要叫小马去借。小马说:"你们先去借借看,实在不行,我想办法,反正时间还早。"再把电话挂了,走过来看母亲和老姨都是昏昏欲睡的样子,小马说:"要睡就睡了。"母亲和老姨都打作起来,老姨说:"谁要睡了?"小马笑了笑,没有多和她们说什么。

　　反正马衡林那边事情落实了,小马心里也踏实了些,等着洋葱或是钱卫来。他就可以向他们交代,可是小马等了好几天,也不见洋葱和钱卫来。小马忍不住给洋葱打电话,洋葱不在;想找钱卫,又不知道钱卫的地址、电话,只好干守着。后来又过了好些天,他在路上碰到洋葱,洋葱也骑着车,见了小马并没有下车的意思,小马连忙先下车,说:"洋葱,你怎么回事?"洋葱一只脚跨在车子上,一只脚点着地,看着小马。小马说:"你上次托的事情,怎么不问了?"洋葱想了半天,说:"我托你?我托你什么事?"小马说:

"你带钱卫到我家来的。"洋葱想了想,说:"钱卫,噢,是钱卫。"小马说:"有你这样做生意?"洋葱并不下车,仍然一只脚跨在车子上,说:"也不是我做生意,是钱卫做生意,他一直也没有来问过我,我也没有去找他。"小马说:"那事情我找了马局长,也有七八成的希望。就这么算了?"洋葱想了想,说:"好吧,看在你的面子上,我看看钱卫去,看他怎么说法。"小马说:"怎么是看我的面子?"洋葱说:"小马你别样都好,就是太顶真,我也是随便说说,顶什么真呀。不过我倒是要提醒你,钱卫这个人,也是个胡乱分子,你以后不一定跟他多来往。"小马说:"我又不认得他,怎么和他来往?你领他来的。"洋葱说:"我领他来也是他叫我领的,我又不想领他来。"小马说:"那你总要找一找他,把这事情了结了,要是你忙,你把他的地址、电话给我,我找他就是,省你烦。"洋葱看了看小马,说:"小马现在也会玩心思了。你要直接和钱卫挂钩是吧?"小马说:"我没有那样的意思,你不给我钱卫的地址,你就找他把事情说说,那边马局长还等着。"洋葱说:"还是我和他说说。"洋葱一边说一边蹬起车子走了。小马看洋葱在小街上横七竖八地乱骑,他不由笑了一下。小马和洋葱说过后,一直又等洋葱的回音,又等了些时候,还是没有来,小马也不好向马衡林交代,只好这么混着,好在马衡林也没有来问过。这样过了一阵,有一天小马在上班,同事过来说小马有人找。小马到接待室一看,是钱卫。钱卫看到小马就笑起来,说:"小马我好找你。"小马本想让钱卫就在接待室坐,可是接待室里另外有一拨客人,不好混着,就领了钱卫到自己办公室,钱卫一路走,一路向小马说自己这些天在忙些什么,小马也没有很听明白,他只是记着马衡林那边的事情。到了办公室,坐,小马给泡了一杯茶。小马说："我叫洋葱带信给你，你怎么一直不来？"钱卫说："什么洋葱呀，那家伙，根本没有带信给我，我去找过他，他支支吾吾，我想也可能小马变卦了，不想帮我的忙了。"小马说："哪里呀，我都帮你说好了，马局长那边等着你去。"钱卫说："哎呀，那全要怪洋葱。小马，我跟你说，洋葱那家伙不怎么地道，你以后跟他来往要小心些的，这家伙连朋友都要骗的。"小马笑笑，说："我又不跟他做什么生意，也没有什么可小心的，也没有什么可被他骗的。"钱卫说："其实小马，我那一天第一眼见你，就觉得你是块料子，你做生意，肯定来事。"小马说："我不来事的。"钱卫说："从你那里回去以后，我就一直在想着你，要是我和你能一起弄起来，那是不得了的。小马，我对你真是一见钟情呢。"话说得小马办公室里别的人都笑起来。小马看大家注意他们的谈话，有些不好意思，说："说什么呀。"钱卫也笑笑。小马说："马局长那边，你还去不去？"钱卫说："隔了这么长的时间，恐怕不行了，再去也没有戏了。"小马说："你们这样，叫我怎样向人家交代？"钱卫笑着说："你真是的，你以为人家还在等你呀，其实那一笔就是成了也是小意思。我跟你说，我手头正有一笔大的买卖，我正是来找你帮忙的。"小马说："洋葱怎么没有跟我说起？"钱卫说："提洋葱做什么？我们把他甩了，我和你两个人干，一拍即合。"小马说："那样不好吧，本来是洋葱介绍你认识的我。"钱卫说："做生意没有那么多的规矩。我跟你说，我们两个配合，用你的路子，用我的脑子，真是天衣无缝。"小马的同事又笑了。小马说："你说的。我是不做什么生意的。"钱卫朝小马的同事看看，说："我知道，这事情也不很急，你再想想。我今天只是来认认门的，以后我们常来常往就是。"说着站起身来，小马也没有留他，送到门口，钱卫拿出一张名片给小马，说："你有名片吗？"小马说："没有。"钱卫说："没有也不要紧，反正你的单位你的家我都知道了。"送过钱卫回来，同事对小马说："你这个朋友，把你卖了你也不知道的。"小马说："那是，他来事。"正说笑着，他们的头来了，叫小马过去，小马跟头到了头的办公室，头说："小马你到底也做起生意来了。"小马说："没有呀，只是几个朋友叫我帮他们找人弄点物资呀。"头说："这就是了，我当初叫你给单位出点力，你不肯，原来是想自己做。你们家那么多的路子浪费了真是可惜。"小马说："我们家，真是没有什么。"头一笑，说："其实外面那些人，说是朋友，也不见得有多可靠。"小马说："那是。"头说："所以，有的帮他们的忙，还不如给单位做。你要是怕吃亏，让你承包就是。"小马说："头你当真呀，我真是不行的，这许多年下来，你对我也不是不了解。"头说："我叫你做事情，又不是真的让你自己去跑，你只要把你的那些关系拿出来，让别人跑就是。"头看小马的样子，又笑，说："也不急着要你决定，反正看这大趋势，不做也是不行的。你再想想，过日我再找你。"小马回到自己办公室，听到同事正在说着什么天平红叶，小马问怎么回事，大家说，我们星期天约了去看天平红叶，你现在要做生意了，反正是没有时间去了，也不和你说了。小马说："我什么时候要做生意了？天平红叶我是要去看的。"大家说，那最好，我们正愁车子的事情，你要是去，你帮忙解决车子。小马说："其实我们骑自行车去也好的。"女同事先叫起来，说那只有你们去了，那么远，我是骑不动；年长的同事也说，我也不行。大家最后一致认为骑自行车不好，还是借辆汽车，这任务就交给小马。小马说："好吧，我试试。"又说了些别的话，就到了下班时间，小马正要走，电话铃响了，正是小马的电话，是钱卫打来的，请小马到新开张的高级酒家去喝酒。小马正想推托，那边钱卫好像已经看穿了他的心思，说，你不要推，你不来我们就不吃。小马见钱卫说得很坚决，就答应了。他给家里挂个电话说不回去吃晚饭，姐姐在电话里说高个子的人来找过你。小马想大概是洋葱，就跟姐姐说他要是再来告诉他我在哪里吃饭就是。小马看时间差不多，骑了车子直接到酒店去，到那里一看，钱卫他们都已经坐了，空着一个位子。小马进去，钱卫向大家介绍过，大家都朝小马笑。小马坐下来，一边是钱卫，另一边是一位小姐，长得很漂亮。小马朝她笑笑，小姐也笑。小马一到钱卫就吩咐开桌，冷盘什么端上来，做得很精致。问小马要什么饮料，小马说随便，钱卫就点了几种，然后对小马身边的小姐说："姜小姐，你照顾小马。"小马连忙说："怎么小姐照顾我呢？我来照顾小姐才是。"大家笑。姜小姐说："今天只有你是客人，我们这些都是熟的，怕你拘谨，所以要照顾你。"小马说："我不拘谨的，我也不是什么客人。"钱卫说："今天我是特意请你的，"小马说："真是不好意思，无功不受禄。"就有人说："你大可不必不好意思，钱卫专做放长线钓大鱼的事情。"姜小姐伶牙俐齿，说："你说小马是大鱼呀？"大家又笑。姜小姐给小马夹菜，夹的都是小马喜欢吃的。小马觉得气氛很融洽，又有姜小姐这样的善解人意的小姐，真是很开心，经不起劝，多喝了几杯，正闹着，看见洋葱站在了桌子边，也不知什么时候进来的，洋葱脸上虽然挂着笑意，但是看得出有些不自在。小马站起来，说："洋葱，你来了。"洋葱说："小马你不够朋友。"小马脸有点红，说："洋葱，怎么？"洋葱也不说怎么，只是阴阳怪气地笑着，站在那里。小马朝钱卫看看，钱卫没有什么表示。

小马说:"坐,坐下吧。"别的人大多认得洋葱,跟着起哄,让洋葱罚酒。洋葱看看位子都满了,说:"今天没有我的位子,我走。"说着转身走,小马追出去,想和洋葱说说,洋葱没有理他。小马回进来。钱卫说:"怪了,洋葱怎么知道我们在这地方?"大家说我们不知道。小马想了想,说:"可能他到我家找我,我家里人告诉他的。"钱卫说:"不要跟洋葱多说什么。"大家说是的。小马有些尴尬。姜小姐给小马加酒,说:"你喝你的,管他们许多呢。"小马点点头。吃过饭后,大多的人都走,留下钱卫、姜小姐和史小姐,说是陪小马再到酒吧坐坐。钱卫说:"小马,正题现在才开始。"小马说:"那是。"钱卫说:"就是白天我跟你说的,有一笔大买卖,要请你帮忙。"小马说:"我找找人也不是不行,可是你不要和上次那样人影子几个月都不见,叫我不好向人家交代。"钱卫说:"哪里会?上次是洋葱那家伙坏我的事,这一次我们抛开洋葱。"小马不说话。钱卫看看小马的脸色,说:"对了,你找人需要打点什么,你尽管用就是,你先垫着钱,到时候跟我说一声,用了多少,我给。"小马犹豫了一下。钱卫说:"用不着开什么发票。我还信不过你?你尽管打点就是,自己要用什么,烟啦酒啦的想抽想喝,也一起开支在里边就行。"小马说:"我自己不要什么。"钱卫又看看小马的脸色,说:"上一次找马局长,没有用什么吧?"小马愣了一下。钱卫顿一顿,说:"要是用了,你说就是,虽然我这里还没有开张发财,打点的钱我还能付得起。小钱不去,大财不来,是不是?"小马说:"是。"钱卫又说:"小马我跟你说,求到人家门上,东西少了拿不出手的,你知道吧,像烟吧,不能只买一条,至少两条,还要配别的,不能让人瞧小了去。"姜小姐在一边笑,说:"钱卫你真是独出一张嘴,你不如先把钱放一点在小马身边。"钱卫说:"那是。"一边说一边往外掏钱包。小马说:"不急不急。"钱卫掏了钱包出来,翻开来看看,说:"没有带多少,刚才付了饭钱,过日我给你送些钱过去。"姜小姐开玩笑说:"小马你等他把钱拿来你再找人。"小马说:"哪能呢。"钱卫只是笑。倒是史小姐有些不高兴,说:"小姜照你说的,钱卫好像是个无赖。"姜小姐说:"我没有说。"钱卫没有和小姐们多说什么,他对小马说:"这一次是轻工方面的。你有人吧?"小马想了想,说:"有的,我一个表哥在那边。"钱卫说:"那好。"第二天小马就带了些东西去找轻工局的表哥马长风。马长风一看小马提着些东西来,就笑了,说:"马古道你也知道做做生意了。"小马说:"你怎么看得出来?"马长风说:"谁的心思不在脸上写着呀。"小马说:"你相面。"马长风说:"说吧,要什么?"小马说:"要旅游鞋。"马长风说:"好呀,做到老毛子那边去了。"小马说:"你怎么知道是做的老毛子生意?"马长风说:"我相面。"小马笑了,说:"钱卫也没有跟我说起,很可能就是的。我听人说,这一阵做老毛子的生意很兴。"马长风说:"你想想,现在我们这边,谁还要那种鞋子,都爆满得一塌糊涂。"小马说:"那是。"马长风说:"我在外面混这些年,你们这些人,屁股一翘我就知道你拉什么屎。"小马:"我从来没有来找过你是不是?这是第一次是不是?"马长风说:"那是。"小马说:"你帮不帮?"马长风说:"你虽然是第一次找我,但我们家这一大堆子的人你也不是不知道。有多少?每人找我一次,够我吃一辈子官司。"小马说:"有那么严重?又不是犯法。"马长风说:"什么叫犯法,什么叫不犯法?"小马见马长风这样的口气,以为没有希望,叹了一口气。马长风笑起来,说:"你叹什么气。"一边说一边起身到桌子上找什么东西,回头说:"马古道，我跟你说，就只这一回，以后你也少来找我，你来了我也不睬你。"小马说："那是。"马长风看看他，又说："你呀，也不是那块料。"小马说："我是不行，可是朋友缠住了没有办法，要我帮忙。我怎么能不帮？"马长风说："这就是你了。"说着拿了一张名片过来交给小马，说："你去找名片上这个人，就说是我叫你去的，就行。"小马说："好的。"把名片小心地放好。回到家里，小马把名片拿出来看，锦绣制鞋有限公司总经理，名头很大，再看下面的地址，在一个离城很远的小镇上，是一家合资的乡镇企业。

二

　　小马跟姐姐说了车子的事情，姐姐脸沉下来，说："我不睬他。"就做自己的事情。小马跟在姐姐背后，说："你帮帮忙，你帮帮忙。"姐姐说："求别的人我就求了，求他的事情我不做的。"小马说："人家说是血浓于水，你是反过来的，水浓于血。"姐姐说："不是我反过来，是他反过来，水浓于血的是他。"小马想了想，说："其实我觉得姐夫也没有什么不好。你们怎么？"姐姐看了小马一眼，走开去，小马看姐姐是去上马桶，不好再跟，坐在一边发愣。姐姐上了马桶出来，看小马坐着发愣，说："有像你这样的人，也有像你那样的朋友。"小马笑笑。姐姐说："笑呢，粘上你啦。你该着他们的？要给他们找人，还该着给他们借车。"小马说："事情已经到这一步，不走下去又怎么样？也怪马长风，介绍到什么乡镇企业。"姐姐的脸突然有点红，说："怎么怪得到人家马长风？不是看你的面子，马长风谁睬谁呢。你不听人家说，马长风可是好大的架子呢。"小马一笑，说：

"也可能马长风不是看我的面子。"姐姐说:"那看谁的面子?"小马说:"看你的面子。"姐姐脸又红,说:"混说。我和他多长时间也不曾见了,看什么面子?"小马说:"他倒是问起你的呢。"姐姐看着小马:"问我什么?"小马心里好笑,说:"问你好不好呀。"姐姐没有再说话,叹了口气。小马说:"马长风好心好意给我介绍了事情,眼看着没有车子就去不成。"姐姐顿了顿,说:"你要找他你找他去就是,管我什么事。"小马说:"我就说是你叫我来的。"姐姐说:"你说不说都一样。"小马就到姐夫那边去,姐夫看到小马很高兴,叫人冲了咖啡进来,小马闻到浓浓的香气。小马说:"好香。"姐夫说:"这是正宗的,自己煮的。"小马尝了一口,说:"怪不得香。"姐夫看着小马,说:"你姐姐好吧?"小马说:"好的。"姐夫说:"说好回去住一个星期的,怎么一去就不回了呢?"小马心里又笑,说:"家里老姨来了,硬留姐姐多住几天。"姐夫说:"噢。"小马说:"姐姐叫我来看看你。天凉了,冷不冷?衣服拿到拿不到?厚毛衣在箱子里。"姐夫一笑,说:"箱子我都翻过了,没有。"小马脸红,说:"怎么会呢?要不就是姐姐记错了,可能在大橱里,你再找找。"姐夫说:"你看你说谎也说不圆的,有什么事情你说就是。"小马不好意思地说了借一天车子的事。姐夫看了看工作台历,问:"哪一天用?"小马说:"看你方便,我们随便的,有车子就走。"姐夫又看了一下工作安排,说:"那就给你明天去用。"小马说:"好。"姐夫说:"我是小车啊。你几个人?"小马算了一下,最多钱卫再带个把懂生意经的人,连他不会超过四个人的,说:"小车行。"于是说定了,明天用姐夫的车下乡去。姐夫把司机叫进来,介绍了小马。司机笑着说:"认识的,你小舅子。"小马一时倒记不起司机来。小马临走,姐夫说:"你回去跟你姐姐说，还是回来住吧。"小马说："那是，姐姐总要回去的。"姐夫说："你快点找个对象，有了你的老婆，你姐姐也不好常常往那个家里去。是不是？"小马说："这倒是的。"姐夫说："你也二十七八了，是吧？也不老小的，不要太疙瘩。"小马说："我哪里疙瘩？"姐夫说："上次我给你介绍的，人家不是蛮中意你。"小马说："哪里呀，我去找她，她不睬我，也不知道有什么意见，也不说出来。"姐夫笑，说："算了，算了，过去的就过去了，以后再介绍。你上点心思，只要拿出你帮忙你朋友的这点心思的十分之一，你十个老婆也讨到了。"小马说："哪能讨十个老婆？讨两个就要判刑，讨十个还不枪毙了我。"他和姐夫一起笑了一回，后来看时间不早就走了。小马出门就给钱卫打电话，正好钱卫在等他的消息，说好了时间、地点，就把电话挂了，挂了电话才想起来没有跟钱卫一说车子是小车，不能多去人，再回头挂电话，钱卫已经走开了，一直到晚上也没有找到钱卫。第二天果然就出了点小小的纰漏，钱卫那边来了四个人，有姜小姐和史小姐，还有一个钱卫介绍说是表兄。钱卫他们到的时间，车子还没有来。小马一看人，说："哎呀。"钱卫说："怎么？"小马说："今天是小车。"钱卫说："我还以为是面包。"那几个人你看看我，我看看你，谁也不说话。看上去史小姐是跟定了钱卫不肯离开的，小马心里倒是希望姜小姐能一起去，钱卫又说他表兄是谈生意的好手，不能不去。正说着车子来了，钱卫上前派一根烟给司机，说："能不能挤一挤？反正两位小姐都是瘦肉型。"司机脸一沉，说："那怎么行？想也不要想。"小马看大家僵着，说："要不我就不去了。钱卫你把这名片带上，找到徐总，就说是马长风让你去的就行。"钱卫接过名片，看了看，正想说什么，司机抢先说："那怎么行？关系是小马的，车子也是小马的。小马怎么能不去？小马不去，我这车子怎么能去？"钱卫说："那是。"回头看看两位小姐。姜小姐说："那我不去了。"钱卫说："好吧。"小马"唉"了一声，说："怪我，怪我没有问清楚。"姜小姐一笑，说："怎么能怪你呢？"司机也说："你就是问清楚了，也没有面包给你去，局里的面包一辆出远门、一辆大修。"小马不好再多说什么，看姜小姐一个人孤零零地走远去，小马轻轻地叹息一声，上了车。大约开了一个小时，到了那个乡，下车一问，知道就在镇子边上，一找，果然很好找，有块很大很漂亮的牌子，车到门前看门被挡着，小马下车，看到门卫都是穿的制服，他的精神也为之一振，说是找徐总的，门卫问事先有没有约好，小马说："是马长风叫我们来的。"门卫把电话打到里边，说了马长风的名字，那边就叫放人，于是车子进了厂。小马先下车，看有没有人迎出来，等了一会儿也不见人，倒是司机知道，说："等什么呀，上去找人呀。"钱卫他们一行都钻下车来，和小马一起到大楼里一层一层地打听徐总，最后总算在六楼上找到了徐总，正在会议室里开会，厂办的一个小青年把他们带到另一间小会议室坐下，人就走开了。史小姐说："口好渴。"钱卫说："泡茶去了，老规矩。"史小姐一笑，可是等了好一会儿，也不见把茶端进来。小马起身到走廊里看看，不见人影，又退进来。钱卫说："怎么？"小马说："等一等。"于是又等。司机停好车，抱着个大水杯进来，看他们也没有茶喝，就到隔壁办公室找水，给自己加满了水，进来坐在沙发上只管自己喝，也不看小马他们。小马再起身找到办公室，那个小青年正在写着什么，抬头看看小马，也不说话。小马问："请问徐总？"小青年说："徐总在开会。"小马说："能不能叫他一下？我们是马长风叫我们来的。"小青年说:"我已经跟徐总说了,他叫你们等一等。"小马不好再多说,只得又回过来,听到钱卫在说:"乡下人就是这样,不懂道理,不懂礼貌的。"史小姐说:"就是。"钱卫的表兄看到小马进来,就说:"你们少说,小马的关系。"钱卫说:"这说说又没有什么,他们又不在。"他们干坐着,看看会议室的布置很豪华,又是评头品足一番。史小姐的评价是两个字:乡气。钱卫的评价是三个字:糟蹋钱。表兄只在那里闷笑。司机喝着水,眼睛看着天,也不参加他们的谈话,也没有一点好恶的表示。只有小马坐立不安,一直注意着门口的动静,后来总算听到有了脚步声,有人推门进来,小马迎上去说:"是徐总。"来人笑笑说:"我不是徐总,徐总吩咐我过来看看。你们是哪里的,来我们厂有什么事情?跟我说就是。"小马愣了一下,朝钱卫看。钱卫站起来,说:"你们要是不诚心谈,我们走就是。"那人仍然笑,说:"谈什么?"钱卫说:"谈生意呀。"那人忍住笑,说:"你谈谈呢。"钱卫说:"你是谁?"那人说:"我?我就算是总经理助理吧。"钱卫朝他看看,就开始说了他的计划,说得很详细。总经理助理打断他说:"具体情况现在不必多说,你只拣主要的说说。"钱卫又说了一会儿。总经理助理说:"我明白了,你们要做老毛子生意,卖旅游鞋给他们。"钱卫说:"正是。"总经理助理说:"我们现在生产任务很重。"钱卫说:"我这是外贸生意。"总经理助理说:"我们做的都是外贸,一年前就开始做俄国的生意了。"钱卫张了张嘴。他的表兄说:"正好,我们正担心你们能不能做起老毛子需要的鞋子来,既然你们已经做了一年,想来是有了经验了。"总经理助理说:"我们是有了些经验,可是我们没有时间帮别人做,我们每年的外贸任务都完不成,加班加点也来不及做。"表兄说:"所以我们请马，马长，那个马长——"小马说："马长风。"表兄说："是马长风，我们是马长风介绍来的。"总经理助理说："马长风呀，我们知道。"钱卫说："这事情最好等你们徐总来了再说。"总经理助理笑了笑，说："也好。"于是他走出去。小马他们又等了好一会儿，终于把徐总等来了。徐总四十开外，年富力强，看上去就是个很精明的人，进屋一看，说："哎呀，怎么水也没泡？"小马说："不用了。"徐总出去，过一会儿就有人端了茶进来。徐总坐下，一一看看大家，笑着不说话。钱卫说："徐总，我们是马长风介绍来的。"徐总说："马长风，和我们老关系，老朋友。"徐总这样一说，小马心里一暖。徐总又看着大家笑。钱卫再说："我们来，主要是……"徐总说："我已经知道，刚才老丁已经跟我说了。"再看着大家微笑，不说话。钱卫一时也不知再说什么，只是朝小马看。小马愣了愣，说："徐总，你看……"徐总只是笑，一会儿就有徐总的电话把徐总叫了去，一去好半天也不再回进来。钱卫看着小马，说："小马，这地方怎么回事？"小马说不出来，脸上不好看。司机在一边笑，说："你们算是做生意的，这一点场面也经不起。"钱卫："什么叫这一点场面也经不起？我经的场面多去了，什么样的人我没有见过，什么样的酒我没有喝过。做我们这一行的，有个别号叫什么，叫千三，知道吧，就是上一千次门，做一千次生意，能成三次就是上上吉。"司机说："你这张嘴倒会说。"钱卫说："那是。嘴不会说，还敢出来揽这活？"说得史小姐先笑，别人也跟着笑，他们再等徐总。这时候等比刚才那等要好得多了，不管怎么说手里有了杯茶，捧着也算个说法。他们一边喝着茶，一边说说做生意的经验。司机也有了些兴趣，不像一开始一直绷着个脸。只有小马一颗心总是放不下来，不知马长风和这徐总到底是个什么关系，是很搭得够，还是一般的关系。看起来，这厂里生意也是很好，并不稀罕小敲小打，如果马长风只是和他们一般的关系，看起来今天这一趟多半是要白跑。小马正在胡思乱想，看到总经理助理在门外朝他招手，小马走出去，总经理助理说："你到徐总那边去，徐总和你说话。"他引着小马过去。徐总在办公室里等他，见了他就笑，说："你是马古道吧？"小马说："徐总怎么知道？"徐总说："早上马长风打电话来的，说了说情况，我看你就像。"小马摸摸自己的脸，笑了。徐总说："马古道，你们和马长风是一家的吧？"小马说："是，他是我表哥。"徐总想了想，说："表哥？你是谁家的孩子？你父亲是马什么？"小马："马祖武。"徐总一听马祖武，站了起来，说："呀，你就是马祖武的小孩。马祖武我知道的。"小马不明白乡下怎么也知道他们马家的事情。徐总说："我原来也是在城里的，前年才下来做这个事情。我和你们马家的好多人熟。"小马说："真的？"于是徐总重新叫人泡了好茶给小马，说："早知道是你，也不会让你等这么久。"小马说："不碍事，反正我们也没有什么事情，不像你们忙。"徐总说："我见过你父亲，你很像他，说话的口气、长相，看起来脾气也是差不多的。"小马笑。徐总说："马长风在电话里跟我说的，说你不是做生意的料子，也是被那些人缠得没法。"小马："是，朋友叫我帮忙，我也不好意思推托。"徐总说："这就像你的父亲。"小马说："我朋友的这事情，你看行不行？"徐总笑着说："不瞒你说，马长风电话里跟我说的，叫我应付应付他们算了，我也知道这些小骚头没弄头，给了颜色更不得了，所以一来就冷一冷他们。"小马说："要是弄不成，我也不好交代。"徐总说："你放心就是，既然是你带来，我让他们高兴就是。"小马心里很不过意，连说谢谢。徐总说："饭都安排好了，不过中午我还有外商，叫老丁陪你们吃。"小马心里感激，嘴上只知道说："真是的，真是的。"这就到了吃饭时间，由总经理助理引了一行人到餐厅，看餐厅里人很多，他们的一桌也在大餐厅，但是放在一个角上，也还算比较雅观，竟有一些闹中取静的意思。总经理助理看着小马问："你喝什么酒？"小马看看钱卫，又看看史小姐他们。总经理助理说："你说就是。"小马说："我是外行，我也不大能多喝的，钱卫懂的。给师傅和小姐来点饮料，钱卫喝什么你自己说。"钱卫问："你们能有些什么酒？"总经理助理说："酒多的是，那柜子里有，你看去。"小马说："随便来点什么都行。"钱卫站起来走到柜子边，看了一会儿，回过来说："品种也不多，名酒不多。"总经理助理说："现在谁敢喝茅台、五粮液，假的多。"钱卫说："那是没有本事弄到真的。你们厂想进好酒？下次我帮你弄，保证正亲。"总经理助理没有接他的话，去拿了一瓶老窖，钱卫接过来看看上面的商标，说："谁知道真假。"总经理助理说："喝到嘴里就知道。"钱卫说："那倒是。"吃饭的中间，徐总端着酒杯从一个小间里出来，朝这边来给大家敬了一杯酒，然后又单独给小马敬一杯，说："这些日子我实在太忙，过日稍空些，我专门请你和马长风一起来，我好好陪陪你们。"小马说："谢谢。"徐总笑着，又到别的桌上去敬酒，然后回到那小间去。钱卫朝那小间看看，说："徐总有客人？"小马说："是外商。"钱卫奇怪地看看小马，说："你怎么知道？"小马说："刚才徐总说的。"钱卫想了想，说："咦，我怎么没有注意到？"史小姐斜着眼看着钱卫笑，说："谁知道你的心思在哪里呢。"钱卫说："我的心思在生意上。"史小姐好像有点失落，不过也没有怎么样，笑笑就过去了。冷盘过后就上热炒，上一道，钱卫就评说一道，上到红烧甲鱼的时候，钱卫尝了一口，连叹可惜，大家看着他，钱卫用筷子在碗里指指戳戳，说："好好的甲鱼，乡下人不会烧，烧坏了，一百多一斤呢，糟蹋了。"小马连忙看总经理助理的脸色，他倒并不在意，好像根本不知道钱卫在说些什么。吃过饭，一行人又回到小会议室休息，总经理助理又把小马叫到徐总那边。徐总说："小马，我也看得出来，你那几个人实在也不是什么生意人。"小马一惊，说："你以为他们是什么人，是骗子？"徐总笑，说："骗子也不至于，反正他们不是能做生意的人，到处瞎混混罢。"小马说："不过钱卫是真心……"徐总说："就算是真的想做些生意，但是依我看他们是做不成的，一点也不懂，瞎说一气，内行听了笑也要笑死。"总经理助理在一边笑，小马也不好意思地笑了。小马说："我也是不懂的。"徐总说："你这就好，不懂就说不懂。那几个，明明不懂，偏要装一样子出来，叫人好笑。"小马说："那怎么办？"徐总说："没有什么，你不要着急，我只是跟你说说，也不会儿去跟他们说。他们要些样品是吧？过会儿到仓库让他们挑就是。老丁，你等会儿关照一下。"总经理助理说："好的。"小马说："买样品的钱他们照付。"徐总说："本来几双鞋子也算不了什么，但是这些人我是知道的，给了他一点甜头，下次来得还勤，所以钱要照收，到时我再送两双给你。"小马连忙说："我不要，我不要，徐总要是愿意，把给我的两双给他们就是。"徐总朝小马看看，说："你呀，真是。"于是就到了仓库，许多样品看都看花了眼，挑了半天，拿着这双又觉得那双好，拿着那双又觉得这双好，实在不知道怎么办最好。最后还是总经理助理帮忙定了几种，公事公办按价付了钱。钱是史小姐管理的，史小姐掏钱的时候直朝钱卫看，钱卫就朝小马看，小马只好走开一些。付过钱，走出来，钱卫说："乡下的厂也变得小气起来，原来乡下的厂是很大方的，有一次我带几个朋友到——"小马说："现在他们也吃不消，来的人实在太多。"钱卫说："那倒也是的，不过关键要看是谁介绍来的，看起来你们那个马长风也没有什么花头。"小马说："现在都是这样。"钱卫说："算了，我们也不计较这些小钱，做生意关键要看心诚不诚，要是心不诚——"司机笑着说："你以为徐总他们等着和你做生意呀。"钱卫说："话不能这么说，不能看我现在一无所有，就看不起人，是不是？也不能只盯住大生意，不理睬小生意，是不是？"司机说："这由得来你做主？人家财大气粗，想和谁做就和谁做。"钱卫说："那是。"一行人走出车间，总经理助理让他们稍等一会儿，就急匆匆走开去，他们站在那里等了一会儿，就看到总经理助理和办公室的那个小青年每人手里抱了几双鞋朝他们走过来，总经理助理说："徐总出去了，要我代他送你们，这几双鞋，是我们厂送你们的，欢迎常来。"说着大家脸上就有了很多的笑意，看那鞋，一双比一双好看。司机开了车门，把鞋放到车上，回头就互相握手道别。总经理助理和小马握手时，说："徐总真是和你有缘，别的人来徐总见也不肯见的。"小马心里更是感激，嘴上只是说："真是的，真是的。"一行人钻进小车，总经理助理突然喊了一声，车门打开后，总经理助理指着两双用包装袋装起来的鞋，大声说："小马，这两双，是徐总专门给你的，不要搞错了。"小马说："好的。"总经理助理还不放心，把手伸进来，拿起那一包交到小马手上，说："你拿着。"小马就抱着那包，总经理助理这才退出去。车子开了，小马恋恋不舍地回头，看到总经理助理朝他笑笑，小马心里真是有一种说不清的感受。

车子一上路，钱卫说："其实我们还要看看他们的生产线，看看他们的生产能力怎么样。"小马说："倒忘记说一说。"钱卫说："不过不看也算了，一般乡下的厂我知道的，管理上都不行的，很糟糕的，所以他们恐怕也不希望我们看他们的车间。"钱卫正说着话，史小姐就开始摸摸索索弄鞋子。钱卫说："拿出来看看。"于是拿出来，先看自己花钱买的样品鞋，一双一双看过来，为了到底是真皮还是仿皮的，钱卫和表兄争了起来，钱卫认为是真皮，表兄认为是仿皮的，看商标，那洋文谁也念不出来，再拿送的出来看，也是差不多，又争论了一番是真是假。后来听司机笑，问笑什么，司机说怎么可能是真皮。一说大家都不作声了，好像司机真是权威。再过一会儿钱卫说："对了，小马你那两双呢，也看看。"于是从小马手里把两双鞋也拿过来看，觉得质量要好得多，一一看过来、摸过来，都说好。钱卫看看鞋的尺码，问小马："你穿多大？"小马说："四十一。"钱卫说："我穿四十二。你看你这鞋，嫌大，是四十二呢。"小马也看了一下，说："钱卫你要是喜欢，这就给你。"钱卫说："那哪行，这是人家专门给你的，刚才总经理助理还特意说了，就是怕我们拿你的。"小马说："不碍事的。"钱卫又把鞋拿过去看了看。这时候司机说："不大的，这种鞋型号小一码，就是要比自己平时穿的大一些。人家鞋厂人，吃这碗饭的，还会错？只一眼，就看穿了你。不信你们看看你们自己的那几双，是不是跟你们平时穿的都大一码。"大家都看，果真如此，都说司机跑车也跑出经验来了，司机得意地一笑。后来大家说鞋也说得够了，不再说鞋，一时没有新的话题，加上多少有一些酒意，昏昏欲睡，就眯一会儿。过一会儿听小史说："那是什么地方？"小马睁开眼睛看，远处有一片树木，也有些红叶，但是不很多，树林丛中有些小别墅，小马摇摇头。司机说："那是度假村。"钱卫说："是新建的，骗老外钱的。"司机说："这个度假村不是对外的吧，年年夏天我们局都有人来游泳的。"钱卫说："那以后我们也可以来玩玩。"小史说："这地方水干净不干净？"司机没有回答。小史又说："看那些红叶，真漂亮。"钱卫说："你喜欢看红叶？"小史说："是。"钱卫说："星期天我们到天平看红叶怎么样？"小史说："那太好了。"钱卫说："你叫上小姜也去。"小史说："好的。"钱卫说："小马你也去。"小马说："我已经有了人约好了一起去。"钱卫问是谁。小马说："是单位的同事。"钱卫说："呀，单位的同事，你和他们去做什么，天天在一起上班，天天见面，看得还不够呀，难得出去玩一玩，还要看他们的脸。"小史笑，说："就是，不如跟我们去。"小马想了想，说："也好，反正都是星期天去，都能碰到的，跟谁的车走都一样。"小史"呀"了一声，说："说起车子，钱卫你弄车子。"钱卫说："那当然。"车子继续开，过了一会儿，钱卫突然自言自语地说："我想想。星期天，几号？十八号，呀，我朋友十八号出远门，车子也要放出去……"小史说："你说什么？"钱卫说："我在想借车子的事情，星期天恐怕不行呢。要不换个时间去？"小史说："换个时间我走不开，我就不去了。"小马："小史要去的。小史怎么能不去？"钱卫说："就是呀，女士不去，男人都觉得没劲，如果一定要凑星期天就要另想办法借车了，我这里就难了。"表兄说："你不要看我，我是没有办法的。"小史回头看小马，说："小马有路子，叫小马借车。"钱卫说："你说得出，今天已经够烦小马的了，再叫小马借车，送我们去玩，你说得出。"小史说："那就不去了。"小马说："要不，我试试看，也不一定能借到，试试吧。"钱卫说："小马要是肯出马一定能成的，我们放一百个心就是。"小史也说是。司机一路听他们说话，这时插嘴说："小马好说话，你们就缠住他。"钱卫说："话不是这么说的。我们也没有缠住你，是不是？小马你自己说。"小马说："朋友之间，有什么好多说的。"钱卫说："有这句话就行。"于是就说定由小马负责出面联系车子。小史很开心，说回家就到小姜那边去跟小姜说，也好让小姜早作准备，省得到星期天又有别的事情走不开。车子进了城，先路过钱卫家，就把钱卫、表兄还有小史一起放下来。临下车时，大家拿鞋，乱成一团，小马看钱卫拿着他的那两双鞋又看了看，就说："钱卫，真的，你拿去就是。"钱卫放下鞋，看着小马说："咦，你把我看成什么人了？"小马脸红。钱卫说："我主要是看看这质量和我们买的那几双样品不太一样。"小马还想说什么，司机开了车子就走，开出一段，回头对小马说："你跟他们多啰唆什么呀。"小马说："钱卫说得是有些道理，好像他们买的样品是不大好。"司机笑起来，说："你才看出来呀，他们外行也外到家了，拿了破烂货当宝贝。"小马说："那徐总怎么这样？"司机说："都像你这样呀，厂子早关门了，现在有几个像你这样的。"小马不好意思地笑笑。司机说："以前听你姐夫说起你，我还不大相信，今天接触下来果然你是那样。"小马说："怎样？"司机一笑，说："怎么样，就那样。"小马也没有再追问。司机说："不过徐总对你还是很好的，我看他看着你的时候和看着他们的时候那脸色、那样子是完全不一样的。"小马说："都怪马长风，给徐总打了什么电话，说坏了。"司机说："你真是，要没有马长风这电话，我们今天连饭也没处吃去，你信不信？"小马想了想，不好说什么。司机又说："他给你的两双鞋是真皮的，别的都是假的。"小马说："你看得出来？"司机说："那是。"小马说："那你的那一双呢？"司机说："当然也是假的。"小马就从自己的两双里拿出一双给司机，说："我也用不着有两双，给你一双。"司机一手扶住方向盘，一手接过鞋子看了一下，说："这双质量确实是好，你既然客气，我就拿了。那一双仿皮的，给你，我们换，白拿你的也不好意思。"小马想说不要，车子已经到了家门口，司机下车，帮小马把鞋扎在一起，塞到他手里，小马也不好再跟他客气，抱了一真皮一仿皮两双鞋回家去。

三

吃晚饭的时候，听得有人敲门，姐姐过去开门，回头神色有些异样地对小马说："有人找你。"小马探头看看，没有看到是谁，说："叫他进来。"姐姐没有说话，却回了进来，让小马过去。小马到门口一看，竟是姜小姐，小马心里一乐，说："呀，是姜小姐。"姜小姐咧嘴一笑，说："什么姜小姐，像真的似的，叫小姜就是。"小马不好意思地笑笑，说："我也是听他们叫才叫的。"小姜说："他们也是的。"小马让小姜进来，小姜看大家都在吃饭，连忙说："打扰了，对不起。"小马说："不碍事，你到我屋里坐坐。"也没有把小姜介绍一下，就领到自己屋里。小姜坐下，看了看小马，说："我不急，你先去把饭吃了。"小马说："我也吃得差不多了。"也坐下，又站起来，说："你喝茶还是喝咖啡？"小姜笑，说："茶也不喝，咖啡也不喝，我只坐一会儿就走，你别忙。"小马说："既然来了，就坐坐。"小姜看看小马的房间，好像想说什么，但是没有说出来。小马不知小姜突然上门是什么事情，心里有些不踏实，等着小姜开口。小姜看小马样子，笑了笑，说："是小史差我来的。"小马说："噢，小史。"小姜说："就是星期天看天平红叶的事情。"小马连忙说："你也去吧，那天在车上说的时候你不在，我们把你也算进去的。"小姜说："去就去看看。"小马说："就是。"小姜说："小史让我告诉你一声，最后统计人数是十五人。"小马"呀"了一声，说："上次叫我弄一部小面包就行，说最多十来个人。"小姜说："他们那些人，跟着起哄，一个带一个，说要去，也不好叫谁不去。"小马说："那倒是的，都是朋友，谁去谁不去，要惹气出来的，就像上次到乡下去，把你留下，我真是觉得很对不起的。"小姜说："我倒没有什么。"小马想了想，说："十五个人，一部中型面包只有十四座。怎么办呢？弄大客车很难的，而且也太大了。"小姜说："实在难，我不去也行。"小马说："你怎么能不去？你要去的。"小姜一笑，说："其实我去年去看过。"小马说："去我们都去过，年年不一样的，你是要去的，车子的事情，你不要放在心上，我来想办法就是。"小姜说："那真是烦你。"小马说："朋友的事情，帮帮忙，也说不上烦不烦。"小姜朝小马看了一眼，说："你这个人。"小马笑笑，想起钱卫做老毛子生意的事情，从乡下回来后，还没有联系过，也不知道怎么样了，问起来，小姜说："我不清楚，我跟钱卫不熟。"小马说："那上次怎么在一起吃饭？"小姜说："我和小史是同学，其实关系也一般，上次也不知怎么突然拉我去吃饭。那一次我才是第二次见钱卫。见你，是第一次。"小马想了想，突然脸有点红。小姜看小马忽然间不说话了，站起来，说："就这事情，我走了。"小马连忙说："再坐坐，再坐坐。"小姜复又坐下，可是小马却不知说什么话好，这时候姐姐在外面喊："你还吃不吃？不吃我收碗了。"小姜又站起来，说："我真的走了。"小马说：

"我送送你。"于是送小姜出来，两个人走在小街上，街上有认得小马的，朝他们看。走了一段看到大头勾着一个女孩子过来。大头看到小马，停下来，注意地看了小姜一眼，对小马说："不错。"小马也朝小姜看看，说："大头你少说。"大头说："那是，我闭嘴。"和女孩子笑着走开去。小姜说："你朋友？"小马点点头。小姜说："你朋友真多。"小马说："也就那样，混混。"走到拐角，小姜一定不要小马再送，说以后有机会再来看他，常来常往随便一点好，小马想这倒也是，弄得一本正经，反而不好，听小姜说她家不远，就不再往前送。小马回家来，姐姐已经把饭菜又热了一回。小马说："我不吃了。"姐姐看他一眼，说："谁？"小马说："姓姜。"姐姐说："怎么样？"小马说："什么怎么样？"姐姐说："情况呀。多大年纪，在哪里工作，家里怎么样。这些你都不知道呀？"小马想了想，笑起来，说："这些我还真不知道，只知道她姓姜，是钱卫的女朋友小史的同学，就这些。"姐姐说："有你这样的。"母亲和老姨在一边听着，两个老太太一起笑，小马也笑笑。过了一会儿，大头来了，见小马一个人发愣，说："怎么，刚才那个不中意是不是？"小马说："你别瞎搞，人家有事情来的。"大头说："你若是看不中，介绍给我就是，我看这女的，气质很好。"小马说："大头你再说。"大头举手做投降状，说："不说了，不说了。哎，小马，上次跟你说的事情，要你帮忙的，怎么样，落实了没有？"小马说："什么事？"大头说："咦，有了新朋友，就把老朋友丢了呀。我打电话给你，看天平红叶的事情呀。你车子联系得怎样？再不去，红叶就要变成黄叶、烂叶。"小马听大头说了，轻轻地叹息一声，为一个天平红叶，小马已经欠了三拨人的车，大头的、单位同事的，还有钱卫他们，小马也不知道该怎么才好，可是小马看大头的好兴致，又不好意思回绝，只好说："你不要急，我正想办法，反正要到星期天是不是。"大头说："我是知道你的，办事拖拖拉拉，所以过来提醒你，我已经告诉大家星期天去，到时候要没有车子，我拿你是问。"小马说："那是，我答应了我要负责的。"大头这才起身走了。大头走后，小马就缠住母亲和姐姐。姐姐说："你不要缠我，我没有办法。"小马看着母亲。母亲说："你这个人，怎么和你爸爸一样的没用。"小马说："我爸爸虽是没用，可是外面惦记他的人很多。"母亲叹息了一声，说："人也不在了，惦记又有什么用，当初不要那样赤心赤胆地为别人忙，也不至于走得这么早。"母亲说着就有点感伤，看着小马说："你不要像你爸爸那样，我不帮你的。"小马说："帮帮忙，朋友的事情。我答应了人家的，不解决怎么向人家交代？"姐姐说："你的这些朋友，怎么都是要叫你帮他们的？他们怎么不来帮帮你？"小马说："这叫什么话？谁有难就帮谁，我又没有什么难处。"姐姐说："你借不到车子硬要借，不是难处？"小马说："帮帮忙了，帮帮忙了。"母亲又叹口气，说："要什么样的车子？"小马连忙说："小面包，十来人的。"母亲站起来，过去打电话，小马听母亲跟电话那头的人说她自己要去看天平红叶，小马的心就放下了一半，后来又听母亲强调："当然是我要去啦。我不去，我怎么给你打电话要车？还有，还有——"母亲朝小马看看，小马指指自己的鼻子，母亲对电话里的人说："还有我儿子也要去。"后来落实了时间、地点，就挂了电话。母亲说："好了。"小马笑起来。第二天小马就自己四处奔波去借另外两辆车，他先到把握比较大的马长风那边，马长风说："这时候你来问我借车呀，我还想找你帮忙弄车呢，这一阵的车恨不得一部顶几部用才好，

哪里有车借给你。"小马愣了一下，说："帮帮忙。朋友托的事，怎
么交代？"马长风说："我知道是你朋友的事情，也不会是你自己要
车。若是你自己要车，我哪怕自己不坐给你坐就是；你朋友的事，
我就没有车。"小马说："我朋友又没有得罪过你。"马长风说："你的
朋友事情太多。我告诉你，你这一次就给他们失一下信，以后，也
不再会老来烦你。"小马说："那怎么行？"马长风说："不行的话你
自己想办法吧，我这里车子实在是没有办法，过了这个月，可能好
一些。"小马说："过了这个月，看黄叶子去。"从马长风这里碰壁
出来，小马想到了马衡林，他到物资局找马衡林，一路想好要是马
衡林问上一次的事情，他该怎么解释说明，想好了一大套的词，可
是到了那里，马衡林很客气，说了半天的话，马衡林也没有提上次
的事情，好像根本就没有过那一件事情，小马想也许马衡林已经忘
记了，暗暗松了一口气。后来就提出借车子的事情，马衡林面有难
色，停了好半天，说："车子，要是在平时，也是没有问题的，这一
阵，车子实在是紧。"小马说："我知道，这一阵确实难借车。"马衡
林想了想，说："你是要小车还是大车？"小马说："要大车，最好是
中型面包。"马衡林马上摇了摇头，说："那就没有可能了，我这里都
是小车。如果你要小车，我还能想想办法，哪怕把我自己的车让出
来给你用一天也行，可是大车我们没有，不要说中型面包，就是小
面包也没有。"小马眼看无望，只好起身告辞，临走时，小马还是把
上次的事情说了一下，道一个歉，马衡林想了半天，也记不起小马
说的是哪件事，最后说："我也不记得了。算了算了，道什么歉，你
真是的，像你父亲。"小马走出来，心里有些茫然，正不知再往哪里
去好，突然马衡林追了出来，说："小马，我想起来了。"他手里拿着

一张纸条，交给小马，说："你去找这个人，和他商量一下，是机关车队的。车队的车多，而且有中型面包。你要借中型面包，一般的还不好借，看起来只有到车队试试。"小马接过马衡林的条子，心里感激，嘴上又不知说什么才好。马衡林朝他笑笑，挥挥手，说："好了，走吧。"就回进去，小马就到机关车队找车队长，车队长看是马局长的条子，也很客气，专门叫了排车的人来问星期天车子的安排情况，他们一起商量了半天，总算挤出了一辆中型面包，把发车时间、接人地点什么都写在记事板上，最后落实好由小马负责和司机接头。小马走出车队时，心情愉快，一路哼着小调，再找第三辆车。

小马的第三辆车最后没有找到，小马回到自己单位，对同事们打躬作揖，请同事谅解。同事说，小马你现在架子也大起来了，我们也难得求你帮忙，借一次车就这么难呀。小马没法，只好把借车的过程都告诉他们。他们一听，又说，好啊小马，你朋友的事情你当回事情，我们的事情，你就不当回事情，以后你还要不要和我们共事。小马苦着脸继续打躬作揖。大家又说，其实小马你就自己掏腰包租一辆车请我们也不是不能。小马说："租车那要多少钱？"大家说你不是发了么，上班不好好上，一天到晚在外面，不是做生意是什么，告诉你，头问过你好几次，都被我们蒙过去的，你不谢谢我们。小马说："呀，我哪里在做什么生意？我一直在为朋友的事情跑，借车啦什么的。"同事说，朋友的事情还不是做生意发财，现在外面交朋友，不就是为了这个。小马说："我真的没有发财。"同事说，你不肯就算了，我们也不能逼着你请我们，全看你自觉。大家都说是。也有的说，想不到小马也变了，变得这么快，说人真是不能阔，老话说一阔就变脸，真是有道理。小马给他们说得就是有一千张嘴也解释不清，只有苦着脸，双手抱着拳，一一招呼过来。同事看他这样子，都笑。小马说："这一次大家看不到天平红叶，这账算在我头上就是，以后我一定想办法补。"同事笑，问怎么补法。小马说："你们说。"同事说，喝你喜酒时让我们多喝几杯。小马也笑了，说："那还不知到什么时候呢。"同事说，那你要抓紧。为同事借车的事情就到此为止了。小马最后说："谢谢大家的宽待。"同事们都看着他笑，小马也不知他们笑的什么，想了想，也跟着大家一起笑笑。

到了星期天早晨，小马一大早就起来，他先要赶到钱卫他们集中的地方，把钱卫他们介绍给机关车队的司机。因为那边是十四个人，正好中型面包十四座，小马就只好赶过来乘大头他们这边的小面包。小马到那里时，人和车子都还没有到。等了一会儿，人陆陆续续来了，大多数小马并不认识，但是看他们站在那里等车的样子，像是钱卫的那一些朋友。小马就上前去问，果然是，他们也不认得小马，朝他看看，也不多说什么。后来车子来了，钱卫也来了。钱卫看看那车，说："怎么弄一辆破车？"小马说："这是机关车队的车。"钱卫说："机关车队欺负你，给你这样的车。"小马笑笑，说："也不会欺负我，车子这一阵很紧，排了半天才排出来的。"钱卫说："那倒是，这一阵大家忙，车子上很紧，要不我也不找你解决，是吧？"小马说："那是。"钱卫也没有来得及向大家介绍小马，司机就催着上车，于是一行人一一上车，小史和小姜也来了。小马对小姜说："这车子正好十四人，都到了，我坐另一辆车去，反正到了那边总能碰到的。"小姜好像有点不乐，点了点头，没有说话。小马把钱卫介绍给司机。司机说："你姓钱？"钱卫点点头。司机说："这一拨人你负责？"钱卫说："是。"司机说："有事情找你？"钱卫说：

226 / 动 土

"是。"司机就上车发动。小马突然想到什么，把钱卫叫下来，说：
"司机那里，你打点一下。带了烟没有？"钱卫摸摸口袋，说："呀，
带得不多。"小马从自己口袋摸出两包烟，叫钱卫给司机，又关照吃
午饭要带着司机。钱卫说："你放心，这些我还能不知道。"钱卫上
了车，坐好了，小姜、小史他们在车上向小马招手。小马说："回头
见。"车子就开走了，小马赶紧骑上自行车往大头他们集中的地方
去，路上堵了一会儿车，小马很急，待赶到那地方，小面包不在，
问了问旁边的人，说是有一辆小面包停着的，刚刚开走。小马对着
空荡荡的马路，叹息一声，回家去。

　　到了下晚，大头和另一个朋友排骨一起来找小马，小马见了，
连忙问怎么样，红叶好不好看。大头说："你还说，我们早上等你等
得要命。你怎么说话不算数？"小马说："真是很对不起，我从那边
赶过来，堵车了，过不来。我到的时候大概你们刚刚走。"大头说：
"给我们走了也算是额骨头高。"小马问："怎么？"大头说："那司机
不肯开我们的车，说一定要等陈凤英来了再开车，我又不知道谁是
陈凤英。"小马笑，说："是我母亲呀。"大头说："我又不知道，那司
机看等不来陈凤英，也急，转来转去，又追问我们是哪里的，又问
我们这车是哪个单位的。"小马笑起来，说："你就说是我母亲单位
的。"大头说："我怎么知道，你母亲不是早退下来了么？"小马又
笑，说："退下来单位还是有的呀。"大头说："你不早说。"小马说：
"我怎么知道会出这样的事情？"大头说："那司机像个警察似的，看
我们说不出，以为我们是一群骗子，差点报了警。"小马说："后来怎
么解决的？"大头说："亏得排骨聪明，说了你的名字，那司机说，
噢，是小马，就问你为什么不来，我们说你坐另一辆车去，叫他只

管开，开到天平一定能碰到你，我们说如果到天平碰不到你，再说就是，司机这才勉强把车子开起来。"小马说："到天平没有碰到，怎么说？"大头说："司机很不开心，但是已经来了又不能把我们扔下不带回来，也只好再带回来。"小马说："也算是去成了，就好。红叶看得怎么样，好吧？"排骨说："很好，可惜你没有去成。"小马说："我无所谓。"排骨说："你给我们忙个要命，自己却不去。"大头说："他就那样的人。"他们正说着，小史来了，一副气急败坏的样子，叫小马赶快跟她走，说是一车的人叫司机扣在那里不给回家。小马说："你不要急，先把事情说说。"小史给他一个白眼，说："有什么好说的，司机要叫我们付车钱。"小马说："什么意思？"小史说："你还以为白借了车是吧？告诉你，人家是出租的，要两三百块钱。"小马说："怎么可能？说好的么。"小史说："你面子大，你一张脸就值那么多，所以钱卫叫我来叫你去解决。"小马愣了一下，跟着小史出来，想了想，又返进去，拿了几百块钱跟上小史一起去。到了车队，果然看到一车人都坐在车上，车队长和几个司机管理人员什么都在那里等着。车队长见了小马，上前说："你怎么没有去？"小马说："我误了车。"车队长说："这帮人哪里的？"小马说："我的朋友。"车队长说："你的朋友也太不明白，以为用我们车队的车是可以白用的。你叫他们去打听打听，谁用我们车队的车能不付钱？"小马张了张嘴。车队长说："现在他们说身上没钱。小马你怎么交些赖皮朋友？"小马说："也不好怪他们，是我没有跟他们说清楚，我也没有弄明白。"车队长有些惊讶，说："你也以为车是白借的呀？"小马脸红。车队长说："你也是的，也不问问明白就来。马局长也是的，也不跟你说清楚。"小马说："我来付吧，我带了钱来。"车队长说：

"你付了他们能还你？"小马说："再说吧。"车队长摇了摇头，叫一个管理人给小马开发票去。开了发票来，一看是按时收费的，扣在车队的这一个小时也收费，这才放人下车，一个个像关了几天禁闭似的，脸都已经发青发灰。走出车队，钱卫就说："什么车队，像劳改农场了，那些人，什么腔调，真是拿我们当犯人。"别的人也跟着说。小马道歉，怪自己不好。小姜说："也不好怪你，大家没有说明白。"钱卫说："怪虽不好怪小马，但总的来说，小马也是没有花头，借了一辆车，结果却是要出钱租的，说出去也要笑死人。"小马不好意思地笑笑。钱卫又说："早知道是租，我自己租就是，也不必烦你了。"小马说："那是，我也不知道他们车队现在这样的。"这时候天已黑下来，钱卫说："肚子很饿了。到饭店撮一顿，怎么样？"大家说好，于是一群人找一家饭店进去。小马本来想回去，小姜拉住他，说："你不能走，应该请请你的。"钱卫说："是的，请小马。"开了一桌，十五个人挤成堆。服务员小姐脸上露出看不起的意思，说："最多也只见过十二个人一桌的，哪有十五个人一桌的，你们倒真会打算盘。"钱卫说："我们反正点菜的，十五个二十个人跟你们没有关系，又不是份饭。"小姐说："份饭也由不得你们这样坐。"菜上得慢，大家又饿得急，上一道菜，一下子没，再上一道菜，一下子又没了，大家看着空盆子笑，有的就用筷子敲。小姐过来翻白眼，他们就笑得厉害。小姐说："你们这样不文明，有没有进过饭店？"钱卫一听就说："你是看不起我们？"小姐说："我不敢，看你们点的菜，也知道你们不是常在有规矩地方吃的。"钱卫说："你把菜单拿来。"小姜、小史都说："算了，跟她们计较什么。"钱卫说："我再点。"于是拣中档的又点几个菜，小姐拿了去看，脸上仍是那样子。

钱卫说："弄些酒来。"大家说："今天不喝了，都累了，早点回去歇息。"钱卫说："不行，都要喝一点。"于是弄了酒来喝。小史、小姜也被劝着喝了些，小姜的脸看着就红了，大家说，小姜能喝，小姜能喝，喝酒脸红的人能喝。闹了一阵，酒足饭饱，钱卫叫小姐买单。小姐算钱的时候，小马说："你不是没有带吗？我来吧。"大家看着钱卫。钱卫说："谁说我没有带？车队那些人我就不给他们，饭钱我是有的。"小姐把账单交给钱卫，钱卫从口袋里掏钱，拼拼凑凑，连分币加进去，总算凑满了饭钱。小姐拿着那一大堆脏分分的钱，说："都是零钱。"钱卫说："零钱也是钱吧。"小姐说："那是。"等一行人走出饭店时，小姐在背后说："看你的脸也就是给零钱的脸。"钱卫想回进去跟她理论，被大家拉住，说："我就是生意没有做成。我做成了生意，叫你这副嘴脸看我。"小马看看他，问："怎么，上次的事情没有弄成？"钱卫说："我正要跟你说，他们根本不诚心，给的那些样品，老毛子也看不上眼。"小马说："怎么会？看看他们蛮热情、蛮老实的。"钱卫说："现在有几个老实人？乡下人现在也欺负人，小马骗我。"小姜说："钱卫你好意思说这样的话。"钱卫说："我不是说小马的，其实我已经不是一次上乡下人的当了，乡下人现在坏得很呢，我们根本弄不过他们。"小姜说："你只知道叫小马帮你忙，你也不问问小马给你打点了多少。"钱卫说："倒是的，我上次说过的，小马，你找人办事，花了多少你说就是。"小马说："没有，没有。"钱卫说："小马你这就不够朋友，我钱卫虽然生意不成，但说话还是算数的，我就是借钱，也不能让你吃亏。让你为我垫钱，这叫什么呀。"小马说："再说吧，等你发了，我再问你要就是。"钱卫说："也好，等我发了，你一定跟我说，我记性不好，时间一长。事情一多就忘。"小马说:"好。"后来走到分手的地方,钱卫和小史同路,小马和小姜同路。临分手,钱卫说:"对了,小马什么时候我来找你,有桩买卖一定要抓住,要靠你的路子。"小姜说:"你又来了。"小史说:"小姜你怎么?又不是找你帮忙,是找小马。你老是护着他做什么?"小姜说:"我怎么护着他,跟我有什么关系?"小史说:"就是,人家小马就是愿意帮助人的,愿意怎么帮就怎么帮,别人也管不着他。"小姜说:"那是。"分手后,小马和小姜一起走了一段,小马看小姜一直没有说话,小马说:"你是不是为小史说的话上心思?"小姜:"是的。"小马侧过脸看看小姜,小姜的脸在夜色里更动人,小马心里一动,叫了一声:"小姜。"小姜看着小马。小马鼓足了勇气,说:"你是不是觉得,钱卫把你介绍给我认识,是有什么目的的?"小姜张了张嘴。小马一鼓作气:"我想,我这个人,小姜你看看怎么样,我们是不是有可能,那个,谈谈……"小姜避开小马的盯注,又走了一段。小姜说:"怎么,钱卫他们没有跟你说起过?"小马问:"说起什么?"小姜顿了一顿,说:"我结婚五年了,小孩已经四岁。"小马惊讶地看着小姜,过了好一会儿他问:"你今年多大?"小姜说:"跟你差不多吧。"小马想了想,不知说什么好。小姜说:"我结婚早,刚满师就结了婚。"小马说:"噢。"他们默默地向前走,谁也没有再说什么,最后就分了手,小姜往一边去,小马往另一边去。

小马回到家里,头正在家里等着他,见了就问:"小马,红叶好看吧?"小马说:"我没有去。"头说:"你不是忙了几天,怎么自己不去?"小马说:"我去年看过,去不去也无所谓。"头说:"倒也是,有这时间不如做点正经事。"小马说:"也没有什么正经事做。"头说:"我的事情呢?"小马想了想,说:"是不是贷款的事情?"头说:

"你怎么的，怎么是贷款的事情？贷款的事情早过去了。"小马又想，说："是找外商？"头看看小马，说："你怎么的？"小马说："那是什么？"头说："单位成立公司叫你出来做，等你的答复。"小马笑了，说："当真呀。我怎么行？"头说："你以为我开玩笑？"小马说："我不行的。"头说："你能帮朋友那么多忙，自己单位为什么就不肯？"小马说："其实我帮别人也是不成的多呀。"头说："不成也没有关系，只要在做就有希望，你说是不是？"小马说："那倒是。"头说："就这样定了，也不叫你全面负责，叫你做一把手你也做不起来，只叫你做个二三把手的样子，担子也不要你挑，你只管把关系介绍来，等着分红就是。"小马笑，说："我是等着呢。"头又说了些话，多半说的是目前做生意要注意什么，需要什么，哪些内容，后来看出小马心不在焉，就没有再往下说。小马送了头回进来，看母亲、老姨和姐姐正在玩纸牌，小马没有兴趣看她们，正要回自己屋去，母亲说："哎，前次来过的那个女的，怎么不见她再来？"小马说："哪个女的？"母亲说："长得很甜的那个。"小马说："是小姜。"母亲说："我看那女子不错的。你怎么不和人家说说话？"小马说："我和她说什么话呀，人家结婚都五年了，小孩也四岁了。"老姨说："既然自己结了婚，还往人家跑做什么？"小马说："老姨你老派思想。"老姨看看他，笑着说："我和你，也不知道你老派还是我老派。"母亲和姐姐都笑起来，看着小马。小马说："我脸上又没有花，看我做什么。"母亲、老姨和姐姐笑得更厉害。

小马回自己屋，看了会儿电视，觉得没有意思，关了电视又觉得闷，复又打开电视机，有看没看地看着，脑子里东想想西想想，一会儿想想小姜，一会儿又想想钱卫，洋葱也有好长日子不见面，也不知是真的生了气，还是有什么事情忙着，还有别的一些朋友，又想到头叫他做的事情，他也不知以后该怎么办。眼睛虽然盯着电视，可是看的什么内容，却一点印象也没有。一直到很晚，电视都快道晚安了，外面母亲她们玩牌也玩够了，姐姐烧了夜宵端进来，小马说："我不饿。"姐姐说："上什么心思？"小马说："没有心思。"姐姐说："那就吃。"小马就吃了夜宵，去洗了脸、刷过牙，躺在床上看着天花板，后来他发现这个月的挂历还一直没有翻过来，起身去翻挂历，十一月份的挂历，正是一片红叶，和旅行社门前的一样。小马细细地看了一会儿挂历上的照片，觉得那红叶真是红得好，红得生动，红得活泼，红得充满生命力，又红得使人热血沸腾，红得让人想入非非，红得叫人坐立不安。小马想，今天虽然没有去看天平红叶，可看看这挂历上的红叶也已经足够好。

无人作证

一

　　我已经很久很久没有到乡下去了，我想我能够说出这一句话至少说明我对乡下还是有一份怀恋、有一份想念，这是真的。我老是觉得乡下那地方有一大堆的宝藏等着我。越是这样想，我就越把下乡去的事情看得很郑重其事；越是郑重其事，我也就越难跨出下乡的那一步。事情就是这样。

　　在一个冬天的灰蒙蒙的夜晚，我坐上车子到乡下去。至今我仍然不能明白我为什么要在夜晚出发。我出门的时候我儿子问妈妈你到哪里去？我说我到乡下去。儿子说你是不是到金家坝去？金家坝是我们保姆老太的家乡，我儿子从很小的时候开始就一直误认为乡下就是金家坝。我想我不好回答儿子的问题。我若说是，儿子以后将一如既往地误会下去，我若说不是，儿子会觉得不可理解，所以只是含含糊糊地应了声，我就出门了。

车子在第二天早晨到达乡下，我下车的时候看到太阳明晃晃光灿灿地挂在空中。在冬天的时候能有这样明亮的太阳这在城里是很少见的，我因此有些激动，我觉得这是我下乡的一个好兆头。我走进村子，发现前面的一片很大的空场上摆放了很多桌子，并且有很多人都往那地方去，很像要办什么事情。我问了一个小孩子，他看了看我，说，我不认得你。我说是，我在的时候，还没有你呢。小孩子笑了，他说今天陈皮结婚。我才知道我真是赶巧了。我在乡下待着的时候，陈皮还没有这个小孩子大呢，现在陈皮要结婚了，我想时光真是过得很快。我朝陈皮家走去，陈皮家本来就是我的家，我下乡的时候，寄住在陈皮家，他们一家待我真是很好。我一想起来就心情激动。我走过去的时候，看到了一些熟人，他们一时间好像没有认出我来。我叫着他们的名字，他们对我笑着。但是我知道他们并没有想起我是谁，他们也许以为我是陈皮家的一个远方客人罢。我走到陈皮家的大堂前，一眼就看到了我的房东嫂子，她叫琴芬，在家排行第七，大家叫她阿七。我住在她家的时候，她是个小媳妇，年纪很轻，很健美。她回娘家的时候，很害怕她的男人会在半夜里爬到我的床上来。她常常让五岁的女儿小红来问我一些莫名其妙的问题，我曾经很为自己识破了她的阴谋而得意。其实我是很喜欢阿七的，她不是一个会作怪的女人。我站在大堂前忍不住叫了一声"阿七"，她回过头，朝我看看，后来她很惊喜地笑起来，说，你到底来了，我们都以为你不来了呢。我想了一想她这话是什么意思，我想好像她已经通知了我关于陈皮结婚的事情了。果然阿七继续说，我们给陈皮准备酒席第一个就想到你，一定要请你的。阿七说了这话以后，我就基本上能够断定阿七认错了人，她一定把我当成了另一个什么人，我已经有二十年没有到乡下来，也没有和乡下的人联系。于是我忍不住说阿七你是不是不认得我了，阿七笑着说，你说得出，我怎么不认得你？你住我家的时候，我还吃过你的醋呢。听阿七这样说了，我的心里涌起一股暖暖的东西。这时候我看到阿七的婆婆走过来。我迎上去叫她一声婆婆。婆婆说，你来了，坐。我说婆婆这许多年我一直在想着你。婆婆在农忙的时候把洗澡水帮我放好在澡盆里，我很怕乡下的蚊子，洗了澡就往帐子里钻。婆婆端来一大碗菜面塞进我的帐子，当我把面吃完的时候，我能够看到婆婆的一只瘦骨伶仃的手伸进我的蚊帐把碗取走。小煤油灯摇曳着，照着婆婆的身影，婆婆就是这样。我说婆婆我很想你，我也很想公公。婆婆平平静静地说，公公已经去了。我心里很难受，虽然我知道二十年里的变化一定会很大很大，原来我以为我是见不到婆婆的，可是想不到却是公公先去了。我想说些什么话安慰婆婆，可是我说不出来。我一直没有见到柏子，我不知道我是不是很想见他，就像当初我也不知道自己是不是有些喜欢他。他是一个很腼腆的年轻男人，不多说话。我是不是喜欢这样的男人我并不清楚。现在柏子应该是一个成熟的中年人。我问阿七怎么不见柏子，阿七说，在，在后面。我往后面去，果然看到柏子，他正在屋里打麻将。我想柏子果然人到中年了。屋子里有很浓的烟雾。我站在门口朝里看了一看，柏子发现了我，他对我笑了一下，说，来啦，坐。我说柏子你好吧，我们有二十年没见了呀！柏子一笑，说有二十年了吗。我说是有

236 / 动　土

二十年了，你想想，我是哪一年走的？你想想。陈皮都结婚了，我在的时候陈皮还不会说话，你再想想……柏子笑起来，说，我怎么见你就像你刚刚住到我们家的感觉呢？我说不出话来。打麻将的人都笑，他们说柏子这话不怀好意，可是我却没有听出什么弦外之音。我不能去帮忙，柏子说。我觉得柏子不应该是一个好吃懒做的人。我看着柏子，在一瞬间里我觉得柏子眼睛里闪过一道光，我随着这道光往下看了看，我才发现柏子没有双腿，他的裤管空空荡荡。我吓了一大跳，我慢慢地退出来，回到大堂的时候，没有见到阿七和婆婆，我朝外面看，看到阿七和婆婆她们都在空场上指挥客人入座。太阳明晃晃光灿灿地照在空场上，冬天有这样好的太阳，这在城里是很少见的。

　　我走出来到空场上四处转转，我从某一个角度看着陈皮家的新房子，我觉得这房子造得很不错。我再看看陈皮家四周邻居的新房子，我觉得都很好。我走到阿七身边，我犹豫了一会儿才说，阿七，柏子的腿怎么……阿七好像也犹豫了一下，后来她说，就是这样了，出门的时候还好好的，回来就这样了。我问她是不是出了什么事故，阿七说应该是的，不出事故怎么会变成这样呢。我听阿七的话总是觉得有些什么不可理解的东西在里面，但是我不能把它们挖出来。阿七走开后，我继续在四处看着，后来我看到有人在井边打水，把水桶的绳放得很长很长，半天才能吊起一桶水来。我过去看看，井水很深。我说，井很深。吊水的人看看我，说，不是很深，是很浅。我想了想，觉得他说的话也有道理，深和浅，只不过是从哪个角度看问题罢。这一年干旱，陈皮家门前的小河水很枯了，这井水也干枯得很。陈皮的婚事要用许多水，这是毫无疑问的。打水的人把水送进大堂又出来。我看他把水桶放下去，搅了一会儿。我说，吊不到水了吗？他用手感觉了一下水桶，说，真是快要碰底了，好像已经有东西搁着水桶了。我探头朝井里看了看，其实什么也看不出。我说，水好像很浑了。吊水的人点点头，把水桶翻来覆去地折腾了一会儿，又吊上一桶水来，就在这时候，远处传来了声音。吊水的人神情一振，说，来了！我想大概是迎亲的队伍回来了，果然见到这边的人兴奋起来，奔进奔出准备炮仗和鞭炮。我随着大家的目光朝大路上看，有一辆车子停在大路上，迎亲的队伍是从车子上下来的，我看到走在前面的是一个穿西装的年轻小伙子，我想他就是陈皮了。我看得出陈皮的双腿坚强有力，我突然想到了柏子的空空荡荡的裤管。在陈皮的身后，由陈皮的舅舅背着陈皮的新娘。我为这古老浓郁的乡情风俗而激动，我不知道在过了二十年和许许多多个二十年以后，乡下的许多东西为何还没有消失。陈皮一共有三个舅舅，我看不清背着新娘的是哪一个舅舅，据我的推测应该是二舅舅，二舅舅最适合做这样的事情。这时候炮仗和鞭炮一起响起来，场地上一片欢呼。

　　接着就让大家进入自己的座位。我和新娘家的来宾被安顿在同一桌上，这一桌上的人我一个也不认得，我显得有些尴尬，我不知道跟他们说些什么好。我只好努力地找一些话来说说，我说了新娘子很漂亮，又说了陈皮家的酒席很气派等等，都是说在他们心坎上的话，所以他们听了也很高兴。后来我实在没有更多的话说，我的注意力突然就转移到在井边吊水的那个人身上。过了许多日子以后，我还是不能明白场上可以注意的事情很多，我为什么别的事情不去注意，偏偏就要看那个打水的人呢？我看到他不停地往井边去，拿水桶在井里搅半天才能打到一点水，送进大堂，再回出来打水。我看到他三番五次对着井水摇头，叹气。我想也许不能再吊水了，再吊真的要把井水吊干了。井水吊干了，那井底会是个什么样子呢？我从来没有见过彻底干枯的井。我这样想着，身不由己地站起来，我朝井边走去。吊水的人正愁眉苦脸，他看到我过来，对我苦笑了一下，说，实在吊不到水了。我说吊不到就不吊了。他说，不吊怎么办？里边等着用水呢。我说，我来帮你吊一桶。他听了我的话，笑笑说，你不行的，你吊不起来，下面有个东西老是要搁着水桶。我看了他一眼，怎么会有东西？我每次把水桶放下去，就能触到那东西。我说我来试试。他又对我笑了一下，你去喝你的喜酒吧。我不想走开，我总是觉得吊水的人脸上有一种奇怪的意思，我看着他再一次把水桶放下去，努力地打着水。过了好一会儿，他说，打着了，他就把水桶往上提，当他把水桶提出井圈的时候，我低头朝井下看了一下，我看到确实有什么东西，黑乎乎的看不清是什么。我说，你看看，那东西露出水面了。吊水的人朝井下看了一会儿，他说，好像是两个东西，不是一个，黑乎乎的，是什么呢？我说你干脆再吊水，再吊两桶水，那东西就出来了。吊水的人点点头，他又努力地吊了两桶水。后来他看着我，慢慢地说，我看清楚了，是两只人脚。我说你开什么玩笑，人脚怎么跑到井底去了，你的意思是我们这些人喝的水吃的饭菜都是用人脚汤做出来的？吊水的人并不激动，他又朝井底看了一眼，说，是人脚，两只脚朝天向，人是倒栽下去的，脚底板朝上。我被他说得惊诧起来，已经不敢朝井底看，我的胃开始翻腾。这时候阿七走过来，她说你怎么不喝酒，到这里看吊水？我说，阿七，这井底下有东西。阿七说，井底下有东西？

这有什么,哪口井底下没有东西?我想阿七的话也不是没有道理,但是并不是每一口井底下都有着一双人脚的呀。我说阿七你自己看看,这是一双人脚。阿七朝我看了一眼,声音低低地说,就算是人脚,你也不要怕。我朝场上喝喜酒的人看看,我明白阿七的镇静是为了什么。就在这时,我们听到了新娘从大堂那边发出的尖叫声。

新娘在大堂帮助做事情,她看到水桶里有一只脚趾头。

新娘吓得晕过去了,陈皮和大家一起往井边来,他们都把头探过来,他们看到了那两只人脚。场上的人开始反胃,有的呕吐起来,有的说肚子疼。新娘家的来宾非常愤怒,和陈皮家的人吵起架来,场上一片混乱。

在一片混乱中我突然觉得自己很清醒,我说,大家不要吵,当务之急是报案。

不知为什么场上所有的人都盯着我,太阳也明晃晃、光灿灿地照着我。我心里有点惊慌,我想我这句话是不是说错了,我说当务之急要报案。我努力镇定一下,又把这话说了一遍,报案,我说。

阿七走到我身边,朝我看着,你说什么?

我说,报案。

报案,报什么案?

我说,有人死了,不管他是自杀还是他杀,还是失足落水,都要报案,我觉得自己法律方面的知识很丰富。

谁死了?谁自杀?谁他杀?谁失足落水?阿七问我。

我指指井里的人脚。

阿七说,仅仅是一双脚。

我为阿七的思维逻辑感到奇怪。仅仅是一双脚,难道还有一双与人的身体相分离的人脚吗？一想到一双与人的身体相分离的人脚，我心里突然一刺，我想到了柏子的空空荡荡的裤管。柏子的脚不是已经与柏子的身体相分离了么？我再看阿七的脸和别的许多人的脸，我从他们的脸上看不出这井底的人脚与柏子的脚有什么关系。我始终认为倒栽下去的是一个完整的人，而不是一双人脚。我想我也许能够明白阿七怕扩大影响的心情，但是我觉得还是应该去报案。

　　我从陈皮家门前的场上走开的时候，听到有人在问，这是谁？

　　没有人回答这个问题。我想报案一定是让陈皮家的人不高兴了，但是我不能不这样做，我这样做归根结底是为陈皮家好。

　　我从陈皮家一直往乡里走，一路上我看到乡下的许多新的气象。虽然是在冬天，但是麦苗长得很好，碧青碧绿，我觉得这和太阳一定有关系，只是我现在的心情不是很好。我想不到下乡来会出这样的事情，我一想到井里居然会有一双人脚我的心里就直发抖。我想这案子破下来不知会是个什么样的结果，我又想不知什么时候才能把这案子破了，这是不是取决于乡派出所的警察们的能力和水平，我不敢说。我一直往前走着。后来就有一个人从后面追上了我，我侧过头看他的时候，他对我笑了一笑，我分辨不出他这种笑是对一个陌生人发出的，还是对一个熟人发出的，我也报以同等水平的一笑。他问我到乡里做什么，我虽然很想把井底有一双人脚的事情跟别人说一说，但是我还是忍住了，我知道阿七不喜欢我这样做，我只告诉他我到乡里找派出所。他想了想，说，你去报案是不是？我说你怎么看得出我去报案？他说我瞎猜的，到派出所不去报案去做什么呢？他又问你报什么案？我想这样让他问下去我一定会把井底的人脚说出来，所以我连忙把话题扯开去，我说我看你很面熟，你是哪个村的？他说他就是后边那个村的。我说，就是姚村吧？他张开嘴一笑，说，你很熟悉呀。我说我原来在这里待过好多年。他又很热情地问我是不是认得派出所所长，他说我如果不认得派出所所长，他可以带我一起去见他，他和派出所所长是一个部队里的战友。我很感激他的一番好意，但是我不能让他陪着我去，我想井底人脚这事情还是不要扩大的好，于是我说我认得派出所所长，他原来就是我们那个村子的人，他爸爸那时候是我们的民兵营长。就这样我们一起谈谈说说走到乡镇上，他见我一定不要他陪着到派出所去，就在街头和我告别了。我按照他的指点，找到了乡派出所，我跨进门的时候看见小扁头正当屋坐着在审一个人，那个人看上去就像一个坏人。我常常在写小说的时候不知道该怎么去描写一个坏人，现在我一扭头见坐在派出所受审的这个人，我立即想到这样的人完全可以把他写成坏人。小扁头看到我进门，先愣了一下，他大概没有认出我来。我在乡下的时候，他还是一个小学生，老师如果有事情或者生了病请假，我也去给他们代几节课，因此说起来他叫我一声老师也是应该的。小扁头虽然没有认出我来，但是他很得体地对我点了一下头，那意思就是招呼我坐下等一等，我就坐下了。小扁头对于那个人的审问并不想回避我，小扁头说，你老实交代，还偷过谁家？你不要以为我们不知道你的活动，老实告诉你，我们早就注意你的一举一动了，你的一举一动逃不出我们的眼睛，你所有的犯罪行为我们都有真凭实据。我看小扁头一脸正经的样子，我想小扁头学这哄吓诈骗一套可真是拿手好戏，我差一点笑起来。小扁头小时候是很顽皮的，但是小扁头的这一套对那个像坏人的人起不了什么作用。他完全是一副无所谓的样子，东张西望，趁小扁头低头点烟的时候，他就冲我做鬼脸。小扁头后来挥了挥手，叫一个小警察把这个人带了下去。我说，所长还认得我吧？小扁头笑起来。我知道他已经想起来了，于是我说，想不到我会来找你是吧？小扁头听我说完了事情的来龙去脉，他沉思了一会儿，问我，是小人脚还是大人脚？我不假思索地说，是大人脚。其实我并不能确定是大人脚还是小人脚，但是在我的心里那是一双大人的脚。

小扁头告诉我，最近一个阶段，附近地区并没有什么悬案，凡有人失踪的，都查到了下落，或生或死，都有归宿。井底的一双人脚，是谁的呢？或者，是外来者的，那就比较难查。也或者，失踪的人查到的下落不准确，那就得对失踪的人进行一次复查，这工程更是浩大而且复杂。再有一种可能，井底的那一双人脚，确实不是一个人而仅仅是一双脚，要确定这一种可能最简单，只要把人脚从井底拉出来看一看就知道了。如果沉于井底的确实只是一双脚而不是一个人，那么这一件很奇怪的事情，够不够立案侦查的标准？如果能够立案，这案子是不是只要查一查谁的脚没有了，比如像柏子那样的人。当然这井底的脚不会是柏子的，事情一般说来不会那么简单。柏子的脚是丢在外地的，这一点阿七已经说过。但是在附近地区查一个没有了脚的人，想来这事情并不很复杂。如果这件事情不够立案，那么这一双沉于井底的人脚是不是永远也难见天日了呢？我觉得有许多话要问一问小扁头，小扁头却说，我们马上去把脚拉出来看看。小扁头的话说得我心里直抖，但是我还是愿意跟着小扁头一起去。小扁头看了我半天，突然笑起来，他说，我知道你想干什么。我想了半天，小扁头说这话到底是什么意思？连我自己也不明白我想干什么，小扁头怎么会明白呢？

从井底把人脚拉出来的详细过程我不想把它写出来，我只能把结果写出来，结果是我对了，它不仅仅是一双人脚，而是一个完整的人。

整个事情和柏子无关，这一点是可以肯定了。

陈皮家的人也已经恢复了正常。

接下来要做的工作就是小扁头的工作，我决定留下来跟着小扁头一起工作。

<h2 style="text-align:center">二</h2>

对于一个在四乡里很神气很威风的派出所所长，张口闭口叫他小扁头，实在是有些不恭的，于是我努力地改口叫他大名。他的大名叫振军，确实是朗朗上口的，不过我在心底里还是认定他是小扁头，这恐怕永远也改不了。

我在冬天的早晨去见小扁头。小扁头告诉我，查了四乡里失踪的人，基本上都排除了，或者是和井底那个人的年纪不符，或者死亡时间相差太远，也有的人确实是家属认过而确定不是的。我看着小扁头的脸，我觉得小扁头脸上有一种极其认真负责的意思。我说，那就是说，陈皮家井底里的人不是这一带的人？小扁头说，还有一个人，可以去查一查，如果这个人也排除了，那就要另外找线索了。

我跟着小扁头到那个叫作古坊的村子去，一路上我们说了许多往事，说得我们都很兴奋，后来我给小扁头讲了一件发生在古坊的事情。

从前那一段时间，每年冬天都要大兴土木，开河挖渠，填河造田，到处插了红旗，搞得很有声势。小扁头插嘴说，我记得。我说那一年我们就住到古坊村的工地上来了，古坊村的这个工程是全乡的一个大工程，所以全乡各个村都要派人来，我们住的是临时搭建的棚子，漏风漏雨。我看看小扁头的脸色，我知道我开始忆苦思甜，于是连忙把话题收回来，不要说小扁头他不愿意听忆苦思甜，连我自己也不愿意听。于是我说，我们是在冬天到古坊村的，过了没几天，古坊村有一家人家讨新媳妇，大家都很有兴趣，看热闹、起哄，很开心，想不到后来就出了一件事情。新婚之夜，新郎因为被人拉去喝酒，回来迟了些，新媳妇被人强奸了，事情闹出来，四乡里都轰动了。后来就开始查这件事情，查来查去，说古坊村的人不会做这样的事，就怀疑是外村的民工，叫外村的民工排了队，让新媳妇看脸。新媳妇先是不好意思看，后来跟她说，你不看他们的脸，你不指认他们中间的谁，你怎么办？算你强奸还是算你通奸？新媳妇就一个一个看他们的脸，后来她指着一个说，就是他……小扁头皱了皱眉头，你是不是说的家新？我说是，你知道家新的事？小扁头摇了摇头，他说我不知道家新的事情，前一次我查一个案子，那人对我说，你要有真凭实据，不然你会弄出像家新那样的事情。我问他谁是家新，他不说。我记得我们村原来是有一个家新的，后来死了，但是关于家新的死，我已经记不清了，也许当时还小，根本就没有记住也是可能的。你能说家新的事情，真是太好了。我说其实家新也没有多大的事情，你知道家新是一个老实的年轻人，话也不大会说的，可是那一天偏偏是他被新媳妇指认出来。大家说，家新呀，真看你不出，会捉老鼠的猫不叫呀！家新脸色苍白，他说，不是我，你们知道不是我，前天晚上我就在工棚里，一步也没有走开，我听你们讲了许多故事，你们都可以给我作证的。大家就说，我们不给你作证。你自己做了快乐事，叫我们给你承担呀？家新脸色苍白，他说，求求你们给我作证，我没有做那件事。大家说，你怕什么？说不定人家新郎不要新媳妇了，就归了你呢。家新脸色苍白，说求求你们给我作证，前天晚上我真的没有离开过工棚，你们都知道的，我平时从来不出去的，那一天也是，你们都看见我的，你们给我作证……后来家新就被人带走了。临走的时候，大家觉得事情可能真的大了起来，于是大家说慢走，我们可以给家新作证的，但是没有人听他们的话了，家新不知道被带到什么地方去了。再见到家新的时候，他已经去了另外的一个世界，家新自杀了……我听到小扁头长长地出了一口气。

我们继续往前走，有一阵谁都没有说话。我想我也许不该说家新的事情，不管家新的事情已经过去了多少年，但是作为一个悲剧，再提起来，总是影响人的心境的。

小扁头突然说，证人是很要紧的。

我说，那是。

小扁头又侧过脸来看了我一下，说，那你觉得，家新的死，是因为没有人给他作证吗？

我说，那是原因之一，还有别的一些因素吧。

小扁头点了点头，随后他又问我，那么那件事情到底是谁干的呢，后来查出来没有？

家新死了大家都很害怕，谁也不敢再提那事情了，也没有人要求追查下去。

小扁头想了想，说，你觉得会不会真是家新干的呢？

我摇了摇头，我不知道我的摇头是表示不是家新干的，还是表示我不知道会不会是家新干的。

小扁头说，如果不是家新干的，新媳妇为什么不指认别人偏要指认他呢？

我还是摇摇头。

小扁头说，其实事情也不难，只要找一找当时在古坊和家新同住一个工棚的人。

我说，和家新同住一个工棚的人很多，我也是其中一个。

小扁头吃惊地看着我。

我说这不奇怪，那时候凡是上工地的都是男女同住，这没有什么了不起，很正常，我们都相安无事。

小扁头还是觉得不可思议。

我说我们真的相安无事。

小扁头说，是呀，住一个工棚都能相安无事，怎么会跑出去干那样的事情呢？

我想了想，我说，这也很难说。

小扁头说，你的意思是家新也有可能去干那件事？

我说，没有，我绝对没有那样的意思。

小扁头问，那你记得不记得出事的那个晚上家新是不是在工棚里呢？

我笑了一下，我说你现在问我，我怎么能想得起来？我看小扁头脸色凝重，我又笑了一下，说，振军你怎么啦，你是不是要破二十年前的案子？

小扁头也笑了一下，我这是成了职业病了，遇到什么事情都要寻根问底的。

我们一边说着家新的那件事，一边走进了古坊村。我们到村办公室去找村里的治保主任，治保主任是小扁头在各个村的耳目。治保主任不在村里，村里别的干部认得小扁头的，都很敬重他，立即派人去叫治保主任来。我们坐下来等待。

我看到原先在村办公室里吹牛的一些人，他们见了你都有些害怕，我说。

小扁头说，你说得出，我有什么好害怕的？他们这样做，无非是想在我面前留下一个很乖很守法的印象罢了。

我说那是，应该是好人见了你开心，坏人见了你害怕，对不对？

小扁头看村办公室里的人都走开了，对我说，他们不知道我来做什么，所以有些心虚，在治保主任到来之前，别的人不敢和我先接触，怕不小心漏出什么口风来。

我说，除非他们有见不得人的事情。

小扁头洞察一切地一笑，说，谁那儿没有些见不得人的事情。

说得我的脸也暗自红了一红。

小扁头看着我的脸又笑了一笑，说，你刚才给我讲了一件事情，我也给你讲一件事情吧。

我说好。

小扁头说，你知道往南去的南塘乡吧？我说我知道。小扁头说南塘乡现在很富有，是靠淡水珍珠发的财。我说这我听说了。小扁头说，于是四乡里的农民，都往南塘乡去贩珍珠，我们这里的也是这样，都往南塘乡去，他们身边都带许多钱，后来慢慢地案子就多起来。我说那是当然，见钱起杀心的人还是有的。小扁头说，不光是有的，还真不少呢，不久前就出了一桩命案，古坊村的一个人，往南塘去了，久久不归，失踪了。我说，又是谋财害命？小扁头说，看起来应该是的……小扁头正说着，治保主任被找来了，他进来一看到小扁头，就笑起来，说所长下来了，也不事先通知我们一下，我们也好作点准备。小扁头说，不用准备什么的，我们今天来，是想把张建根的事情再查一查。

我听到张建根这个名字，觉得有些耳熟，但是想了半天也没有想起来。在乡下有许多同名同姓的人，这不奇怪。我看到治保主任像我一样愣了一下，接着他说，张建根的事情不是了结了吗？刚刚把一切摆平，他们家的人刚刚才安定下来。小扁头点点头，他说，老张你听说前岗村井底的事情了吧？治保主任说我听说了，和张建根有什么关系？小扁头说我们怀疑井底那人才是真正的张建根。治保主任吓了一大跳，脸色马上变得很难看，他说，不可能的呀，他们家的人都认过人了，人也已经烧了。但治保主任很快又接着说，那就去吧，戳心境的事情。

我们一起跟着治保主任往张建根家去。路上碰到一些村民，他们看到治保主任领着派出所所长到张建根家里去，脸上都呈现出一种惊奇的表情，而且他们都用一种更奇怪的眼神看着我，我觉得这也很正常。

我们一起来到张建根家。张建根家的人已经知道派出所来了人，他们准备了茶水和烟。我们坐下后，小扁头就开门见山地把事情说了一下，张建根的老婆听着就哭起来。治保主任劝了她几句，她擦了擦眼睛，对小扁头说，有什么问题你就问吧。

小扁头想了一想，先问了第一个问题，你说你男人的脚有多大？

张建根的老婆愣了一会儿，慢慢地摇了摇头。

治保主任说，所长，她是新媳妇，才过门两个多月。

小扁头说，我知道。他又问了第二个问题，他说，你知道你男人身上有没有什么特殊的记认？

张建根老婆脸红了一下，又摇头。

小扁头再问第三个问题，他说，你知不知道你男人和前岗村有什么来往？

张建根的老婆再次摇头，看不明白她是说她男人和前岗村没有来往还是说她不知道她男人和前岗村有没有来往。

小扁头叹息了一声，他看看堂前供着的张建根的遗像，说，你们确认他，是根据什么确认的？

张建根的老婆说，根据什么？我也不知道根据什么，就根据他是我的男人。

小扁头说，谁说他是你的男人，谁能证明他是你的男人？

张建根的老婆听小扁头这样一问，突然害怕起来，又像要哭的样子。治保主任连忙说，你不要紧张，所长的意思是说，你们当初确认建根，怎么知道他就是张建根的？

张建根老婆抹了一下眼睛，看了治保主任一眼，又看了小扁头一眼，说，我们什么时候知道他就是我男人？是你们告诉我们的呀。你们说，我男人找到了，叫我去认的呀，怎么现在回过头来问我呀？

小扁头和治保主任互相看了一眼，很尴尬。

这时候我觉得我也许可以插一句嘴，于是我说，现在前岗村的井底里有一个人，你能不能认出他才是你真正的男人呢？

张建根的老婆瞪了我一眼，说，这怎么行呢，哪能随便认男人，你能随便认一个人做你的男人吗？不管他是死的还是活的，男人只能认一个呀。

我说不出话来，张建根老婆的话实在是有道理的。

小扁头大概也看出这样问下去不能问出什么结果来，他对治保主任说，既然她对她男人不是很了解，不如再问问张建根的父母或别的亲人。治保主任说，也行。

我们又来到张建根父母的家，其实这里和张建根的家也只一墙之隔。张建根的父母亲还有张建根的一个弟弟看到了小扁头就有一种紧张的感觉。治保主任说，你们不要紧张，所长再了解一下建根的情况。他们说，好的，你问吧。

于是小扁头又问了一些问题，仍然是得不到肯定的回答。小扁头说，碰到你们这样的人家，我们的案子真是没有办法破。

我们走出来的时候，张建根家的人出门来送我们。小扁头突然朝张建根弟弟的脚看了一下，他说，你的鞋是不是太大了些？张建根弟弟说，这鞋不是我的，是我哥哥的，我穿是大了些。

于是就弄明白了张建根的脚是多大，也就明白了井底里那个人不是张建根。我说，本来是一件很简单的事情呀，他们不可能不知道张建根的脚有多大，他们不说，是不是想隐瞒什么？治保主任说，你可能不知道，张建根一家人，除了张建根之外，其余的都弱智。

我忍不住笑了起来。我一笑，小扁头也笑。我们一起笑得不可控制，古坊村的村民都奇怪地看着我们。我回头看一看古坊村的治保主任，他却不觉得有什么好笑的。

我和小扁头辞别了古坊村，我们一起朝村外走去。我看到田野里一片生机盎然，太阳明晃晃光灿灿地照着。我感慨地说，冬天有这么好的太阳，这在城里少有的。小扁头抬头看看天，他说，太阳是很好。我们沿着新修的公路慢慢地往前走，我说，井底的人到底是谁，很难查了。小扁头没有说话。我又说，是不是能肯定他不是张建根呢？小扁头还是不说话。我想小扁头也许有点沮丧吧，于是我换了个说法。我说小扁头，刚才治保主任到来之前你正在跟我讲一件事情，你继续讲下去吧。到南塘贩珍珠怎么样？小扁头说，没有什么好说的了，那个人就是张建根呀。我想那确实是没有什么好说的了，反正陈皮家门前井底里的那个人不是张建根，关于张建根大概就至此为止了。但是关于陈皮家门前井底里的那个人呢，怎么办？我看看小扁头的脸色，我说线索断了，怎么办？小扁头说，继续查找。

我们走过一个村子的一家小小的看上去并不怎么干净的小饭店，我感觉到肚子很饿，小扁头也觉得肚子饿了，我们一起进去，店主人认得小扁头，很热情地接待我们。小扁头问我喝不喝酒，我说不喝。小扁头就自己要了一点酒来喝。我说小扁头你倒有点像你爹了，你爹当年也是这个样子，走到哪里，都要来一点点酒喝。小扁头听了我的话，他突然愣了一下，说你说我已经开始像我爹，我真的像我爹了？我把我说过的话又想了一遍，我觉得我没有说错什么，我点了点头。我看着小扁头把杯子里的酒往脖子里一灌，我说小扁头你好酒量。小扁头说，我不如我爹，可惜我爹死得过早了些，要不然我们父子对饮一定很有味道的。我默然。

我们一起慢慢地吃着，主要是我陪着小扁头，他要慢慢地喝，我就陪着，因为下面的事情我还不想放弃，我还指望着小扁头带着我继续破井底的案子。我看着小扁头脸慢慢地红起来，我说，小扁头，我记得你爹喝酒也是会红脸的。小扁头说是，我真的有许多地方很像我爹。小扁头突然盯着我仔细地看了一会儿，他嘴里喷着酒气，对我说，你是有学问的人是吧，你懂的东西应该很多是吧？我连忙说那也不一定，那也不一定。其实这完全是我的真心话，有时候我真的觉得自己像个白痴，但是小扁头他和许多人一样不相信我，我也不解释什么，被认为有知识毕竟比被人认为没有知识要开心一点罢。小扁头继续盯着我看了一会儿，后来他终于把他要说的话说了出来，小扁头说，你知道不知道有一种奇怪的现象，叫作附体？

我想了一下，说我知道。我看到过一些书，也听别人说过。如果一个人的死不是很正常，比如说是冤死的，那么他的灵魂很可能会在人世间荡来荡去，找害死他的人报复，能够附到人身上作祟。当然我自己没有亲眼见过这样的事情，我没有碰到过，所以我不敢说附体这种现象到底是不是真的存在。小扁头说，你可能不知道，我爹死的时候就是附了体的，样子很奇怪。我真是想不明白，还会有这种事情。我心里有些紧张，我问小扁头是什么样子。小扁头又喝了一杯酒，他说，我爹临死的时候，完全不是他自己了，他变成了另外一个人。我问，你爹变成了谁？小扁头说，就是不知道像谁，反正不是我爹他自己了，他在学一个人说话，说的话都是很莫名其妙的。我说，你在场？小扁头点点头。我说，你也听不明白？小扁头说，我只能听出来他在说他是冤死的，冤有头债有主，他只找老扁头一个人的麻烦。现在报了仇，不会株连别人，说你们家的人只管放心就是。我想，倒是个通情达理的鬼。小扁头说，真是闻所未闻的，我爹活龙活现地变了一个人，要不是我亲眼看到，我是决不会相信的。我看看小扁头，小扁头的脸更红了。我说，你现在是不是很相信了呢？小扁头说，别的事情我不敢说，但是我爹的事情，我觉得无法解释，所以我的心里一直不得安宁，所以我想问问你，你是不是明白这种现象是怎么回事。我说我不明白。小扁头叹口气，说，你不是不明白，你根本是不相信我说的。我说我完全相信你说的，你是一个派出所所长。小扁头嘴一咧，说，派出所所长也没有本事捉鬼呀！我想那倒是的，如果这人世间真的有灵魂在游荡，派出所所长也是无能为力的。想到这里我浑身突然有些发凉的感觉，我看看四周，看看小店外边，太阳还是明晃晃光灿灿的，但我的感觉上好像天很灰暗，我想我的感觉是不是出了些问题。我努力地镇定自己，我对自己说你怕什么，派出所所长在这里，这四乡里不要说坏人，即使是鬼魂也会买他几分面子的。我镇定下来对小扁头说，我听人说，附体鬼魂不会离得太远。你们有没有探访一下四乡里冤死的人？小扁头说，怎么没有？我到处打探过了，没有这么一个人呀。我说你能肯定不是我们村上的人？小扁头说，我虽然对自己村上的人不是了如指掌，但是谁是什么样子，说话的口气和声调总是知道的。我摇了摇头，我说我知道你从初中起就到外面去了，高中毕业又直接去当了兵，是不是有一个阶段你对村里的人几乎都叫不出名字来了？小扁头承认是有这样一个阶段，但是，小扁头说，但是我当兵回来以后，我很快就熟悉他们了，我做了派出所所长以后，对四乡的人真可以说是了如指掌了。不是吹牛。我说，那是，小扁头你也不是个喜欢吹的人。小扁头突然有些腼腆起来。

　　小扁头慢慢地把酒喝完了，我们起身走开。我问小扁头，你不付钱，他也不向你要钱，你们常常在外面吃白食呀？小扁头说，那哪能，让他们记账的，半年结一次。我笑笑，我想小扁头会去结账的。

　　我们一起回到乡派出所，一个比小扁头更年轻的小民警看到小扁头回来，如释重负地长叹一声。小扁头说，又出什么事了？小民警告诉小扁头，前岗村陈皮家的新媳妇自杀。我正在看派出所墙上贴的告示，听到这话，我不由得"呀"了一声，回头看小扁头，小扁头不动声色地点点头。我心里想，小扁头真有点成熟起来了。小扁头坐下来，先点了一根烟，然后他不急不忙地对小民警说，坐下，说说，怎么回事？小民警说，就是那回事，陈皮家的新媳妇，自杀。小扁头说，没有死得了？民警说，是，没有死得了，救过来了，发现得早。我很奇怪小扁头怎么知道没有死得了，也许他能从小民警的脸上看出别人的生与死。小扁头说，是谁先发现的？小民警说，是柏子先发现的。小扁头又点头，小民警主动说，还有就是自杀的原因，也查了，是为了井底的那个人，新媳妇害怕，就去死。小扁头说，胆子小。小民警说，是，女人胆子小。小扁头看看小民警，说，就这些？小民警想了想，说，是，就这些了，别的好像没有什么了。小扁头说，你再想想，小民警很认真地想了一会儿，说，还有，自杀方式，是上吊。小扁头点头说，是上吊。女人总是上吊，要不就是喝药。

　　我在一边听着他们无动于衷的谈话，我想他们一定是习以为常了，尽管他们都很年轻。也许这和年轻无关。

　　小扁头又向小民警提了一个问题，他说，你说说，这事情应该怎么看？小民警说，就是井底的那个人，如果不尽快查出来，对陈皮家，对前岗村都不大好。我想小民警年纪虽然很轻，头脑却不简单，我不能不对小扁头以及他的年轻的部下刮目相看。

三

小扁头站起来，伸展了一下手臂，他说，我到前岗村去一趟。

我们到达前岗村的时候，天已经黑了，村子四周阴森森的。我们直奔陈皮家去，阿七正在大堂上做事情，看到我和小扁头，阿七没有什么表示，也许家里连续出事情，已经把她弄得没有兴致了，她懒得再招呼张三李四。小扁头叫了她一声婶婶，问道，你们家新媳妇呢？阿七说，回娘家去了，嫌我们家不好。小扁头说，这也是可以理解的，出了这样的事情，一般的人心里都会有些想法的，等我们破了案子就好了。你能说说新媳妇自杀的事情吗？阿七说，说什么呀，又不是什么光彩的事情，说出来丢人现眼呀。小扁头回头对我说，我们看看柏子去。我们一起穿过大堂朝后面去，看到柏子在屋里打麻将。柏子看见我们进去，笑了一下，说，来啦？小扁头说，你说说你家新媳妇的事情吧。柏子很配合，柏子说，我先感觉到不对的，我就朝屋里看了一眼。小扁头说，你怎么感觉到不对的？柏子想了想，说，我也说不准，只是有一种不定心的感觉，我记得当初我的腿出事之前我也是心神不定得很，后来就出事情了。小扁头回头朝我看看，说，这叫作预感是不是？我点点头，说大概是吧。柏子接着说，我有了这样一种感觉，我就对陈皮说，让他注意着点新媳妇。可是，陈皮不放在心上，我就自己注意了，就是这样。

　　小扁头想了想，说，这和井底的人没有关系。但是，他停顿了一下，又说，但是也很难说。小扁头自言自语地说了几句话，然后他说他要回家去一趟，已经有好多天不回家了，他要去看看母亲，自从父亲死了，母亲很孤独。

　　我就留在陈皮家里，我继续看柏子打麻将。柏子朝我看看，他又笑了一下，他说你还没有走，你是不是等井底的案子破了再走？我想大概是这样的吧，所以我点了点头。柏子说，你错了，你等不到，小扁头破不了这个案子。我问为什么，同时又感觉到有一股凉意逼来，我判断了一下，那凉意是从柏子的眼睛里发出来的。可是还没有等我避开柏子的眼睛，我就听到柏子的声音，柏子说，井底那个人就是我。我并没有很惊慌，屋里还有许多人，他们都没有被柏子的话所激动，他们仍然心平气和地打麻将。我说柏子你真是的，你怎么会说出这样的话？柏子说，我知道你不会相信，你一定不会相信我已死了。柏子说话的时候神情非常严肃，这使我想起从前的那个腼腆的柏子。我想，从某种意义上说，也许柏子的话是有些道理的，柏子也许觉得他现在这个样子，生不如死吧，我想我是不是应该劝劝柏子？但是我看柏子的神情并不是那样灰心绝望，所以我觉得我还是不开口的好。我回顾了一下下乡来的情况，我觉得现在乡下的许多事情我已经不能明白。

　　我从柏子那边走出来，我找了一下陈皮，陈皮在自己屋里看一本武打书，我进去的时候，陈皮放下书看看我，没有说什么话，然后他重新拿起书来看。我以为陈皮会问一问我关于井底的人的事情，可是陈皮并没有提这件事情，我觉得这不合情理。陈皮的新媳妇就是为了这事情回娘家去的，陈皮怎么会不闻不问呢？我忍不住说，陈皮你难道不想听听关于井底的事情？陈皮抬起眼皮看了我一下，说听听也好，不听也无妨，是不是查出来了？

我说没有，我又补充说，大概没有。我之所以作这样的补充，是因为我觉得小扁头那个人是不可等闲视之的，看上去他现在和我一样，对井底的案子无从着落，但谁知道呢，也许他心里已经明白了什么也是可能的，所以我作了一个补充。我只能说到目前为止，我自己对这件事情还是一无所知，我不能代表小扁头。陈皮说，很难找的。到哪里去找呀？叫我是不能吃小扁头那碗饭的。我说这碗饭是不好吃，不过也许小扁头天生适宜做这个工作，我说我看小扁头很精明很有心计。陈皮笑了一下，说，那是，你的眼光总不会错。我听不出陈皮这是在调侃还是说的正经话。我说陈皮你也太没心肝了，你新媳妇回娘家去了，你倒在家里看武打书，好快活呀。陈皮说，我有什么办法？她要回家，也只好让她回去，我又不知道井底里会有一个人，我又不知道井底的人是谁，我又查不出井底的人是谁。我有什么办法？再说了，井底的人又和我有什么关系？你说我不看书又干什么呢？我想陈皮他确实是没有办法的，我退了出来，临出门时我对陈皮说，既然你能看武打书，你就看下去吧，这很好。陈皮说是的。

我又走进婆婆的房间，婆婆已经睡下。听到开门声，婆婆就知道是我。婆婆说，你来了，坐。我在婆婆床前坐下，我说婆婆我真是想不到我这一趟乡下之行，会碰到这样的事情，现在我心里很不安宁。其实这事情和我一点关系也没有是不是？婆婆没有马上回答我的话，就意味着婆婆认为我和井底的人是有关系的，一想到这一点我就从心里往外冒凉气。我不敢看婆婆的脸，婆婆的脸已经很老很老，老得简直就不像一个活人。后来婆婆说话了，她说，你还记得陈皮有一个弟弟吗？我说我记得。陈皮的弟弟比陈皮小两岁，我在村子里的时候他有两三岁的样子。那一年的冬天我们都没有下地劳动，我们在场上晒太阳，陈皮的弟弟就是那时候失踪的，真是一眨眼的时间，陈皮的弟弟就不见了，我一眼看到那口井，我说，会不会——我说话的时候，其实已经说不出话来了，我只是用手指着井。我们奔到井边一看，水面上漂浮着一顶小帽子，就是陈皮的弟弟戴的那顶帽子。于是在阿七的哭声中，大家赶紧往水里打捞陈皮的弟弟，最后一直把井里的水抽干了，也没有见到井里有一个小孩子。于是大家说，谁说是掉下井了，根本没有。我很惶然，我不知道是不是我先说出来的，但是我当时确实是感觉到陈皮的弟弟掉下井了。

　　但是井下并没有陈皮的弟弟。

　　但是陈皮的弟弟从此没有再出现。

　　我回想起这些往事，我觉得它们就像在眼前一样。我问婆婆，我说婆婆你说起陈皮的弟弟，你是不是觉得井底的人和陈皮的弟弟有关系呢？婆婆又沉默了一会儿，后来她说，是的，我知道这个人就是陈皮的弟弟。婆婆的话让我起了一身的鸡皮疙瘩，我愈发不敢看婆婆的脸。我说不可能的，婆婆你糊涂了。井底下的人是一个大人，那一双脚，穿四十码的鞋。其实我在紧张之中完全忘记了另一个更重要的事实，那就是二十年前掉下去的人，恐怕早已经烂得连骨头都消失了。婆婆轻轻地叹息一声，她说，你错了，脚还是陈皮弟弟的脚，只是长大了罢。你想想，二十年，这脚能不长吗？我不能回答婆婆的话，我想婆婆她太老太老了，她也许已经进入了另外的一种思维状态，她的思维已经不是一般的人能够理解能够明白能够接受的，但是当我走出婆婆的房间时，我突然觉得婆婆的思想也不是完全没有道理。我再次走回大堂，我看到阿七仍然在大堂里忙着，我正在想是不是要把婆婆跟我说的话告诉阿七，关于陈皮弟弟和井底这个人的事情。突然小扁头进来了。我看出小扁头有事情，我说，小扁头，你今天是不是回乡里去？小扁头说是。他接着问我是跟他一起回去，还是留在前岗村。我想了一想，我觉得我要跟着小扁头走。我把陈皮家的人一一回想过来，我很害怕，从前和我那么亲近的人，现在我居然害怕他们，我不明白这是怎么回事。我想到柏子空空荡荡的裤管，又想到陈皮无可奈何的神情，再想到婆婆关于陈皮弟弟在井里长大的话，我越想越觉得不是回事情。我曾经很熟悉很热爱的人，他们怎么会变成这样？我对小扁头说，我跟你回乡里去。

我跟阿七辞别的时候，阿七突然显得很沉重，她把我拉到一边，说，我总觉得，是公公。我吓了一跳。是公公，怎么会是公公？我说阿七你怎么了，你以为井下的人是公公？阿七摇了摇头，过一会儿她又点点头。我说阿七你不要搞错了，公公明明是病死的，病死的人是不会作祟的，你是知道的。阿七说，我不知道。小扁头拉了我一把，说，走吧，不早了。我们一起出来。我说，小扁头，陈皮这一家人是怎么了？小扁头没有回答我。我又说，阿七她是怎么了？小扁头说，她大概觉得有点愧对公公，公公在世的时候，她对公公很凶。

我们在夜里一起往乡里走。乡下的夜路常常能让人联想到一些故事和一些往事，四周的寂静使我能够听见自己的心跳。我终于忍不住对小扁头说，说点什么吧，说说你们破案的事也好，太没有声音了。小扁头说，我早就想说了。我告诉你，井底的那个人就是附在我爹身上的那个人。我侧过脸来看小扁头，清冷的月光照在他的脸上，脸上发出一片青光。我心里抖了一下。我说你开什么玩笑？小扁头说，我不开玩笑，我是有责任的，我要破案子的，我的工作就是破案子，我不能不破案子。我怎么会拿我的工作开玩笑？我回去问了我娘，我娘说我爹临死前曾经说过我倒插在下面闷死了这样的话。我说，于是你就相信了？小扁头说，我不能相信，但是我又不敢不相信。我说小扁头你这话可不能对人乱说，如果大家知道你爹临死前附体的就是井里这个人，大家会以为是你爹害了他的。你难道不明白？小扁头说，我怎么不明白，我当然明白。

我想了半天，我说，无论如何，这事情无人作证。

小扁头说，是的，无人作证。

我说，不可能破一个没有证人没有证据的案子。

小扁头说，是的。

我说，那你还说什么废话？什么你爹临死附体，什么什么，不都是废话？

小扁头说，是废话，我当然不可能凭这个就去破案，但是我不能不想起这事情。

我想，小扁头说的是真话。

小扁头不再说话，我也不说话，我们听着自己的脚步声和自己的心跳往前走，我慢慢地把下乡来遇到的事情理了一理，我觉得越理越乱，一点头绪也没有。从那天走进陈皮家的喜酒席到现在，好像发生了许多事情，但是这些事情之间到底有些什么样的联系，我却不知道。一切都是杂乱无章，一切都是迷迷糊糊，就像我明明看到太阳明晃晃光灿灿地挂在天上，但是我的感觉却四处灰蒙蒙的。我突然想到，这一切像是在梦中呀，我是不是在做梦呢。

我一时还无法确定自己是醒着还是睡着。

我从来没有做过这么长这么复杂的梦。

我跟着小扁头到了乡里，天已经很晚。我到乡里招待所找了一个床铺，晚上我躺在招待所的床上久久不能入睡，我失眠的时候从来不数123456，我就想一些稀奇古怪的事情，这一个晚上我老是想着井底的那一双人脚。天亮的时候，小扁头来敲我的门。我说这么早什么事情？小扁头说，有眉目了。我一听连忙起来，跟着小扁头到乡派出所去。原来乡派出所接到一份外地拍来的电报，说是看到乡派出所发出去的认领无名尸的告示，很像他们那边的一个人，已经派人前往认领。根据电报时间看，赶来认领的人今天就能到了。我们在派出所等候他们。到了上午十点钟，果然来了人，一老一少，自我介绍是那边的乡派出所的，和小扁头同行。于是小扁头坐下来详细向他们介绍了井底那个人的特征。介绍完了，那两个人互相看了一眼，年老的站起来握着小扁头的手说，谢谢。小扁头和我都有一种如释重负的解脱感。小扁头说，是他？那两个人同时说，是他。

接下来就是办一些必要的手续，这和我无关，当然，说到底这整个的事件也与我无关。

我看着小扁头向他们一一交代情况，我突然想起一件事。我说：他的家属怎么不来？家属不来，你们能肯定吗？他们俩朝我看看，好像有点嫌我多嘴的意思。年少的一个说，我们能代表他的家属，他的情况我们都很熟。我说，那就好。

　　小扁头办好手续，安顿远方的同行休息吃饭。空闲间他对我说，你很不满意这样的结局是吧？

　　我被小扁头的话说得愣了一下。我为什么不满意这样的结局？我有什么理由不满意这样的结局？

　　我说，结局是一种自然现象。

　　小扁头一笑，说，但是你心里确实有些失望，是不是？

　　我失望吗？我努力地理一理自己的心绪，我不知道我是不是失望，我只是觉得这样的结局太出人意料，不是奇异得出人意料，而是平淡得出人意料。我最后说了一句，你真的相信他们的认领？

　　小扁头又笑了一下，我觉得这笑大有含义在里面。

　　我觉得我没有理由再待下去了，我在一个晚上坐上车子往回去。我下乡的时候也是找了一个夜晚，我回家仍然是晚上，我不明白这是为什么。我上车的时候看到了远方乡下派出所的两个人，他们空着手坐在车上。我说你们也走？他们说是的。我又说，事情办好了吧，这一趟很有收获吧？他们摇头说，没有办好。你们的派出所所长太精，他看出我们是假的。我听了他们的话大吃一惊，我说，假的？谁是假的？你们是假的？你们不是派出所的？他们笑了，说我们是派出所的，但是我们来认领尸体是假的，在你们的井底下的人不是我们要的那个人。我看看他们的笑意，我说，你们来之前就知道不是他？他们说是的，我们来之前就知道不是他。我说，你们是存心来冒领的？他们说是的，我们存心来冒领。我说这真是闻所未闻的，冒领尸体做什么，做肥料呀？他们说，我们也是被案子逼得没有办法，你知道我们的工作每年都有指标的，破案率低了就是不行，我们现在手里有好几个失踪案破不了，上面盯着，下面逼着，家属把我们骂死了。有什么办法？说出来不怕你笑话，看到哪里有尸体，我们的眼睛都发亮，能认一个算一个。

我被他们的坦率所感动，我说，有这样的事情？

他们很正经地说，有。

我说，那这一次你们白跑了。

他们说，白跑这是常有的事情。其实我们这办法还是很管用的，我们跑过好几个地方都办成了，只是在你们这里碰上那小所长太精明，栽在他的手里，很丢脸。

我说，他是怎么看出你们来的？

他们说，他向我们要证据，人证物证。我们哪有人证物证？要是有了人证物证我们也不会千里迢迢跑来冒领了。要是有了人证物证，我们不会自己破案呀？我们也不是吃干饭的呀。

我说那是，吃你们这碗饭的，都是角色。

他们对我这句话很有好感，从神态上看对我更亲近了些。他们压低嗓音告诉我一个秘密，他们说，其实也就是你们这个小所长顶真。其实，你去问问他自己，破一个无人作证的案子，这也算不了什么。

我说，这怎么行，法律强调的就是证据。无人作证，怎么破案？

他们笑起来，说，你这是外行话了，你想想世界上有那么多的事情，哪能全都有人来证明呀，谁证明谁呀。

我听了他们的话，我说，你们不像是民警，倒像两个哲学家。

他们很谦虚但是也很开心得意地笑，说，哪里哪里。

我想，这下苦了小扁头，他还要继续寻找证人证据，他还要继续为他爹被附体的奇怪现象心神不宁。

车子进城的时候，天已亮了。果然城里的天气不如乡下的天气好，一切都是灰沉沉的。我回到自己的家，只有保姆老太在家，她看到我回来，很高兴，她给我说了一大堆我不在家时家里发生的事情，当然家里也没有发生什么大事，不过是些鸡毛蒜皮的小事情，但是对保姆老太来说，鸡毛蒜皮的小事情她是最感兴趣的。听着她滔滔不绝地说话，我突然插了一句，我说，阿姨你们乡下那地方有没有附体的事情？保姆老太听了我的问话，她两眼发亮，神情激动，她说，附体呀，附体有的呀，附体的事情可多呢，我告诉你……于是她给我讲了许多附体的事情，我听了她的故事，我说我也给你讲一个，我就把陈皮家门前井里的人讲出来。保姆老太洞察一切地笑了一下，我问她笑什么，她又意味深长地笑了一下，我再问她笑什么，她说，这种事情，我们都明白，不过你是不能明白的。我问为什么我不能明白，她笑着摇了摇头。

　　到了开春的日子，我总觉得心里有一股东西在涌动，不知是不是要发生什么事情。有一天晚上我正坐在家里苦思冥想，儿子在看动画片，丈夫和客人谈天说地，保姆老太在洗脚，忽然听得有人敲门，开了门一看，却是陈皮和他的新媳妇站在门口。我很激动，连忙把他们请进来。我说，真是想不到，真是想不到。你们怎么来了？陈皮笑笑，他的笑让我想起年轻时的柏子，那时候柏子也是这样笑的。我看新媳妇站在陈皮的身后，我说新媳妇你到这边坐。陈皮看了我一眼，又看看他的新媳妇，说，你一眼就能看出来她是新媳妇？我一时没有明白陈皮的话，我想了一想，正要说什么，陈皮却先说了，他说，我娘让我们来看看你，好多年不见了。今年春节我结婚本来想请你来的，可是怕你们忙，就没有请。现在我来补送喜糖。我笑起来，我说什么呀陈皮，你开什么玩笑？你的喜酒我也喝到了，还补什么喜糖呀。陈皮回头看看新媳妇，犹豫了一会儿，说，果然我娘知道你要说说气话的，我娘让我向你赔不是。我娘说我从小是你看着长大起来的，我结婚本来是应该请你的。我说陈皮你不要再说了，你结婚是请了我的，我也是去了的。你怎么会不记得了呢？这真是奇怪。我想要是说出井底人脚的事情，他一定能想起来，但是我又怕重提这事情让新媳妇不高兴，我忍住了没有说，可是我不说这话，陈皮的话却越来越叫我摸不着头脑。陈皮说，我娘问你什么时候回乡下去看看。他说现在我们都是新房子，很好住的，不像从前那样子了。陈皮又说我娘说你走的时候说好了要回去看看的，谁想到一走就是二十年，再也不回头。陈皮代表他的母亲向我表示了亲切的不满，我看到陈皮的新媳妇在一边抿着嘴笑。我说陈皮你一定是搞错了，我说一件事情你就知道你结婚的时候我是在场的。随即我说了井底的人脚。陈皮和他的新媳妇愣愣地看着我，什么井底的人脚，你说什么呀？我说在你结婚那一天，井里的水用干了，井底露出一双人脚。你忘记了？陈皮说，哪有这事情？后来陈皮想了半天，他笑起来，说，是有井底的人脚这事情，不过不是在我们那里，是在一个别的地方，也是结婚的时候发现的。你一定是听谁说了误以为是在我家里发生的了，是不是？陈皮的新媳妇在一边笑。我说，怎么会？我没有糊涂到这个地步，我确实是参加了你的婚礼，我确实是看到你家门前水井里的一双人脚。我说了这话以后，陈皮和他的新媳妇不再笑了，他们先是很关切地看着我，看着看着，就看出些害怕的意思来。我说你们想起来了吧，我后来和小扁头一起查这件事情，你不相信你可以去问小扁头。你们想起来了吧？陈皮看着我，说，你说什么，你和小扁头一起查这案子？我

266 / 动 土

说是。陈皮的新媳妇脸色突然变得很苍白。陈皮说，你让我去问小扁头？我到哪里去问小扁头？小扁头在去年夏天就死了，你怎么会在冬天和他一起去破案？我说小扁头怎么会死呢？陈皮说，小扁头是抓罪犯的时候牺牲的，乡里县里都开过追悼会。我被陈皮的话说得浑身起了一层鸡皮疙瘩，我把儿子从电视机前叫过来，我说，你说说，冬天的时候，妈妈到哪里去过？儿子想了一下，说，冬天的时候，妈妈到哈尔滨看冰灯。儿子说完又去看他的电视。我又把丈夫叫过来，我说，你说说，我冬天的时候是不是下乡去了？丈夫狡猾地一笑，说你是出门去了，但是谁知道你到哪里去了呢。我很气愤，我说，那我从乡下回来以后我有没有跟你们说起乡下发生的事情？井底有一双人脚的事情你听说过没有？丈夫仍然狡猾地一笑，说：井底人脚的事情是听你说过的，但是，他把"但是"两字拖得很长，他说，但是你是个写小说的人，谁知道你说的是生活中的真实事件，还是你写小说的时候胡乱编出来的呢。

我说不出话来。

我回头看到保姆老太洗好了脚走过来，我想我还可以请保姆老太为我作证，但是我一看到她光着的脚和卷起的裤管，就想，算了，作什么证，无人作证，这也很好。

电视里，巨大的惊破天和巨大的擎天柱正在地球小孩丹尼尔的幻想中进行殊死的搏斗，我儿子在电视机前激动得跳来跳去，他很担心擎天柱会输，但是我听到他说，擎天柱不会输，丹尼尔想让谁赢谁就能赢。

银桂树下

一

　　中秋前几天，天气回热，眼看着桂花就开起来了。满枝上淡黄颜色的小花，繁繁密密，不光殷家小天井里浓香四溢，满巷子都喷喷香的。殷桂芳门上，愈加热闹，街坊邻居，讨把桂花泡茶蒸糕，讨根桂枝插在花瓶里，香香房间。殷桂芳爽气人，一向大方，有求必应。

　　近两年，郊区花农的茶花作场，报纸上登广告，大街上贴告示，辣豁豁的高价收购桂花，熏出来的茉莉花茶，玳玳花茶，出口赚外汇。邻居里有人看见广告，也来告诉殷桂芳，不过殷桂芳从来不卖桂花。倘若有鼻头尖的承包户闻了味道，寻到门上来，苦苦哀求，只要桂芳不在家，屋里其他人多少总要勒一点下来给人家。桂芳回来难免埋怨几句。殷桂芳一张嘴能说会道，喉咙生生脆，私房话从来不瞒街坊邻居，殷家大大小小事体，弄堂里的人全晓得。街坊里讲起闲话来，总是说殷桂芳屋里发落了，交好运了。上了点年纪的相邻，说起桂芳小时候，捡甘蔗头吃，还帮殷阿爹捡香烟屁股。人穷志短，肚皮贴背心的日脚，三只手照样有人做。现在殷家钞票天上掉下来、地上长出来也不稀奇了。真正是"穷穷穷，只得由我穿；富富富，只得看她富"。

　　每年桂花开了，屋里就开始张忙，帮殷阿爹做寿。难得有几年，天气反常，桂花开得晚，到八月半还闻不到桂花香，殷阿爹心里不快活，这一年的中秋必定不热闹。其实殷阿爹是阳历八月十六的生日。日脚难过的年头，没有条件做寿，八月半一人吃只把月饼，称两斤水红菱剥剥，就算团圆过节。到后来日脚好过了一点，小辈里要帮阿爹做寿，八月半吃团圆，八月十六吃寿面，老阿爹不肯，觉得太张浪，索性并起来。反正这地方做寿相信提前，不相信拖后。测字韩先生测起字来活龙活现，"前"字如何吉利，宜前不宜后。年份长了，殷阿爹自己也弄得糊里糊涂，只当是自己原本就是八月十五的生日。

　　殷家在本地没有什么亲戚。殷阿爹原本不是本地人，苏北盐滩头上的。遭了灾，卖了两间茅棚，携带了新结婚的女人逃过来。男人租一辆黄包车，女人撑一只烧山芋的炉子，小夫妻一搭一档做起人家来。只是不见女人肚皮大起来，也不晓得是男人的毛病，还是女人的毛病。不养小人开支少，小积小存，倒也蓄起一笔钱来，请韩先生在弄堂里拣了一块地皮，造起两间瓦房来。不过多日，隔壁又有人弄起一间房间，衙门里一个做官的，把自己乡下老娘安顿进来，几个月也难得来看一次。大概总是讨了洋女人了。殷家小夫妻正是嫌冷清，来了个邻居，虽说是老太婆，总比没有人好，过去热络热络，想攀个干亲，不晓得这个老太婆偏是个不入调的怪人，生了个做官的儿子，张狂得不得了，牛皮吹得豁边，把殷家这种小老百姓根本不放在眼里，弄得殷家小夫妻亲戚攀不成，倒落个攀龙附凤、巴结拍马屁的名声。新中国成立后，老太婆的儿子再也看不见，不晓得逃到美国还是逃到台湾。不过看上去一个芝麻绿豆官，也不见得有资格跟蒋老头子出去，想起来不是被镇压便是吃了官司，老太婆照理是神气不出来了，街道里开会，总归把她叫去训，养得出国民党儿子的人，必定不是好东西。老太婆亏得乡下还有个女儿，一个月寄个三块五块，自己再寻点零活做做，勉强填个肚皮。弄到这种地步，还翲头甩耳朵，自以为不得了。街道干部把老太婆比作屎坑里的砖头又臭又硬，用来提醒大家要提高阶级觉悟。1958年热天，老太婆死在屋里几天也没有人晓得，殷桂芳在天井里做作业，闻到气味，告诉大人，进去看看，人已经烂了。房间虽说消过毒，不过几年一直没有人来住。那时候房子也不像现在这样紧张。

殷阿爹始终没有在本地攀成什么亲，不过到做寿那一日，小天井里两张圆台总是坐得实实足足，没有亲戚有邻居。邻居轧得好，胜过自家亲。这条弄堂离殷桂芳做的那爿厂不远。巷子里倒也有小一半的人家和殷桂芳同厂。邻居加同事，愈发热络。殷桂芳是厉害嘴，人倒实在是热心热肺热肚肠的人，在街坊里的威信比居委会干部还要高。人家有了事体，不寻居委会，先上殷桂芳的门，殷桂芳断事体也像公家娘舅一样摆得平。

客人的名单是殷桂芳开的，寿面有几等几样的吃法，客人有几等几样的请法，只要殷桂芳出来排定，总不会弄出意见来。真正是悬空八只脚，只有点个头的交情的，殷桂芳也要叫女儿端一碗寿面送上门去，哪怕一碗阳春面。人家倒不是贪一碗面吃，总算是被看得起，心里适意。

场面大，抬势足，光光生面也要买上几十斤。天井里圆台上的两桌人，全是要吃炒头的。这几年大家有了点钱，讲究吃。早几年老人弄点绍兴老窖，年纪轻点的弄点粮食白酒，就吃得乐开嘴了。现在酒也升级，白酒要洋河、茅台，小青年要啤酒，几岁的小人还要汽酒、鲜橘水。

酒席上的冷盘热炒，甜菜咸汤，各式点心，全是殷桂芳手里出来的。摆出来色香味齐全，不比馆子店里配的差。桂芳男人老潘和两个小人只配做做下手，火头军。殷阿爹自然是做老太爷，等吃。

殷桂芳掌铲，从来不看什么烹调书。什么该清淡，什么该重糖，什么八成熟，什么十分酥，什么宜冷吃，什么乘热炒，心里自有一张谱，再疙瘩的吃客也挑不出毛病。

酒桌上的吃客，大都是屋里的一家之主，菜吃得有滋味，酒喝得晕乎乎，看见殷桂芳在人堆里忙来忙去、穿来穿去，做总指挥，手脚利索，动作优美；比比自己女人，要么毛手毛脚，上不了台面，要么木痴木呆，慢手慢脚，要么像生了吃食懒黄病，不肯动不肯做，怎么比得上人家殷桂芳。腰身也比殷桂芳粗，面孔也比殷桂芳黑，一样的头型，就是不及殷桂芳有派头，一样的衣裳，就是不如殷桂芳有风度。男人吃了寿酒回去，借了几分酒气，对自己女人指手画脚：你看看人家殷桂芳，人家的本事，你一辈子学得到？女人马上打翻醋罐头，倒不是怕自己男人同殷桂芳怎样怎样，凭良心讲，大家晓得，殷桂芳虽然泼辣能干，人倒是规矩的。比老伴小八岁，人也比老伴有样子，这些年下来，男女方面的事体是从来没有的。不过女人家总归气量小，听见自己男人讲别的女人好，十个有十个不开心，要发火的。

男人不敢再发酒疯，不敢再提到殷桂芳，只是肚皮里忌妒老潘，唉唉，挑他老潘好福气，老潘是痴人有痴福，老潘……

街坊邻居里"老潘老潘"叫顺了口，老潘的名字倒忘记了。好像老潘原先没有名字，也用不着有名字。早几年大家叫他小潘，现在大家叫他老潘。叫他"桂芳男人"他也答应，叫他"桂芳屋里人"他也答应。有时邮递员来送汇条挂号信，叫潘福生敲图章，大家听了全要呆一呆。

老潘在屋里没有花头，儿子女儿样样事体寻做娘的，不把他放在眼里，人家只以为是老潘招女婿的缘故。其实，城里人招女婿和乡下人招女婿不一样的，乡下人的招女婿，是要比别人矮一挫的；城里的招女婿只要自己吃硬，不会吃瘪。老潘在屋里所以像个小媳妇，不好怪殷家人凶，只怪他自己天生一副糯性子，黏起来比女人还要黏，做事手脚慢，讲话声音轻，脾气韧得像拉面，揉他长就长，揉他短就短，揉他方就方，揉他圆就圆。浑身没有一点男子汉的味道，同殷桂芳正好相反。

自然，老潘也有老潘的好处，心肠软，良心好，又是天生的喜欢不出头露面，从来不招惹是非。殷家的太平世界，他也有一份功劳。再说，殷家的户口簿、粮油卡、煤球证上，户主的名字，全是老潘，这是不可以随便更改的。

　　不要看老潘在屋里无声无息，人家是的的刮刮的正规大学生，牌子金光铁硬，因为是高才生，毕业鉴定上全是写的好好好，当时的人事部门最喜欢这种出身好的老实人，把他分配到市政府一个局里当干部。老潘老家在乡下，城里没有人，集体宿舍又轧不进，单位帮他同房管所联系，房管所总算想起这条弄堂里还有一间无人居住的房间，已经空了一年多，就分给老潘。说起来年纪轻轻的小伙子，又是大学生，不信迷信信科学，分给他住最合适。老潘刚来住的时候，殷家的小天井还没有围起来，他只记得，几样简单的行李搬过来，闻到一阵桂花香，不少小人围了那棵桂花树打桂花。老潘虽是大学生，又是机关干部，一点没有架子，不摆派头，不几天就同邻居殷家熟悉了，来来去去像一家人，后来索性真的变成了一家人。

　　现在回想起来，老潘这个大学生是有点冤的，读的书，二十几年也没有派过什么用场。"文化大革命"开始，老潘不做官，算不上走资派，挨不到批斗，大字报是吃过几张的，讲他是资产阶级孝子贤孙，是走资派的马屁精，还有什么吸血鬼，拿国家工资白吃饭。斗虽没有斗，工资上扣了他，该加的不加，该发的少发。老潘人老实，又胆小，不敢去问明白、讲清爽。到1980年，拨乱反正，单位领导刚刚发现老潘这样一个五十年代的大学生，工作了二十几年，工资只有四十几块，当然也是"文革"的毒害，属于冤假错案，马上纠正错误，落实政策，该加的加足，少发的补发，老潘带了图章到银行去领钱，摸到那么一沓，手都发抖了。

　　当时老潘夫妻两个工资不高，老阿爹年纪大了，踏三轮车只好赚几个算几个，拼不起老命了。两个小人要供他们读书，多少年下来，殷桂芳一家门都是勒紧裤带抠了钞票过苦日脚的。这笔钞票给殷家带来好福气。时来运转，先是待业的女儿有了工作，第二年儿子高中毕业考上大学，殷桂芳厂里又提拔她做了财务科副科长。弄堂里殷桂芳家最先添置了双缸洗衣机、双门电冰箱、彩色电视机。殷桂芳有了高档东西，照旧很大方，街坊里要看彩电就来看，有时要寄一点生鱼生肉在冰箱里，殷桂芳总是关照屋里人不要推托。隔壁相邻眼热虽眼热，错头倒是扳不到的，再加上殷桂芳一家和和气气，屋里从来不听见相骂声，儿子女儿走出来也像模像样，懂规矩。

居民委员会的干部最希望弄堂里多一点殷桂芳这样的人家，他们做起工作来也好做。居委会坐下来开会：评五好家庭，殷桂芳；选卫生先进，殷桂芳；推什么代表，殷桂芳。大家服服帖帖，没有啰唆。

弄堂里的人，眼看了殷桂芳屋里一年比一年发落，一年比一年福气，想来想去，以为是殷家房子风水好，殷家天井里一棵桂花树生得好。不少人讲，看今年的势头，老阿爹做寿，场面不晓得要怎样铺张呢。

殷阿爹今年不是大寿，满六十六岁。讲起来，六十六是不讨巧口的，双六——双落。不过除了殷阿爹自己心里有点嘀咕，其他人根本是想不到的。

桂花开的前几天，殷阿爹一个人在天井里，耳朵里老是听见女儿房里有人声音，开了门看看，什么也没有，出来过一歇，又听见响。老爹越听越像当年那个孤老太婆的拖鞋声，"踢拖""踢拖"。那是一双绣了花的黑面布拖鞋，殷阿爹一世也不会忘记的。老头子一个人在家，汗毛凛凛，怕起来。

孤老太婆死后，这间房间自然充公，由房管所管理，后来分给老潘，到老潘同殷桂芳确定要结婚，买房子是买不起的，到房管所去申请，想在三间屋外面加个围墙，房管所倒也不为难，同意了。一个围墙里三间房间，两间私房，一间公房，倒也少见。新房到底放在哪一间，一家门商量过几次。孤老太婆的一间，在最东面，而且质量毕竟好得多，又是地板房，窗户开得敞。殷阿爹的两间私房，砖头地，潮气大，做新房不爽气，最后新房还是做在东面。反正老太婆死的时间也长了，不讲起来谁也不会再去想她的。殷桂芳结婚二十几年，住那间房，一直蛮太平。殷阿爹本来是不应该把听见人声的事体讲出来吓人的，可是想想实在熬不牢，告诉了女儿。殷桂芳倒是一点也不怕，不相信，笑得捂了肚皮，叫老爹出去散散心，一个人关在屋里，要闷出忧郁毛病来的。殷阿爹还是疑神疑鬼，总像是一种不好的兆头，半夜里爬起来，烧了几张黄草纸，才算稍微定了心。

八月十四早上，老潘推了自行车去采购办酒做寿的小菜。殷阿爹早上起来就急乎乎，客人名单要排，台面凳子要去借，这种事体一定要桂芳出面，老潘去弄总归弄不好的。可是一大清早，桂芳已经上班去了，殷阿爹一肚皮不开心，幸亏老潘晓得桂芳厂里这阶段忙，厂里有大事体，特为提早请了一天假，先做起准备工作来。

二

长远不做夜班了，这两个夜班做下来，只觉得浑身软绵绵，脚膀发酸，眼皮撑不开。厂里回家，总共一刻钟的路，疲疲沓沓拖了半个多钟头。

弄堂口碰到小华，勾了男朋友的臂膀，文文看看，又是张陌生面孔，也不晓得算是第几个了。小华屋里的大人倒都是规规矩矩的。

小华看见文文，不放开男朋友的手，对文文笑笑："文文，你家天井里桂花开了，等歇我来讨几枝香香，啊？"

文文吸吸鼻子，懒洋洋地说："你来拿好了。"

小华开开心心应一声，同男朋友荡马路去了。大概袋袋里又有了几个钞票，又是什么西裤中裤、春装秋衫。

文文已经闻到桂花香了，今年的桂花特别兴，香到马路上来了。文文不欢喜闻桂花香，闻了就要头痛。大家弄不明白什么道理。人家小姑娘看见桂花香了，偷也要偷几枝插在床头上。有一趟看毛病，顺带问问医生，医生说有种人闻了花香要过敏，发风疹块，问文文身上痒不痒，有没有红点点红块块。文文身上偏偏从来不痒，从小外婆带大，弄得清清爽爽，疖子痱子也不生一粒，皮肤清清白白。弄得医生也讲不出个名堂来。至于文文不欢喜闻桂花香，一闻就头痛，只是令大家感到奇怪，也不是什么毛病，没有办法看，也用不着看。反正头痛归头痛，饭照吃，觉照困，不影响上班，大人就不多关心了。

文文自己倒是很想弄明白的，一闻到香就头痛，一头痛人就无精打采，心里烦，老是想发火。每年到这个阶段，文文总归情绪不好的。后来读了点书，多懂了点道理，想大概是书上讲的什么生理周期，到这个阶段，情绪就会低落。照理说初秋季节是一年里最好的辰光，热天熬过了，秋高气爽，又是中秋，又是国庆，厂里总要放个三四天假。上市的新鲜货也多起来，新栗、银杏、红菱、雪藕……屋里又是外公生日，做寿，请酒，最闹猛的日脚，偏偏这种好日期要来什么低潮。

文文皱着眉头进了天井，外公一个人在天井里晃荡。外公自从不再出门去踏三轮车，退回来养老以后，脾气变得奇里古怪，要么一个人有事无事乱晃荡，要么像煞有介事地瞎忙，老是越帮越忙。看见她回来，老爹来不及地问："文文，你娘呢？她又不做三班制，这么早赶到什么地方去？你去叫……"

文文心里的火一蹿，冲到面孔上："我怎么晓得她？人家现在是大忙人了，我怎么敢去叫她……"

话说出口，看见外公面孔上不好看，文文自己也吓了一跳。她一向是很佩服姆妈的，从来是顶尊敬姆妈的，现在这样的口气，怎么不叫外公生气。

以前经常听外婆讲，文文是男人的性子、女人的身体，投错的胎。

小时候，文文确实像男小人，不穿花衣裳，不抱洋娃娃，不喜欢唱歌跳舞，总是同男小人一起，白相男小人的名堂，斗蟋蟀，打弹子，官兵捉强盗，爬树摸鸟窝。到十几岁发育头上，小姑娘到底懂事了，怕难为情了，外表上不像小时候那样野、那样疯，花衣裳穿起来，配上苗苗条条的身材、漂漂亮亮的面孔，蛮标致的一个女小人。其实，文文性子里还是蛮泼的，做事体稀里哗啦，讲话刮辣松脆，待人接物爽爽气气。大家得出一个结论：这个小姑娘像娘。

文文其实并不喜欢这个结论。她从小是外婆领大的，对外婆的感情比对姆妈的深，在文文少年的印象中，姆妈看重弟弟，不关心她。她也宁可和心慈面善的外婆一起，有什么心里话，不告诉姆妈，只同外婆讲。文文读小学时，外婆在马路口烧山芋卖，自己从来不舍得吃，每天文文放夜学走过，外婆总要塞一只热烘烘的烧山芋给她，咬一口，又甜又香，惹得小同学滴馋唾。

外婆过世了，文文刚刚考上高一，原本文文是一心想早点工作，赚了钱孝敬外婆的，就算文文高中毕业马上工作拿工资，也还要等三年，外婆等不及了。文文实足有半年没有笑过。

外婆去世了，屋里除了姆妈没有别的女人了，文文一个大姑娘，多少总有点秘密事体，开始不习惯同姆妈讲，只觉得姆妈陌生。后来时间长了，外婆的印象淡了，姆妈的印象深了。姆妈原来也是和外婆一样可亲的。再后来年龄大起来，文文会用自己的眼睛看世界了，就发现姆妈不光可亲，而且还非常可敬。姆妈是个很有本事的了不起的人。再有人讲文文像娘，文文心里就有了一种自豪感，甜蜜蜜的。

文文越是以为姆妈了不起，就越是觉得姆妈这一世人生太吃亏了。嫁给爸爸这样的男人，要长相没有长相，要花头没有花头。三天问不出一个屁来，也算是个大学生？文文越是觉得姆妈冤，就越是想待姆妈好一点。进了厂，有了工资，自己添一件新衣裳，总要帮姆妈也买一件，拣顶时髦顶鲜艳的买，买回来逼姆妈穿。好像姆妈这一世的不公平，多穿几件新式衣裳就能够补回来的。姆妈四十出头，不见发胖，身材像大姑娘一样，母女俩出去，大家都讲像姐妹。惹得外公看不入眼，嘀嘀咕咕。

文文心里不好过，不再同外公啰唆，到灶屋里盛一碗粥吃。外公紧逼逼地追进来，盯她的面孔看了半天："文文，明朝吃寿面，叫小董早点来，相帮相帮，屋里忙不过来的……去年第一趟上门，客气的，不要他相帮，让他做少爷，今年反正熟门熟客了……"看文文不响，老阿爹歇口气，继续自己的思路，"现在外头的小青年，懒的多，全要做大老爷，最好讨个女人服侍，你要早点管起来的，不要让他学得鬼精。你看你爸爸，多少好……"

人老话多，一点不错。你讲一句，可以引出他几百句；你一句也不讲，他照样会讲出几百句。文文勉勉强强咽了半碗粥，说吃力了要困觉，自顾回到自己房里，关了门，朝床上一倒。

桂花香味从窗外向里溢，文文爬起来，关了窗，却关不住浓郁异样的香气。文文用毛巾毯裹了头，闭了眼睛，怎么也睡不着。文文不好对外公讲，小董今年是不会来了。去年八月半，小董上门，两个人的关系明朗化、公开化了，看见小董，屋里大大小小满意，街坊邻舍看了入相，又打听了根底，自然又多一份眼热。东面阿三头屋里是最吃酸了。

文文读高中的时候，"轧"过一个朋友，就是东面姜家的阿三头。其实，那不好算什么"轧"朋友，总共十七八岁的人，懂什么男人女人，只不过两个小人，从小一条弄堂里长大，一个学堂读书，一道出一道进。大人寻寻开心，小人倒放进心眼去。读到高中，两个人一道看了几本外国小说，只以为这就叫爱情，就学了外国女人外国男人，花前月下，海誓山盟，算是"敲定"了，私定终身。一日不见就要难过，上课辰光你回过头来看我，我勾过头去看你，传条子，丢风眼，弄得老师几次上门。两家大人心里其实老早有数，不过大家没有讲穿，小人的事体，大人不好当真的，等到老师寻到门上来，两家大人晓得不好不当真了，小人的戏要大人来唱了。一连几天，文文不见阿三头来约她上学，到学堂里阿三头也不看她，文文当是阿三头给家里大人骂了。自己家里大人倒没有难为她，主要是姆妈袒护她的。后来总算寻了个机会，两个人面对面讲清爽，阿三头支支吾吾、结结巴巴，讲出话来莫名其妙："我姆妈讲的，我好婆讲的，我屋里大人讲的，讲你像娘。"文文听不明白，像娘怎么样？阿三头面孔红起来："像娘，像娘……我姆妈讲的，大起来太厉害，太凶，我弄不过你的，我要吃亏的……像你爸爸，一点声响没有……我姆妈讲的，讨这样凶的女人，婆媳关系也不好处的，我姆妈不肯的，我好婆不……"文文没有听完阿三头讲，一本书朝他面孔上一丢，就跑了，跑回屋里才哭出来。

那天夜里，姆妈陪了文文几个钟头，专门拣发笑的话讲。说是三岁看到老，七岁定终身，从小看姜阿三长大，吃准就是个没有出息的，自己也十七八岁，堂堂正正一个男子汉了，开口姆妈讲，闭口好婆讲，自己一点主见也没有，一点骨头也没有，耳朵根子软，顶没有意思，这种人，大起来顶多像文文爸爸一样的货色。不管做大学生、留学生还是小工人，总归少点男子气。说得文文想哭也哭不出来。没有多长时间，再也不去想阿三头了，看见阿三头心也不乱跳了。倒是姆妈讲过的话，文文一直没有忘记。

文文进厂半年，就去读了电大，读完两年电大，回厂进了科室，坐办公室，跳出车间，脱出三班制，大家晓得文文是沾的姆妈的光。厂里财务科副科长，官不大权大，人不凶钱凶，厂长、书记要报销、要借款，照样要看财务科长的面孔。当初文文招工进厂，同姆妈一爿厂，文文还不情愿，不肯。人家都讲她猪头三、痴货。现在看起来当时真有点憨。文文电大毕业，回厂里报到那一天，在厂长办公室看见一张陌生面孔，二十五六岁模样，同厂长讲话，坐在台子上，还搁起大腿，一点规矩也没有，看见文文进来，屁股也不动一动，瞭一眼，自顾自讲下去。文文很不开心，也没有听清他在同厂长讲什么。文文不明白，厂长从来不许别人上班辰光讲山海经的，为啥这个人可以在厂长办公室的台子上天南海北瞎吹牛？她看看厂长，厂长笑眯眯，招呼了一声，把她介绍给那个人，说这就是殷桂芳的女儿。文文不明白厂长为啥要这样介绍，她文文已是电大毕业，有大专文凭的大姑娘了，厂长连她的名字也不讲，倒是把姆妈放在前面。那个神气活现的人听了厂长介绍，有棱有角的面孔上有了一点笑容，下了台子，对她客客气气点一点头，自我介绍，叫董克。

董克。文文听姆妈讲起过。大学毕业分配到研究所，不肯去，停薪留职一年。自费去考察深圳，回来还是不肯去上班，索性辞了职，应聘到这爿小厂来做厂长助理。文文想象中，这个人应该是志成持重、谈吐文雅、西装革履，有新型企业家、改革家的风度的。同眼前这个穿一件龌里龌龊的旧夹克衫，嘴巴里"铁女人、铜女人"乱讲的小开根本对不起来的。

后来文文同董克好起来了，才晓得那天董克正在厂长面前称赞她姆妈。文文同董克好起来，倒是姆妈无意中牵的线。文文去看姆妈，十次有八九次董克也在那里，同姆妈商量什么事情。董克在姆妈面前，比在厂长面前老实多了，虽然有时也辩论几句，不过一点也没有老三老四的样子，毕恭毕敬，像个小学生。看见文文进来，总归有礼貌地笑笑，不几日就改变了文文的第一印象，年纪轻的人，眼风三来两往，心里自然就有了意思，等到两个人感情深了，基本上到了无话不讲的程度，文文就笑董克，说他狡猾，要想骗她，先拍她姆妈的马屁。董克面孔马上严肃起来，不承认有这回事，说他一向是很佩服殷科长的，自己跑了半个中国，跑过不少大中小企业，像这样的能干妇女很少见过，处理事情的果断、细致，思考问题的全面、精辟，待人接物的大方、得当，又是什么思路怎么怎么清晰、反应怎么怎么敏捷、感觉怎么怎么灵敏，纯属第一流的，还说什么等他当了厂长，一定让她做总会计师或者生产科长。"我是相信血统论的，相信遗传因子的因素。"董克说，"我真不明白，一个苏北农民的后代，血液里会有这样的成分……"说得文文又是开心又有点难过。在董克心里，她的地位是远远不及姆妈的，文文居然对姆妈生出一点忌妒心来，自己想想也好笑。

两个月前，董克告诉文文，说老厂长因为身体原因，已经打了辞职报告，估计上面会批准的。老厂长下来，他争取当厂长，他放弃机关不去，到这爿小厂来，就是为了当厂长，不当厂长，他是不会来的。他还讲文文坐了科室，同工人的小姐妹们也不热络了，下面的消息一点听不到。他要文文不再坐办公室，重新回到车间里去，做三班制，可以帮他了解生产第一线的实际情况。这么重大的事情，董克讲出来轻轻飘飘，好像吃准文文肯定会听他的。文文不肯。董克劝她，说他当了厂长，她自然就是厂长助理，既是生活中的伴侣，又是工作上的助手，厂长助理不了解工人情况是不行的。讲得文文面孔都红了，到底是未出阁的大姑娘，什么生活的伴侣，他讲出来倒蛮自然，一点疙瘩也不打，好像两个人已经是多年的老夫老妻了。

文文回家问家里人怎么办，不过没有讲原因，谁知一家人反对。厂里有多少人日日夜夜想脱出三班制，只要不做夜班，打扫厕所也情愿的。你倒好，好不容易跳出来，坐了办公室，还要自己钻进去，不是十三点是什么，不是猪头三是什么。姆妈也不同意文文回车间，问文文为啥要回去，文文熬了几天没有熬住，还是偷偷地告诉了姆妈。姆妈听了笑笑，说不做夜班也可以了解情况，要看各人的本事。文文到底没有听家里人的劝告，听了董克的，重新回到车间，做三班。一时上，屋里人怨，厂里风言风语，弄堂里的人疑神疑鬼。文文长远不做生活不做夜班，几个夜班做下来，吃力了还不敢讲，怕别人笑她寿头。文文有辰光想想真怨，全是为了董克，有辰光想想又是自己情愿的，现在外头像董克这样有事业心、有主见的不多，像阿三头那种小家子气，一天到晚讲"实惠"的男人倒是不少，文文不稀罕。同董克轧朋友，文文唯一不称心的，就是董克太忙，没有空陪她荡马路、看电影、进咖啡馆、跳迪斯科，看见厂里弄堂里小姑娘一个个挽了男朋友手臂去出风头，文文心里总归有点难过的，眼热人家。不过文文归根结底不像那种没有头脑的小姑娘，既然同一个有事业心的男人轧朋友，作一点牺牲也是应该的。

不过，从那一次开始，在姆妈的谈吐之中，文文发现姆妈对董克并不欣赏，并不满意。她要文文慎重考虑之后，再"敲定"。可惜已经晚了，文文的屁股已经完全坐到董克那一边去了。

桂花香从门缝窗缝里钻进来，钻进脑子里，头越来越痛，根本困不着。

听见开大门的声音。外公马上又开口了："怎么买到现在才回来？一点点菜买了几个钟头……"

文文晓得是爸爸买菜回来了。

"唉，样样排队，晚一点就都买不到了。"

爸爸回来，外公又有了谈话对象，可以开始啰唆了，反正爸爸从来是不嫌烦的。"变世，买不到拉倒，不买了，做什么寿，不做了……"

"买到了买到了，全买到了，喏，一只后蹄……"

"你也不问问自己女人，一大清早到厂里去赶死啊，这样忙法呀……屋里事体一样不管啦……"老头子的火气越来越大。

爸爸"嘿嘿"笑了："总是厂里有要紧事体……"

"屁的事体！不晓得搞什么鬼名堂，这几日碰到前面张科长、王同志还有小李，一只只面孔全拉长了，变掉了。原来看见了总归客客气气叫一声'阿爹'，这几日碰上了，面孔一别，只当不看见，肯定桂芳得罪了人家了。桂芳一把年纪了，还要惹什么事，做什么副科长？我同她讲，一个女人，不要去轧在里面……你也不去问问，你自己的女人，家主婆呀……"

爸爸仍是"嘿嘿，嘿嘿"。文文熬不住，"呼"地推开窗："烦煞人，烦煞人，一天到晚吵什么鬼名堂，人家困不着！"

爸爸吓了一跳，马上放轻手脚："文文在困觉，轻点轻点……"

外公不买账："困觉，困觉，年纪轻轻，一天到晚就是困懒觉，好好的长日班不做，办公室不坐，要去做夜班，自作自受……"

火上加油，文文索性跳起来："不困了，不困了，你烦吧，你烦吧……"

女儿伤心发火，做老子的肉痛，小心翼翼走过来，想讨女儿开心："文文，明朝外公做寿，你同小董讲过了？"

文文呆了一歇，终于爆发出来："不来了！不来了！"讲到小董"不来了"，文文的眼泪倒先出来了，索性"哇哇哇哇"哭了一场。

"文文，文文，文文，不哭，不哭，不哭，有什么事体告诉爸爸……"

外公还在外面叽叽咕咕，横竖看不入眼。

文文睁开眼睛看看爸爸，一张木痴痴的面孔，心里又苦又涩，一边哭一边讲："爸爸，你管管姆妈吧，你管管姆妈……"

话讲出口，文文自己哭笑不得。在家里，从来是姆妈管爸爸的，爸爸在姆妈面前连屁也不敢放得响，文文一向以为活该如此，谁叫他没有花头的，现在自己却要叫爸爸去管姆妈。看看爸爸一张尴尬面孔，文文气得没有办法："你个老木，你个木瓜，你还不晓得，姆妈要做厂长了……"

"做厂长？"

"抢厂长，同董克抢厂长……呜呜呜……董克就是为了做厂长才到我们这爿小厂来的，多少好工作都辞掉了，横竖横来的，不做厂长他的计划不好实行，没有路走的。姆妈要同他抢做厂长，断他的路……呜呜呜……姆妈一把年纪了，还要抢厂长做，官迷，人家全讲不要面孔……"

外公年纪虽大，耳朵倒还灵，听见外孙女在屋里哭，又是厂长，又是不要面孔，急急忙忙奔进来："哪个不要面孔？哪个不要面孔？"

父女两个都不响。

大门外有人喊："殷阿爹，讨点桂花啰……"

老头子连忙迎出去，家丑不可外扬，怕别人听见哭。文文看见爸爸面孔上也马上堆了笑跟出去，气得她骂了一声"猪头三"，"砰"的一声又关上了门。

三

中午，桂芳没有回来吃饭，叫人带口信，说夜饭也不回来吃，要值夜班，明天早上回来。

殷阿爹真的火冒了。老头火冒起来，屋里事体死人不管，到小书场去吃茶、听书，不到天黑不会回来。

老阿爹出去，家里倒也清静。在家里不光帮不了什么忙，反倒烦得人心里乱糟糟，手脚无处摆。文文中饭没有吃就倔走了，叫也叫不住，喊也喊不听，一个比一个犟。

老潘一个人在家里弄，手忙脚乱，一只蹄膀要剁开，菜刀太钝了，长远不找磨刀人磨了，这种事体本来全是桂芳管的，桂芳不管，屋里不会有人想起来磨刀的。怎么也劈不开，弄得一身油腻，才想起把围裙围起来。没有办法，寻来一把劈煤炉柴的小斧头，总算把骨头剁开了。蹾到煤炉上，烧了一歇，想起料酒、葱姜都没有放，急急忙忙补进去，一失手酒又倒得太多了，一股酒香扑上来，熏得老潘打个喷嚏，唾沫星子喷到砂锅里，幸亏屋里一个人也没有，不然又要大惊小怪，讲恶心了。

炖了蹄膀又要杀鸡洗鱼，弄清爽放进冰箱，办起酒来现炒现吃。老潘越弄越无精打采，明天的酒席还不知怎么样呢。往年都是桂芳操持主办，年年皆大欢喜。今年桂芳却……唉，就是文文不讲，老潘心里也有数，最近一个阶段桂芳变了，变得神魂不定，不像好好过日子的样子。桂芳倒是同老潘讲过，老厂长因病退休，厂里提出来一次竞选厂长，她想去参加。老潘当时根本没有听进去，更没有放在心上。只以为桂芳讲讲白相的，想不到她倒顶真。照文文讲，参加厂长竞选厂里总共有四个人，各人有各人的长处，各人有各人的力道。像老丁，老关系多，好坏做了几年副厂长，熟悉全面情况，虽说年龄偏大，但杠子还是轧得进的。张科长，也做了好几年生产科长，实权派，年富力强，又是共产党员。董克的条件更加好，进厂时间虽不长，上上下下混得熟悉，特别是一帮小青工，全服帖他，董克不光嘴上有一套，下车间了解情况，还有一肚子可以打动人心的计划，说是照他的计划做，一年厂里可以翻一番，奖金上升100%，啥人不拥护，钞票人人欢喜的。

桂芳也要参加竞选，名字贴出来，议论的人顶多。支持桂芳倒也有不少人，不过反对的也多，双方针锋相对，不可调和，不像其他几个候选人缺点优点大家看得比较一致。厂里的事体桂芳一向要告诉老潘的，老潘估计桂芳绝对别不过另外三个人的，厂里轮到谁也轮不到她的，所以也不往心里去，只是劝劝她，叫她意思意思算了，不要去得罪人。桂芳听了老潘的话只是笑笑，她是不大会得罪人的，老潘也是放心的。

前几天路上碰到副厂长老丁，老潘热面孔上去打招呼，人家理也不理，一副冷面孔。老潘晓得桂芳是要同他争厂长，人家动气了。其实，既然叫竞选，总归要有几个人参加争选，选上选不上，也用不着伤和气，以后总归还是一爿厂工作，还是上级下级关系，弄僵了多少尴尬。老潘只以为老丁心胸狭窄气量小，想不到董克比老丁还不像腔，拿文文出气，算什么男子汉。文文又全是帮董克的腔。不过，这种事体怪来怪去还是要怪桂芳。竞选厂长，发表演讲，人家是有道理讲道理，有事实摆事实，把自己的本事显出来，桂芳倒好，专门扳别人的错头，把别人讲得一钱不值，自己顶了不起。董克的演讲鼓励性最强，漏洞也最多，给桂芳驳得差一点当场吵起来，会没有结束就偃走了。桂芳贬低了别人，再来讲自己的打算，一套一套，头头是道，拍手欢迎的人出乎意料地多。"真是不要面孔了……"文文的带哭带讲的声音一直绕在老潘的耳朵边，文文的话肯定是有夸张的，不过桂芳这种贬低别人抬高自己的办法实在叫人难为情。要伤和气弄坏关系的，要被别人戳背脊骨的。殷家的人是从来没有被别人戳过背脊骨的。

大门外头有几个小人在吵闹，好像要进来讨桂花。

"我敲门，我来敲，敲开门，你去讨……"

"老老头要骂人的，我不讨……"

"老老头出去了，我看见的……"

说着就敲起门来。

老潘没有心思去同小人烦，就不作声。小人敲了一歇门，无人开门，没有趣，走了。

天井里冷冷清清，虽说桂花树下的水泥板上堆满了鱼啦肉啦，屋里没有人声，总是觉得冷落，往年这时候，一早就已经热热闹闹忙起来了。今年连斌斌也不回来，说是要提前考研究生，有一个老教授看重他，叫他抓紧看书，要到八月半下午才回来，吃现成的。多少年来，桂芳撑起了这个家，领了一家人，把小天井、把三间房间收作得像模像样，一棵桂花树也培育得年年兴旺。兴造反派的那阵，桂芳是豁出胆子保护屋里的。有一次，造反派队伍挨家挨户上门造反，想封什么就封什么，想砸什么就砸什么，一家老小吓得嗦嗦抖。桂芳拿出一只厂里值班用的红套套套到左臂上，又把老潘的

288 / 动　土

皮带束在腰里，听见踢门，抱了两岁的斌斌，捏了两个红本子去开门。正好是中秋季节，一天井的桂花香，造反派说是资产阶级的香花毒雾，立时要砍掉，桂芳笑眯眯，讲桂花是伟大领袖称赞的宝花，造反派不相信，她就请大家背毛主席诗词《蝶恋花·答李淑一》，里面有一句：吴刚捧出桂花酒。伟大领袖赞美的东西，我们要用生命去誓死保卫。讲得造反派点头称是。桂花树变成了"重点保护"对象。接下来查房间，查到孤老太婆那一间，说要封掉，不许住，是国民党狗娘造的。桂芳举起第二个红本本，又翻出毛主席语录：凡是敌人反对的，我们就要拥护；凡是敌人拥护的，我们就要反对。国民党狗娘苟延残喘的时候就讲过，她的房子就是不许工人阶级贫下中农住，现在国民党狗娘死了，我们就是要住她的房。我们是工人阶级，雇农的后代，这叫作同阶级敌人针锋相对。又讲得凶神恶煞的造反派服服帖帖，只觉得这个青年妇女有水平，无产阶级觉悟高，要请桂芳去做他们的参谋长，桂芳一边撩起衣裳给斌斌喂奶，一边对他们讲，你们看，我现在正在培养无产阶级革命事业接班人，让他快点长大，跟你们干革命。露出白生生的奶奶，那批造反派凶虽凶，毕竟是些嫩答答的小青年，看得不好意思，只好开路。其实那年小斌斌已经两岁多，老早断了奶了。那次扫荡，邻居屋里多少给砸了点什么，抄走点什么，独有殷家一样不缺一样不少，弄得隔壁人家疑心殷家同造反派有亲。清除"四人帮"时，还有人去告发，到弄清了事实真相，全笑得肚皮痛，都说桂芳脑子灵、胆子大，桂芳说当时她也吓得小腿肚子打哆嗦了。

看看冷落的天井，老潘心里有点发涩，这个家不可以没有桂芳，没有桂芳，真有点树倒猢狲散的味道。

文文讲的那些话，什么"不认爷娘"，什么"再也不回来"，老潘知道里面有威胁的成分，像文文这样的女小人，不大会做出什么绝事体来的。不过做父母的也不能不闻不问，到底一个年纪轻轻的小姑娘，没有经过什么大事体，一时想不开，弄出事体也不得了。

天黑下来，老爹和文文都没有回来，老潘马马虎虎泡了点冷饭吃了。看看蹄膀汤已经烧好，汤又鲜又浓，桂芳最喜欢吃的，盛了一保温杯，拣了一大块靠骨肉，给桂芳送夜饭到厂里去。

弄堂里碰到桂芳厂里一群下班工人，看见老潘拎了保温杯，大家寻他的开心，打了招呼，走过去以后，还在继续议论，一点也不忌讳老潘，不怕他听见。

"嘿嘿，殷桂芳做厂长，老潘可以做厂长'太太'了，老潘好福气……"

"我看是殷桂芳福气好，老潘天天鱼啦肉啦送去，作兴要喂到嘴里的，哈哈哈哈……"

"我看是老潘福气不好，殷桂芳做厂长，老潘有得苦来……"

"嘿嘿，老潘这张关公面孔，桂芳怎么会看得中的？真是滑稽……做厂长，不要看不惯噢……"

老潘叹口气，摸摸自己的面孔，疙里疙瘩的，比乡下人的面孔还要粗。不过，当初，同桂芳从认得到结婚，根本谈不上什么看得上看不上的。

老潘拎了蹄膀汤，找到桂芳。桂芳已经在食堂吃过夜饭，看见冒着热气的蹄膀汤，咽了几口唾沫。老潘晓得她很馋蹄膀汤，连忙端过去，桂芳拿出调羹吃起来，一面说老潘蹄膀汤烧得好，一边抱怨工厂食堂伙食不好，三角五分一份香干肉丝，只见香干不见肉，咸得发苦，没有一点鲜味。

老潘看桂芳吃得开心，自己也开心，其实蹄膀汤他自己一口也没有动。

桂芳一口气吃掉一半，鼻头上汗津津，嘴上油晃晃，问老潘："屋里怎样，明天办酒的菜买了多少？"

老潘说："全买好了全买好了，只等你明天回去掌大铲……"

桂芳笑笑："明天作兴厂里还有事体，不知道能不能走开呢。"

老潘急起来："不管怎样，你要请个假的，不管怎样，你要回去，屋里全靠你，年常都是你弄的，老爹已经不开心了……"

桂芳仍然笑："到明朝看吧，我争取早点回去。"

老潘听她口气活里活络，不放心，还想讲几句，桂芳又说："桂花没有人来买吧？不要卖，厂里有不少人问我讨桂花，今年桂花开得特别兴，不晓得文文头痛不痛……"

老潘正在计划怎样开口引到正题上去，听见桂芳提到文文，马上接口："文文，文文昨天做了夜班，今朝一天不在家困觉了，倔出去，她……"

桂芳拿出手帕揩揩嘴："我晓得了，早上已经同我吵过了，现在她是男朋友最重要了。小董一百个好，姆妈一百个不好……其实小董这个人么……"

老潘看看桂芳的面孔，小心翼翼地插嘴："当初文文同小董谈，你也没有反对……"

"我现在也不反对，看人识人的本事，要自己学起来的，靠大人教是教不会的。"

桂芳不急，老潘急煞，什么看人识人，好像文文要上当受骗了：

"那么你讲小董有什么不好，你讲……"

桂芳仍旧笑眯眯："小董也没有什么不好，就是气量小了点，一个像模像样的男人家，竞选厂长选不过别人，用这种办法来威胁，花头经真多……"

老潘愈加发急，听桂芳的口气，好像她当选厂长已经十拿九稳了。壮了壮胆，顶桂芳一句："其实我看倒是你花头经多。什么改革，什么竞选，让小青年去弄弄白相算了。你也一把年纪了，又是女眷，为了抢做官，去惹人家笑，去得罪人，犯不着的。桂芳，我今朝来，求你听我一句，退出来算了……"

桂芳看老潘："我晓得今朝的蹄膀汤不是白吃的……"

老潘没有心思寻开心："真的，桂芳，本来蛮太平的日脚，蛮太平的一家门，家家人家都眼热我们的……"

"我要是选上厂长，做出点事体来，人家还要眼热呢。"

"不做厂长也是一样的工作，一样可以做好自己的事体，做得出色。"

"像我们老潘一样工作，最乖，最好。"桂芳又笑了。

老潘没有听出桂芳在挖苦他。凭良心讲，老潘的工作算是出色的，属于他管的工作范围，事体做得一分一毫不差，为人又和气，从来不同别人争什么，单位里人人满意，所以老潘是年年先进，想谦虚也谦虚不掉，先进名额给了别人要摆不平的，只有给老潘，人家没有闲话讲。其实当年老潘读的是建筑学院，是搞房屋设计的。可是二十几年来，领导上一直叫他做单位里的文字收发工作。当初分配已经不对口了，做文字收发更是同自己的专业牛头不对马嘴，四年大学等于白读。老潘一点也不觉得亏，领导叫他做什么，他就做什么，总是工作需要才叫他做的。再说大学也是国家培养他读的，不能同国家讨价还价的。最近讲落实知识分子政策，老潘这个大知识分子当然有人来关心，叫他填一张知识分子情况登记表，其中有一项了解专业是否对口，若不对口是否要求对口，老潘想也没想，就写了"已熟悉现在的工作，不要求更动"。

老潘想想自己的工作，不由有点得意起来："我一世没有做官，照样工作得蛮好，照样贡献了自己的力量——"

桂芳不笑了，打断老潘的话："不过你是应该做更大的贡献的，自己还好意思讲，还先进呢。国家培养你一个大学生，不是为了让你做收发工作的，收发工作高中生初中生都能承当的。你要是早点提出专业对口，搞你的专业，不是可以给国家多做贡献么？"

老潘面孔摆不住，发红发热："以前你从来没有嫌过我，也没有怨我专业不对口。"

"以前是以前的条件，现在是现在的形势，再说这是你的事体，你自己到现在还在混日脚，还要来对别人指手画脚……"桂芳讲着讲着，有点冒火了，"哼，人家真说得不错，混日脚的人全是好人，我们的国家有这么多的大好人，真是好福气啊。"

老潘是绝对讲不过桂芳的，只好转攻为守，想来想去也想不出更好的话来讲，只有翻来翻去一句话："蛮太平的日脚，蛮太平的日脚……"

"是呀是呀，太平日脚，太平日脚。你不想想，大家只顾自己小家庭日脚太平，这种太平日脚太平不长的。"

有人在窗外喊殷桂芳，打断了她的话，开了门，进来一个人，老潘不认得，大概是新来的。那个人同桂芳讲了几句话，走了。桂芳面孔很难看，对老潘说："你回去吧，我还有点事体，蹄膀汤放在这里，夜里饿了，热一热再吃，我明天一早一定回去……"

老潘不动也不响，他不能回去。

桂芳看老潘发犟，又说："你不走你等好了，我要去办事体了，可能要几个钟头，你有工夫你有胃口你等好了。不过我告诉你，想叫我退出竞选厂长，我不会肯的。"

桂芳说完自顾出去了，把老潘一个人留在屋里，心里说不出的难过。可是不管怎样，他不能走，要等桂芳。桂芳读财校的时候，寄宿在学校，有一次老潘到学校去看她，正好桂芳在考试。老潘等了几个钟头，等到桂芳满面笑容跑来，告诉他全考出来了，老潘跟了桂芳开心地笑起来。

大概过了二十分钟，桂芳回来了，面孔上更加难看。老潘看看她，没有敢问什么。桂芳见老潘还没有走，只是"哼"了一声，也不响，闷头坐下来。僵了一歇，老潘熬不住了。

"桂芳……桂芳……"

桂芳皱皱眉头："你不要再烦了，我已经烦死了！真想不落，竞选厂长，不知踩了谁的尾巴，用得着这样恶劣的手段……"

老潘猜到又是什么人在背后捣鬼了。这种人什么事体做不出？别人躲还来不及，桂芳还要自己惹上去，惹出事情来，还是自己倒霉，自家人倒霉。他又开始叽叽咕咕："我老早讲过，蛮太平的日脚，蛮太平的日脚，人家要做官，你让人家去做……"

桂芳盯了他看看，胸脯一起一伏。

"蛮太平的日脚，你要搅得不太平，你就算不为自己想，也要为屋里人想，你想想，文文……"

　　桂芳面孔越来越不好看，终于"霍"地立起来："好啊好啊，我
搅得屋里不太平，我搅得厂里不太平，全是我不好。"说了两句，眼
泪汪出来，"大家全逼我，你也来怨我。你们，还有文文，要是嫌我
搅了你们的太平日脚，索性……分开来过，小人全跟你去过太平日
脚好了。"

　　老潘吓得跳起来："桂芳……桂芳……桂芳……"

　　门外面，"嘻嘻嘻"的笑声，叽叽喳喳的议论，有人在偷听。

　　桂芳奔出去，听壁脚的人一哄而散。老潘追出去，已经寻不到
桂芳了。

　　老潘一个人回家，心里好生凄凉。几十年的苦日脚一直太太平
平、和和气气，从来没有这种感觉。

　　八月十四，月亮爬到头顶，又圆，又亮，照得地上白闪闪的。
街上人很多，很热闹，夜市场已经从街的那一头摆到这边来了。大
家在忙，要过节了。八月半中秋节，中国人一向是当回大事体办的。
自己家里，从来都是要过团圆的。日脚苦的时候，苦过；日脚甜的
时候，甜过。可是今年……

　　拐进弄堂，就闻到桂花香，今年的桂花开得特别兴，香味也特
别大，越走近家，香气越浓，浓得有些呛人，老潘觉得有些头疼，
难怪，文文会头疼。人人喜欢的桂花香，有时候也会讨人厌的。

四

　　早上起来，桂花又开出一层，更加密密麻麻。早开的已经落了
一批在地上。尽管比起有些唐桂明桂、百年老桂，这棵桂花树还算

年轻，但也有四十多年了。殷阿爹还清清爽爽地记得，那一年夏天，他向一个拉黄包车的工友讨来一棵快要枯死的小树，在门前种下了。到秋天，小树转活了，夫妻俩很开心，总觉得要时来运转了。在一个落雨的夜晚，殷阿爹出车碰上尴尬生意，回来晚了，拉了黄包车刚刚拐进弄堂，看见一个气派蛮高贵的年轻女人慌慌张张从弄堂口的一个厕所里跑出来，殷阿爹只以为年纪轻的女人胆子小，怕厕所里黑，没有用心注意，走出没有几步，却听见厕所里传出一阵小人的哭声。殷阿爹突然想明白了，再去追那个女人，已经寻不见了。殷阿爹跑进厕所，果真有个蜡烛包在地上，是个女小人。殷阿爹不管死活，赶紧抱回屋里。女人大概因为一直没有生育，看见小人，喜欢得不得了，抱上手就不肯放了，要领养。殷阿爹还犹豫不决，一来嫌弃是个女小人，又怕多了一张嘴，生活上更加紧张。不过殷阿爹犟不过女人，再就自己也想有个小人添点热闹，两个人把个小人抱过来夺过去，后来才发现小人身上有一张字条，殷阿爹夫妻两个都识不得几个字，连夜冒雨把弄堂里的测字韩先生请来，韩先生照纸上读出来，说这是个私生子，刚满三个月，做娘的哀求好心人收领了她，只要自己活得下去，将来一定来报答，还写了已经给女儿起了名字，叫蕻蕻。殷阿爹凑过去，看看这个"蕻"字，不认识，问韩先生这算什么字，韩先生摇头甩耳，说是雪里蕻的蕻。殷家小夫妻一起叫起来：什么？雪里蕻的蕻，就是天天吃的咸菜雪里蕻？蛮白蛮漂亮一个小丫头，怎么叫这个名字？不好听，重新起。殷阿爹脑筋一转，看见门外那棵活生生的桂花树，笑起来，名字想出来了，叫桂花，女人听听桂花这个名字不错，也应承了。韩先生先是点点头，后来挖了一挖手指，摇摇头，说叫桂花不如叫桂芳好，芳字比花字讨巧，芳字比花字吉祥，叽里咕噜一大串，说得殷家小夫妻连连点头。名字定下来，小夫妻又开心得不得了，又把个小人抢来抢去，惹得韩先生心里痒，也去抢了抱。小桂芳被三个大人夺来夺去，弄得哇哇哭起来了。

四十年前的事体就像在眼门前一样。开始几年，殷家小夫妻俩一直提心吊胆，怕那个女人寻得来把小人抱回去，千关照万嘱咐，叫韩先生不要讲出去。等到后来桂芳长大了，读小学、读中学，再后来结了婚，养了小人，还不见那个女人来寻，殷家老夫妻倒又有点不服气了，暗地里骂那个女人黑良心，不要面孔。

殷阿爹把掉落的一层桂花扫拢，看见桂芳的房门开着，老潘已经出去买菜了，桂芳值夜班还没有回来。昨天下午老头子吃了茶、听了书，夜里索性到小馆子店里弄了二两白酒，吃得醉醺醺，回来倒头就睡，也不晓得老潘到厂里寻桂芳结果怎样。不过，不管怎样，今朝的寿面总要吃的，自己的几个拉黄包车的老朋友总归要去请的。

殷阿爹扫好地，就到居委会的茶室去。每天的必修课，一壶茶吃到八点钟，隔壁大饼店里买只热乎乎的甜大饼嚼嚼。六十六岁，牙齿倒还蛮好，屋里事体一样用不着管，反正全是大人了。

殷阿爹今日去得晚了一点，已经有不少老头老太先到了，也有年纪轻点的，欢喜轧闹猛，特为起个早，坐在那里听山海经。殷阿爹走过去，就觉得不少人朝他看，气氛同平常不一样。平常你来我去，互相不搭界，你也用不着看我，我也用不着看你，全是街坊邻居，你面孔上有几粒麻子，他肚子里有几条蛔虫，都是清清爽爽的。

殷阿爹屁股还没有坐端正，就有人调转面孔对准他讲起来："哟哟，殷阿爹，你今朝倒还有心思来吃茶啊，你胃口不错么。"

立时立刻，几乎所有的人全调转屁股对准了他，在几秒钟之间，殷阿爹就成为中心人物了。以前他也做过好几次中心人物。一次是屋里买了双门电冰箱，一次是桂芳提拔当副科长，一次是文文电大毕业分配在科室，从此不做夜班，还有是斌斌考取大学，还有……反正全是光荣事体，殷阿爹面上有光，大家盯牢他面孔看，讲他们家的事，眼热得恨不得把殷阿爹吞进肚皮。殷阿爹一世人生有这样几次光彩，也不算亏了。今朝这个中心，殷阿爹预感是凶多吉少了。

刚刚发问话的三婶婶，看殷阿爹不响，对边上几个人丢丢眼风，又讲："殷阿爹，到底为啥事体，讲给我们听听么。"

殷阿爹顶讨厌这个女人的一张嘴，又碎又臭，没有好气地反问："什么啥事体？我听不懂你的话。"

"哦哟哟，殷阿爹，不要假痴假呆了，你瞒也瞒不着的，弄堂里啥人不晓得呀，桂芳同老潘今朝要上法院解决了……"

殷阿爹好像钻进迷雾，分不清东南西北，看不见五颜六色，心里发慌，一连串地问："啊！你讲什么？法院？什么法院？到法院干什么？"

"咦咦，殷阿爹，你装腔倒装得蛮像的。夫妻两个到法院，总归是打离婚。"

吃茶的人全笑，眼光不再是眼热，而是幸灾乐祸的满足。

"放屁！你放屁！"殷阿爹气得讲不出别的话来，只会骂粗话了。

不等三婶接口，边上不少人帮腔帮上来了："哦哟，殷阿爹，怎么好开口骂人，你们家桂芳同老潘的事体，又不是人家三婶婶造谣造出来的，是事实么，人家老龙的儿子亲耳听见的，那个小人老实小囡，不会瞎说的。”

殷阿爹瞪了讲话的李阿姨：“听见什么？听见什么？听见什么！”

“你一副吃相难看得来！我问你，昨天夜里你家老潘是不是送蹄膀汤到厂里给你们家桂芳吃的？”

殷阿爹点点头，心想这批人，到公安局做侦查员水平倒不错，保温杯里的蹄膀汤也晓得的，大概汤里有几块骨头、几块肉也清清楚楚的。

“我再问你，老潘回来是不是伤心落眼泪的？”

殷阿爹不知道了，老潘几时回来他也不晓得。

“告诉你，不光老龙儿子一个人听见，听见的人多呢，你自己去问问，嗗，还有珍珍，还有小卫，还有张阿爹的孙子，叫，叫阿发的那个小赤佬……又不是我有意来说坏你的，你用不着对我们横眉竖眼的……”李阿姨讲得理由充足，大家点头。三婶婶出了口气，对别人讲：“真正，好像我们要来阴损他们家，来调拨他们，拿我们当出气筒，这个老老头，到底是江北人，不讲道理的……”

殷阿爹给吵得晕头转向，心中糊涂，坐在那里发呆。四周就响起了一片议论。

“啧啧啧，蛮好的一家人家，蛮太平的日脚，为啥要弄出这种事体，多难听啊。”

“赶时髦么，哈哈。他们家不是样样抢在别人前头的么？现在离婚也抢在别人前头，哈哈哈……”

“哈哈哈……”

有的压低嗓门：“……听说是同厂里的书记……”

"真的？你也听说的？新来的书记，哟哟，四十还没有出头呢，说是大学生……"

"大学生，她家老潘也是大学生嘛。"

"老潘那个大学生算老几，没有花头的，人家现在顶欢喜改革家……你想想看，一个女人家，有什么大花头，为啥要去抢厂长做，总归有名堂的。"

"女人要做官，总归没有好事体的。"

殷阿爹听得太阳穴上的筋脉扑扑跳，两只大腿发软，立起来想走，偏偏个居委会老主任还不识相，上去一本正经对他说："殷阿爹，你也一大把年纪了，回去劝劝你们家桂芳，老夫妻俩还要吵什么离婚，难为情的。假使要我们居委会出面调解，你来讲一声好了。"

殷阿爹再也听不下去了，用劲推开凳子，一杯茶正好泡开，一口也没有尝，甜大饼也不想吃了，跌跌撞撞地奔回家去。

老潘买菜回来了，正在堂屋里忙。殷阿爹一见他，扑上去凶狠狠地问："你们作死啊！我问你，你昨天夜里到桂芳厂里同她讲什么了，桂芳讲的什么？你说呀，你……"

老潘苦了面孔，愁眉不展，也不回话，把菜篮里的菜一样一样地取出来，放在桌子上。殷阿爹伸手一扫，把菜全部打在地上："买娘个 × 的菜，做娘个 × 的寿！不过了，不过了！"

老潘仍然是一只苦脸，再把菜一点一点捡起来。

殷阿爹骂人了："你个什么东西，你也算个男子汉？！一点血气也没有。"

老潘见老爹发大火，很害怕，连声叫："爹爹，爹爹，爹爹……"

殷阿爹手一指，戳到老潘鼻子上："爹个屁，你……"

话还没有说出口，两个人都看见桂芳出现在门口，面孔上笑眯眯，手里一只网线袋，袋里装了几瓶白酒。两个男人一下愣住了。

老潘先回过神来，上去帮桂芳拎网线袋。殷阿爹"哼"一声，对女儿女婿翻白眼。

老潘放好酒瓶，对桂芳说："先吃早饭吧，肚皮饿吧？"

殷阿爹又是"哼"："急什么，一顿不吃饿不煞的，我也没有吃呢……事体讲讲清爽再吃不晚……"

桂芳看看老潘："你对他讲什么的？这种样子……"

老潘涨红了脸："我没有讲，我什么也没有讲，他早上去吃茶，不晓得听见什么话了。"

殷阿爹抖了一阵，反倒镇定下来，索性坐了，摆出威风来，对老潘说："你出去，没有你的事体，我要问问自己女儿……"

老潘不声不响走出去，拿把扫帚"哗哗哗"地扫天井。

殷阿爹横了桂芳一眼："你坐下来。"

桂芳坐下来，顺手抓过一把毛豆子剥起来。

殷阿爹重重地叹口气，停了半天，才开口："桂芳啊，人不可以没有良心的，你自己前前后后想想，老潘对你，对我们一家门怎么样，好，还是不好？"

桂芳居然笑了："当然好啦，没有他，我们屋里也不会有今朝的日脚。"

殷阿爹听不出桂芳是真心还是挖苦，想想这句话一点不错，老头子心里一酸，想起了自己的老太婆："你还记得你娘临死时讲的话？你大概全忘记了……"

其实，殷阿爹晓得女儿是不会忘记的，桂芳长大以后虽说晓得自己是抱来的，对养父养母的感情反而愈加深，特别是对娘。桂芳娘活到六十岁上，没有生什么大毛病，就躺倒床上一直爬不起来了，后来就这么过世了。桂芳娘临死前一手拉了桂芳，一手拉了老潘，对桂芳说："一千个人可以得罪，一万个人可以亏待，老潘你是不能对不起他的，苦日脚，你们……过过苦日脚。假使日脚好起来，你可以忘记爷娘，不可以忘记老潘的……"说得老潘先哭起来。也真叫老天不长眼，一天好日脚没有让桂芳娘过着。桂芳娘一过世，屋里日脚倒一年比一年好起来了。

桂芳听见老爹提起娘来，眼睛有点发酸，眼泪在眼眶里打转："姆妈的话我到死也不会忘记的。"

殷阿爹火气又上来了，敲敲台子："那你为啥讲要同老潘……同老潘……离……到法院去？"

桂芳倒又笑起来："嘿嘿，你听他瞎讲，他吓吓你的，想叫你来教训……我……"

殷阿爹面孔板了："不是老潘讲的。"

"啥人讲的？"桂芳有点紧张。

"外头人讲的，你自己去听听，弄堂里全晓得了，有人亲耳听见你们吵架的，说得难听得不得了。不用多少光辰，全世界也要晓得了。"

桂芳先是吃惊、气愤，越想越难过，隔了半天总算慢慢冷静下来："你相信外面人，还是相信自己人？"

殷阿爹看看女儿，半信半疑："我相信老话，无风不起浪。要是没有这桩事体，为啥老潘这只面孔这么难看，像死了爷娘老子？为啥文文要作骨头？"

桂芳叹了口气。

老潘端了两碗粥进来，看看桂芳，看看阿爹。

殷阿爹挥挥手："现在不吃，端出去！"

老潘只好重新端回去。

"就算这桩事体虚的，你抢做厂长总是真的啰！"

桂芳点点头："也不叫抢做厂长，多么难听，是参加竞选……"

殷阿爹气势汹汹地打断桂芳的话："一个女人，抢做厂长，亏你想得出来。"

桂芳不服气了，其他事体上可以让别人，这件事上偏偏不认输："为啥不可以做厂长？！别人做得像，我也做得像，我会做得更好。我看见那些头头就讨厌，只生了一张干部面孔，一点干部本事都没有，一爿厂弄成什么样子。我就是要争这口气，帮厂里也争点前途来……"

"厂里的事体，又不是你一个人的事体，关你屁事。你给我太太平平过日脚，什么断命副科长也不要去做，全是做了副科长，心是做野了要作骨头了。老话讲：天作有雨，人作有祸。太太平平的日脚不能多作的，要作出事体来的。"殷阿爹真正为一家人着急，急得恨不得扇女儿几记耳光，又恨不得跪下来磕几个头。

"太平日脚、太平日脚，这种日脚你们不觉得厌气，我嫌厌气、嫌闷，是要作一作。永远不作。永远规规矩矩、死气沉沉，像老潘一样听话，就谈不上什么进步发展了。"

"哦哟，进步啦，发展啦，就你一个人顶关心。思想这么好，应该表扬你，为啥全反对你呢？为啥都讲你不好呢？连屋里人也看不惯你！"

桂芳一时语塞，她也弄不明白，怎么也想不明白：自己也没有什么对不起别人的事体，没有做什么出格的事体，为啥惹来里里外外一片怨？

殷阿爹见桂芳不作声了，以为女儿被劝动了："桂芳，看在你老爹养你四十几年的面子上，看在老潘半世人生真心实意待你的面子上，你退出来吧，不要去抢做厂长了。"

桂芳仍然不作声，闷心想什么，过了好一歇才讲："要我不做厂长办不到的，我横竖横了，豁出去了。当初报名参加时根本没想到会有这样难，现在反正已经走到这一步了，干脆，我是要走到底的了！"

殷阿爹想不到劝了半天，唾沫也讲干了，等于没有劝，气得一跳老高，提高嗓子，骂了一声："真是大姑娘养的货色。"

话音刚落下来，听见老潘在外面喊："桂芳、阿爹，斌斌回来了。"

殷阿爹马上闭了口，看看桂芳，桂芳面孔上已经堆起了笑。

斌斌是他们家的龙子龙孙，顶有出息的。一家门把他当月亮捧的，相骂讨气的事体不能让斌斌晓得，惹他不开心。斌斌是难得回来一次的。

殷阿爹面孔上绷紧的肌肉也松弛了一点，同桂芳一道急急忙忙迎上去。

五

斌斌上的大学就在市郊，他在学校住宿，平时不大回家，姆妈和阿姐厂礼拜，倒是经常去看他，带一罐头家里烧的菜，红烧肉啦，熏鱼啦，杀杀大学生的馋虫。老潘从来没有到斌斌学校去过，有一次斌斌问阿爸，为什么不去看他，老潘面孔一红，说："我这副样子……"说得斌斌心里不好过。

斌斌从小倒也不见得怎么比别人聪明，不过懂事体懂得早。小时候屋里日脚穷，文文倒要作骨头，一歇歇要新衣裳，一歇歇要吃什么东西，斌斌一个男小人从来不无理取闹，一点点年纪就晓得体谅大人，不叫大人为难。

斌斌的聪明，是从初中升高中的时候开始显出来的。读高中别人一年比一年头疼，他是一年比一年轻松。可惜高考辰光发寒热，没有考出水平，没有考上应该考上的全国一流大学，只考取了本市一所普通大学。斌斌想不读，想第二年再考，无奈一家门老老少少求他，叫他读。虽然说高考不怎么样，可是他取的系科——历史系在全国高校同类系科中是有名气、有地位的，师资力量强，图书资料丰富，水平是第一流的，而且又是斌斌顶喜欢的一门，所以后来还是去读了。

按老规矩，八月半是随便怎样也要回去的。屋里对八月半比其他节假日更加当回事体，五一、国庆、元旦，假使他说一声没有空，不回去，家里人不会怎样，至多有点失望。可是八月半不回去，阿爹要动气，阿爸姆妈会不开心的。偏偏八月半学堂里不放假的，斌斌总归要想办法回来一趟。

拐进弄堂，斌斌就闻到了桂花香，他同文文不一样，很喜欢闻桂花香味。兴冲冲跑进大门，只看见阿爸一个人苦了面孔在瞎忙，并且听见堂屋里阿爹骂人的那句话："大姑娘养的货色！"

若是在平时，斌斌一定会以为阿爹在讲别的什么人，这句话虽不是老头子的口头禅，骂的次数倒也不少。可是今天不一样，斌斌听了这句话，心里猛地一惊，心怦怦地跳，好像有了什么秘密被戳穿了，尽管一家人马上堆了笑脸来迎接他，那句话却一直在斌斌耳朵边上转。

斌斌确实是带了一个秘密回来的。

别人读大学一般总是到第四年开始写论文，斌斌读两年级就开始写论文，发表出去，有的质量还相当不错，引起系里老师的重视，斌斌同何韵文教授就是那时开始熟悉起来的。斌斌立了一个比较重大的论文提纲，是关于探论民族意识薄弱点这方面的研究。何教授看了他的粗略大纲，很是兴奋，连称后生可畏。告诉斌斌，她自己也正在准备这方面的研究，这是她几十年的夙愿了，并且当场拿出她自己多年积累的笔记、心得及写得非常详细的提纲。斌斌心动得很厉害，他很清楚，以他目前的实际水平、掌握的材料以及思想水平等等，要完成这样的题目是万分艰巨的。他真想提出来同何教授合作，又顾虑重重：自己一个初进大学的学生，才学了多少东西，怎能同何教授这样德高望重的老前辈平起平坐呢？他支支吾吾，什么也没说，脸倒先红了。何教授是位慈祥而敏锐的老太太，那双眼睛像是能看透一切，她看着斌斌，笑了起来，主动提出合作的意思。斌斌几乎不敢相信，但何教授安然而又激动的神色使他相信了。何教授劝告他，先不急于动笔，要做大量的准备工作。斌斌听了何教授的话，埋头苦读了一年，一年后，他觉得自己丰富多了。最近，何教授又向他提出了要求，希望他有时间多到外面社会上跑跑，多了解人民群众的情况，探讨民族意识，不能是空对空的理论，最高妙的理论往往在最底层的泥土里蕴藏着。何教授询问了他的打算，斌斌想自己家里便是一个很典型的环境，人也熟悉，可以多回家看看，便把自己家的情况告诉了何教授。很出乎他的意料，何教授听他报了自己家住的那条小巷的巷名，一下子激动起来，在屋里走，很快又坐下去，斌斌发现她端了茶杯喝水，水在杯里直晃动。斌斌纳闷了整整两天。第三天，何教授特意把斌斌叫回家中，告诉他，四十年前，她曾在斌斌家住的那条巷子里扔掉了自己的亲生女儿，前些时她又去打听，居委会的人很热情，肯帮忙，但据说，现在那条巷里四十年以上的住户只剩一两家了，可能性不大。何教授说斌斌从小在那里长大，人头熟悉，如果能帮助她寻找那就最好了。斌斌听了何教授的话，心中也很震动，他猜想得出这是老太太经过两天两夜的考虑，才下决心讲出来的秘密。在系里，在校里，大家都知道何教授为了事业终身不嫁，想不到一向受人尊敬为人钦佩的何教授，还有这么一段隐私。何教授详细讲了有关女儿的情况，但也只不过是年龄和一张字条。斌斌的右眼皮跳得不行，姆妈今年正好是四十四岁，自己家又是四十年以上的老住户。不过他没有告诉何教授，想来也不会这么巧。假若姆妈是阿爹拣来的，怎么家里从来没有人讲起呢？

可是，当他跨进家门的时候，却听见了这么一句话，是阿爹骂姆妈的一句话。他不由得猜疑、激动起来。

斌斌被三个强颜欢笑的大人当作贵宾招待了一番，很忙乱了一阵。吃了水蒲鸡蛋，又吃了蜜糖甜藕，再来桂花小汤圆，他笑着一样一样地消灭。大家一边看着他吃，一边盯住他问长问短。文文也回来了，一脸冰霜。看见斌斌也没有能够装出笑脸来，只是勉强地龇了一龇牙齿。

忙了一阵，话也问得差不多了，吃也吃得十分饱了，大人们暂时放开了斌斌。斌斌就一个人在家里到处看看，每隔一段时间回来，家里对他就有一种新鲜感。斌斌听见阿爸轻轻地问姆妈："今天的寿酒还办不办？"

姆妈说："办！为什么不办！照办！"

阿爹气粗粗地插嘴说："还办个屁！把人都得罪光了，屁的人肯来吃！"

姆妈说："不来拉倒，不来我们自己吃。"

阿爹声音提高了："哼，亏你还有心思吃，你看看文文这张面孔，你吃得下！"

阿爸"嘘"了一声，大概怕给斌斌听见。斌斌不晓得家里出了什么事，三个大人正在争执，不好去问。看见文文脸沉沉的，一个人坐在堂屋里不声不响，斌斌过去向她。

开始文文怎么问也不开口，后来被斌斌逼急了，她便哭出来，一边哭一边把事情的来龙去脉告诉了斌斌。

斌斌听了，半天讲不出语来，闷住了。他不大能够理解这些人的行为。竞选厂长，是件大好事么，怎么会弄得大家不开心呢？平时家里、外面大家都说姆妈能干、有本事，都佩服她，还有的替她抱不平，好像不做干部亏了她。为什么一出来竞选厂长，一向被大家公认的"能干""本事""水平"，便都成了毛病？同样一个人，从受大家尊重服帖，顷刻间又成了大家贬斥的对象。斌斌想不明白，也不服气，对文文讲："那些是小市民的眼光。你怎么也轧在里面，跟人家一起反对姆妈呢？"

文文瞪大眼睛看斌斌，突然露出一丝冷笑："你算读了大学，大学生的眼光了，高级了，我们是小市民的眼光，就是看不惯这种抢着做官的事体，不要面孔的人才做得出来。你想想看，本来一家门蛮太平，八月半帮阿爹做寿，哪一次不是热热闹闹的，现在弄得……"

斌斌越听越不服气："现在弄得怎样？我看也没有怎么样么，有什么大不了的事体，真是少见多怪、大惊小怪。"

文文两只手按住太阳穴，头又疼了："现成话谁不会讲，反正又不碰你一根汗毛，你当然讲好听的！"

"碰你汗毛啦？所以你跳起来了！不就是得罪了你那位了不起的董克么。不过我想，一个男子汉连竞选厂长的考验都经不起，要做其他文章，这种男子汉，哼哼……"斌斌一向对董克没有什么好感，现在乘机贬他几句。

话戳到文文的痛处，她狠狠地跺一跺脚，返身跑进自己屋里，紧紧地关上门。

斌斌一个人坐在堂屋，听听天井里三个大人还在叽叽咕咕，没完没了，他觉得烦躁。唉，这种气氛，这种环境，姆妈怎么待得下去的？突然，一个亮点出现在他纷乱的思绪中：何教授不是让他出去寻找这样的具有说服力的事实么？一想到何教授，斌斌突然又愣了一会儿。

三个大人的争吵还在继续，阿爹不停不息："我说我耳朵里听见有声音，那个老太婆来找了，看见我们过得太平，老太婆来找人了……"

斌斌听不明白。

阿爹继续讲："……没有良心的，没有良心的。做长辈的这样劝她，心动也不动，心硬的，心黑的。到底不是自己身上的肉……"

斌斌又吃了一惊。不是自己身上的肉？他屏住呼吸，躲在门口听。

阿爹的口气不知道为什么一下子变轻了变软了，絮絮叨叨地诉说着从小把女儿带大的不易。

斌斌心里乱跳乱蹦，一切全明白了，他有点不知所措。他应该马上回学校，把这个消息告诉何教授，老太太将会多么高兴啊！可是他却一步也动弹不了。他几乎不敢承认这样的事实，几十年来为人师表、德高望重的何教授居然还有一个私生女，被人叫作大姑娘生的。他不敢想象，学校里的人知道了这样的事实，会以怎样的眼光去看何教授。斌斌也同样不敢想，自己会以怎样的眼光去看何教授——他的嫡亲外婆。斌斌早已决定报考何教授的研究生，一旦这样的关系公开了，别人又会怎么看呢？斌斌心里很乱，头脑发胀，不一会儿又听见大人吵了，文文不知什么时候也从屋里出来参加进去，闹得斌斌又急又气又烦，一气之下夺门而出，回学校去了。

没吃团圆饭就回学校，同学们都很奇怪，问他，他只说家里不大愉快。这天夜里，斌斌破例地没有读书到深夜，很早就上床了。他睡不着，脑子里塞得满满的。

八月半的月亮很圆很亮，照进窗户，在宿舍里洒下一层清辉。同学们都去开联欢晚会了。斌斌一个人躺在床上，觉得很难受。家里的寿面看来也没有吃成。他想象着，若是现在他和何教授一起回家，家里热热闹闹地做寿庆团圆，那该多好啊！可是，事实上，此刻家里一定也很凄凉，尽管有月亮，有桂花，却没有欢声。即使他把何教授领回去，这样的家庭气氛，老太太也不会高兴的。唉，若是家里不闹，太太平平，该多好呢。若是姆妈不去竞选厂长，一切不就仍旧和过去一样么。八月半的圆月，香桂，欢声，笑语，多么令人神往啊……

六

今年的桂花确实开得兴，原来总以为花开得兴，花期就不会太长，想不到今年的花期也特别长，八月半前开的花到重阳脚下，还余香不散。

重阳日，殷家帮殷阿爹补做寿，补办酒。宾客盈门，比哪一年都热闹。天井里摆两桌，根本坐不下，堂屋里加出一桌，还不够，把殷阿爹房间腾空，又加出一桌。

刚刚吃过中饭，就陆陆续续有人来了，有的人大概中午没有吃饭，留个肚皮吃寿酒。殷家大大小小忙烧的忙烧，不烧的迎客，乱得团团转。大家不许斌斌和第一次上门的何教授相帮，两张藤靠背往桂花树下一摆，泡两杯香茶，让他们坐在那里定定心心地讲讲话。

何老太太戴一副金丝眼镜，红光满面，看上去确实只像五十几岁的人。这般的喜相逢，她想了大半世了，做梦头里也想，而且事实上情形比梦里还要令人兴奋。

何教授喝了一口水，很关心地问斌斌："上次听你说起你母亲竞选厂长的事，现在怎么样了？"

斌斌不晓得为什么面孔有点发烫，有点支支吾吾。

竞选厂长的事已经过去了。公布选举结果，巧也是巧，丁副厂长、殷桂芳和董克三个人票数一样多。党委没有办法做主了，报上级批准，把三个人的详细材料一道送上去。等了几天，上面答复下来了，说是这三个人各有长处，但也各有不足之处，总的讲来，都还比较嫩，做其他工作可能经验丰富，做厂长，一把手，抓全面工作，恐怕经验还欠缺，所以上面的意见是再考虑考虑，厂里暂时还是由书记兼厂长，代理一个阶段。这样的意见下来，下面也没有话讲了。三个票数一样多的人你看看我、我看看你，都觉得有点滑稽。

事体来得快，去得快，大家忘记得也快。忘记了就只当没有发生过这回事体，反目的重新和好，相骂的又变得客客气气。要不然，今朝也请不来这么多客人。斌斌心里突然有点难过，真是莫名其妙的。

何教授看斌斌发愣，也不再问他。桂芳抽空闲从灶屋里出来，端了一只盘子，里面是刚卤好的肉嵌藕饼，黄澄澄，香喷喷。

"姆妈，先尝一只，看看味道怎样……"桂芳亲亲热热叫何教授"姆妈"，母女俩都蛮自然，斌斌倒有点不自在。

斌斌晓得了事实真相，思想斗争了几天，到底没有敢直接去告诉何教授，一个人闷在肚皮里又熬不住，只好跑回家。选厂长的事过去了，屋里已经太平下来。斌斌同家里人商量，桂芳和老潘自然是要认的。阿爹还有点不通，嘴上不说。大家心里明白，他怕桂芳认了亲娘，会忘记养父养母。现在人家是大学教授，工资高，地位高，有水平，桂芳假使贪图，搬去同亲娘住，老潘和两个小人势必也要跑去的。老爹越想自己越惨，苦了一世，弄到头来，不晓得落个什么下场，所以一言不发，面孔板了。桂芳最清爽阿爹的心思，劝阿爹不要多想，自己永远不会忘记养大她的父母，也不会离开这个家的。斌斌在边上添油加酱，说何教授想女儿想得怎么怎么苦，一个人怎么怎么孤苦伶仃。殷阿爹想想也是，老太太一个人过了一世，自己儿孙满堂，不能再同人家抢女儿的，当初她丢掉女儿，肯定也是迫不得已，现在也要六十岁了，一个人过可怜兮兮的，就是讲良心、讲道德，也应该告诉她的。老爹一点头，事体起码有了八成账。老潘还有点担心斌斌在学校里的影响、考研究生的事体，斌斌自己也想通了，只要自己有真水平真本事，不怕别人讲。全家人意见一致以后，商量怎样见面：上门去，还是请过来，叫什么。殷阿爹喉咙一响："叫什么？桂芳总归要叫娘啰，老潘也叫娘，斌斌、文文叫外婆！"老头子一旦顺了气，特别地通情达理。

先是斌斌领了姆妈到何教授家里，来了一个突然袭击，老太太差一点晕过去，讲好到重阳日请回来，给大家见见面介绍介绍。

何教授吃了几只藕饼，越吃越有滋味，一个人长期独居，伙食上是可想而知的，尽管可以吃高档营养品，总不如自己亲手弄出来的香。何教授看桂芳还在一边陪她，说："你去忙吧，我同斌斌坐在这里讲讲，很好。"

隔了一歇，文文挽了董克的手进来了，两个人满面春风。看见何教授坐在天井里，文文面孔红了，急忙把手抽出来，把董克介绍给何教授。

董克规规矩矩叫了一声"外婆"，引得何教授又乐开了嘴。

董克竞选厂长的气早已消了，反正大家都没有做成。他对自己信心十足，觉得再考察一阶段对自己是有利的，老丁年纪不饶人，殷桂芳看上去也有点萎了。自己振奋精神再努力一阵，下次选举，得票数一定会大超过他们两个人。想到在最困难的时候，文文居然同他站在一起，去反对自己的母亲，董克蛮感动的，愈发地对文文献殷勤。

下午四点钟左右，客人基本上来齐了。冷盘、炒菜也配得差不多了，就提前开桌。一开桌，更是一片繁闹，恭贺道喜，酒令震天。大门口看热闹的老人、妇女和小人，一批一批换着来，又馋又眼热。

酒桌上声音最大的是丁副厂长，也是一条弄堂里的邻居，他现在仍旧做副厂长，蛮活得落。老丁喜欢酒，一看见酒，声音会不由自主地提高八度。每一道菜上桌，他都要"哇啦哇啦"喊几声，然后大筷大筷地吃菜，大口大口地喝酒。别人说真正喜欢喝酒的人，对菜是不大感兴趣的。老丁却是喜欢喝酒也喜欢吃菜。这一桌在老丁的带领之下，菜光得特别快，灶屋里桂芳仍然能赶上他们的速度。一只一只端上来，不忙不乱，有条有理。老丁吃得开心，一把拉住桂芳的手，端了酒杯塞到桂芳嘴上："殷桂芳，今天随便怎样要敬你一杯酒的！"

大家都起哄，要桂芳喝。桂芳的酒量其实是很大的，真拼起来，三个老丁也不是她的对手，可是，她平时很少喝酒，需要应付时也只是象征性地掼一两口。这时她接过杯子，一口把满满一杯白酒干了。四周一片欢呼声。老丁连连竖起大拇指："大家看看，我说的吧，我们殷桂芳确实是女中豪杰！"

"桂芳真是能干的，尝尝这几个菜的味道，真正，出了世也没有尝到过的……"

"是呀，是呀……"

老丁的喉咙又盖住了嘈杂的声音："我们殷桂芳呀，厂里的财神菩萨，屋里的灶王菩萨，真正不简单的呀！"

314 / 动　土

居委会老主任也喝了点酒，面孔红红的，站起来讲几句："桂芳啊，你的热心热肚肠，前前后后啥人不晓得。隔日厂里退下来，我这个居委会主任，肯定是要你来做的，别人做是摆不平的……"吹了自己又抬了桂芳，众人又是一阵笑。殷家全家人也开心得一直乐开嘴笑，弄得殷阿爹倒有点不开心了，做寿是做他的寿，祝寿要向他来祝的，现在弄得大家拍桂芳的马屁，把老头子冷落了。

吃到乘兴，都不肯收场了，一直闹到老晚，人才散尽。比别人家讨新娘子还要招人。

屋里人也都吃力了。老爹和两个小人去睡。桂芳说一口酒冲了头，头痛，也先躺了。老潘收拾碗筷，扫地、搬桌，一个人弄了半天。做了大半天的下手，一点东西还没有下肚，有点饿了，就拣了几样冷菜，吃了一碗饭，也进房去了。

房里没有开灯，桂芳躺在床上，面孔朝里，一动不动，老潘当她睡了，放轻了手脚，也深深地舒了一口气。发现桂芳身上一样也没有盖，爱惜地去帮桂芳盖上被子。

灯没有点，月亮也不圆，不过还有点淡淡的光，照在桂芳脸上，桂芳眼睛闭着。突然老潘抓被子的手抖了一下，在暗淡的月光下，他看见桂芳面孔上挂着两颗眼泪。

天井里，桂花树也笼罩在这暗淡的月光下，散发着余香。